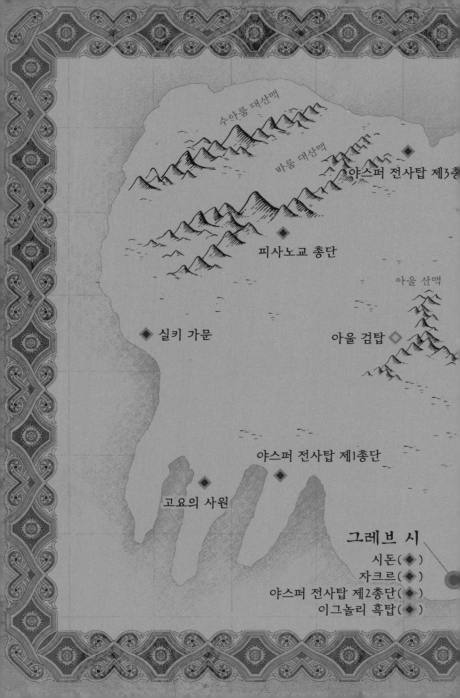

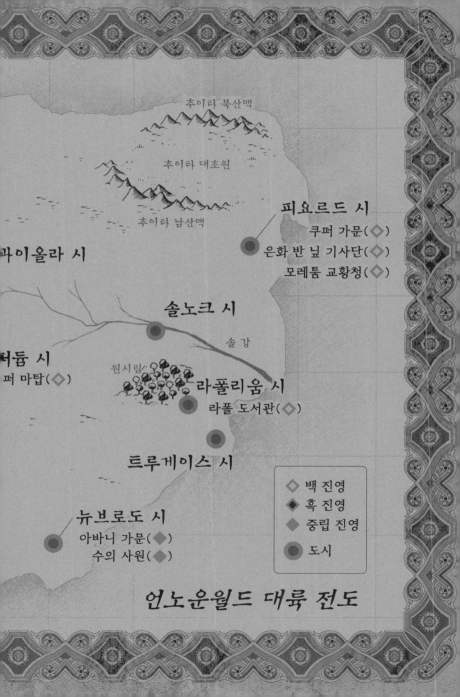

ETAN
이탄

ORIGINAL FANTASY STORY & ADVENTURE

쥬논 판타지 장편소설

dream
books
드림북스

이탄 7 동차원으로

초판 1쇄 인쇄 2021년 3월 25일
초판 1쇄 발행 2021년 4월 9일

지은이 쥬논
발행인 오영배
편집 편집부
일러스트 필연
표지 · 본문 디자인 오정인
제작 조하늬

펴낸 곳 (주)삼양출판사 · 드림북스
주소 서울시 강북구 도봉로 173
대표 전화 02-980-2112 **팩스** 02-983-0660
편집부 전화 02-987-9393 **팩스** 02-980-2115
블로그 blog.naver.com/dreambookss
출판등록 1999년 3월 11일 제9-00046호

ⓒ 쥬논, 2021

ISBN 979-11-283-9997-8 (04810) / 979-11-283-9990-9 (세트)

E 이탄 T A N

ORIGINAL FANTASY STORY & ADVENTURE

쥬논 판타지 장편소설

7

동차원으로

dream
books
드림북스

목차

사대신수

『성혈의 바하문트』
―신수: 날개 달린 사자
―상징: 공포
―속성: 흙(土), 피(血)

『불과 어둠의 지배자 샤피로』
―신수: 광기의 매
―상징: 탐욕
―속성: 불(火), 어둠(暗), 나무(木)

『포식자 하라간』
―신수: 투명 마수
―상징: 타락, 나태
―속성: 얼음(氷), 균(菌), 물(水)

『둠 블러드 이탄』
―신수: 냉혹의 뱀
―상징: 파멸
―속성: 금속(金), 빛(光)

발췌문

까마득한 옛날, 세계가 뿔뿔이 흩어져 여러 개의 조각으로 나뉘었다. 그 조각, 혹은 파편 하나하나의 크기는 서로 상이하였다.

　어떤 파편은 큰 덩어리로 본체에서 떨어져 나왔다.

　어떤 파편은 부스러기에 가까워 볼품이 없었다.

　파편들 가운데에는 빛 속성의 파편이 가장 컸다. 그 다음은 에너지 속성의 파편, 세 번째가 불 속성이었다.

　나머지 파편들의 크기는 고만고만하였다. 다만 영혼의 파편은 세계의 파편들 가운데 가장 크기가 작았다.

　파편의 모양들도 조금씩 달랐는데, 대부분의 파편들은

둥글둥글한 모양을 지녀 마치 조류의 알처럼 보였다.

하지만 파편들 가운데 유독 하나만은 생김새가 남달랐다. 뾰족뾰족한 것이 흡사 밤송이, 혹은 성게를 연상시켰는데, 그것이 바로 어둠의 파편이었다.

—후일 간씨 세가 비서3실에서 발굴한 쥬신 황실의 극비문서 가운데 발췌

제1화
수호룡이 깨어나다

Chapter 1

2월 23일.

알 속에 들어 있던 고대의 존재가 긴 잠에서 깨어났다. 사람들에게 공개되지 않은 비밀 황릉 안에서 벌어진 일이었다.

1,000년의 긴 잠을 떨치고 일어난 알 속의 존재는 자신의 숙면을 방해한 여인에게 마뜩지 않은 어투로 질문부터 던졌다.

[크르르르. 너에게서 옛 친구의 향기가 풍기는구나. 너는 이관과 어떤 관계이냐?]

여인이 부르르 전율했다.

이관!

이 위대한 이름이 여인의 가슴에 강렬한 파문을 만들었다. 여인은 대리석 의자에서 벌떡 일어나 그 자리에 무너지듯 엎드렸다.

'오오오오! 세계로부터 비롯된 존재시여. 세상의 근원과 맞닿아 있는 고고한 존재시여. 소녀는 그분의 오랜 후손입니다. 영광스럽게도 그분의 피를 물려받은 후예입니다.'

붉은 알을 바라보는 여인의 눈동자에는 경건함이 가득했다.

알 속의 존재가 잠시 옛 기억을 더듬었다.

[네가 옛 친구의 후예라고? 그 친구가 수명이 다한 뒤 나도 긴 잠이 들었었거늘 네가 나를 다시 깨웠구나. 내가 잠이 든 이후로 시간이 얼마나 흐른 것이냐?]

'1,000년. 족히 1,000년이 넘었습니다.'

여인은 '1,000년'이라는 단어에 유독 힘을 주었다.

이곳 세상에서 1,000년이라는 단어는 쥬신 대제국의 흥망성쇠를 연상시키는 방아쇠였다. 강산이 무려 100번이나 변할 수 있는 그 오랜 세월 동안 대제국 쥬신은 세상의 정점에 올라가 있다가 다시 쇠락하여 결국 한 줌의 먼지로 산화하였다.

그 흥망성쇠의 영향 때문일까? 여인의 대답 속에는 쥬신의 흥함과 성함에 대한 자부심과, 망함과 쇠락함에 대한 자괴감이 혼란스럽게 뒤섞여 있었다. 붉은 알 속의 존재가 여인의 복잡한 감정을 읽었다.

[너의 감정이 요동을 치는구나. 혹시 그 친구가 세운 나라가 잘못되었느냐? 그래서 네가 나를 깨운 것이냐?]

여인이 절규하듯 울부짖었다.

'그렇습니다. 세계로부터 비롯된 존재시여, 세상의 근원과 맞닿아 있는 고고한 존재시여, 그분께서 세우신 역사와 전통이 사악한 승냥이 떼에 의하여 처절하게 짓밟혔습니다. 그분께서 만드신 황법이 승냥이들에 의하여 처참하게 무너졌습니다. 그분의 후손들은 승냥이들의 사냥감으로 전락하였으며, 남자들은 죽고 여자들은 적들의 손에 붙잡혀 비참한 노예 신세가 되었습니다. 우흐흐흐흑.'

격한 감정의 소용돌이가 여인의 가슴 저 밑바닥에서 튀어나와 한순간에 폭발해 버렸다.

"우흐흑, 으흐흐흐흑."

여인이 대리석 바닥에 엎드려 구슬피 오열했다.

그 처절한 울음이 붉은 알을 자극했다.

[옛 친구의 후손은 들으라.]

'흐흐흑, 말씀하십시오.'

여인이 손바닥으로 눈가를 찍으며 대답했다.

붉은 알 속의 존재가 드디어 마음의 결단을 내렸다.

[나는 원래 잠에서 깨어나고 싶은 마음이 없었도다.]

'아!'

[설령 깨어난다고 해도 다시 세상에 나갈 생각은 없었느니라. 옛 친구와의 인연이 아니었다면 네가 나를 흔들어 깨워도 모르는 척 무시하고 계속 잠에 빠져 있었을 게다.]

여인은 숨죽여 상대방의 이야기를 경청했다.

붉은 알 속의 존재가 천천히 말을 이었다.

[그런데 너의 처절함이 나의 마음을 움직이는구나. 옛 친구의 핏줄이 이리도 핍박을 받고 산다고 하니 나도 마음이 편치 않다.]

'오오오, 그 말씀은!'

[그렇다. 옛 친구의 후손이여, 내가 다시 깨어나 너와 피의 맹약을 맺고자 한다.]

'오오오!'

여인이 감격에 젖어 다시금 눈시울을 붉혔다.

[너는 너의 피를 내어 알에 주입시켜라. 내가 그 피를 흡수하여 굳건한 혈약을 맺을 것이니, 이는 천 년 전의 옛 친구와 내가 맹약을 맺었던 방식과 동일하도다.]

이 말을 기다리기라도 한 것처럼 여인은 곧바로 비수를 뽑아 자신의 손가락을 베었다.

사악!

여인의 손가락에서 흐르는 새빨간 선혈이 붉은 알의 표면에 똑똑똑 떨어졌다.

놀랍게도 여인의 피는 알의 껍데기를 타고 흐르지 않았다. 마치 솜털 위에 떨어지기라도 한 것처럼 껍질 속으로 곧바로 흡수되었다.

그렇게 한참 동안 피를 먹이자 알의 표면에 변화가 생겼다.

쩌적, 쩌적, 쩌저적.

갑자기 껍데기에 금이 가더니 알의 한구석이 뚝 떨어졌다. 그 속에서 날카로운 주둥아리가 툭 튀어나왔다.

마치 악어 새끼가 껍데기를 깨고 부화하는 것처럼, 붉은 알 속의 존재는 주둥아리부터 먼저 알 밖으로 내민 다음, 아가리를 쩍 벌려 껍질에 난 구멍을 넓혔다.

이윽고 알 속 존재의 머리통이 알 밖으로 튀어나왔다. 정수리부터 목 부근까지 온통 붉은 비늘에 뒤덮인 머리통이었다. 알 속의 존재는 축축한 물기에 젖어 있으며, 머리통에 두 갈래의 뿔이 돋아 있었다.

이 존재의 정체는, 서양에서는 드래곤, 동양에서는 용이라 칭송받는 전설 속의 신수(神獸)였다.

머리 부분에 이어서 이번엔 용의 몸통이 알에서 빠져나

왔다.

용은 길쭉한 체형에 꼬리가 돌돌 말린 모습이었다. 물기에 젖은 날개는 몸통에 찰싹 달라붙어 다소 가냘파 보였다. 날개의 개수는 넉 장, 즉 두 쌍이었다. 발은 총 8개였는데, 발 크기는 몸통에 비하여 다소 큰 듯했다. 또한 척추를 따라 등에 돋아 있는 붉은 털이 유독 눈에 띄었다.

타는 듯이 붉은 용!

온몸이 시뻘건 비늘로 뒤덮인 포악한 용!

1,000년도 더 전, 쥬신 대제국을 설립한 건국황 이관이 타고 다녔다는 불의 수호룡!

한 번 포효하면 온 세상이 화염에 휩싸이고, 한 번 전장을 휩쓸면 적들이 불길에 휩싸여 죽어 나자빠졌다는 그 고대의 포악한 존재가 다시 세상에 등장했다.

자신의 몸을 작게 축소하여 붉은 알 속에 들어간 지 무려 1,000년.

그 기나긴 세월을 뛰어넘어 쥬신 대제국의 초대 수호룡 알리어스가 잠에서 깨어난 것이다.

"오오오오오, 고귀한 존재시여."

여인이 조그만 수호룡을 두 손으로 소중하게 떠받쳤다.

Chapter 2

이제 갓 알을 깨고 부화한 수호룡의 크기는 불과 20센티미터도 되지 않았다. 그것도 돌돌 말린 꼬리의 길이까지 전부 더했을 때나 20센티미터이고, 실제 수호룡의 키는 10센티미터 수준이었다.

정교한 조각상처럼 보이는 조그만 용이 목을 뒤로 움츠렸다가 앞으로 쭉 펴면서 포효했다.

끼라라라랏—.

아직은 조그맣고 귀엽기만 한 모습.

하지만 일단 잠에서 깨어난 용은 불과 300일 만에 다시 성체로 성장하는 법이었다. 300일 뒤, 불의 수호룡 알리어스는 무려 수 킬로미터가 넘는 거대한 몸체를 가질 것이다. 또한 산봉우리를 충분히 뒤덮을 만큼 거대한 날개를 펄럭이며 온 세상을 향해 거칠게 그 존재감을 뽐낼 것이다.

성체가 된 불의 수호룡을 상상하는 것만으로도 여인의 가슴이 마구 뛰었다. 그 수호룡을 타고 세상의 하늘을 누빌 생각을 하자 수호룡 알리어스를 1,000년의 잠에서 깨운 보람이 느껴졌다.

"으흑!"

여인의 입에서 울음 섞인 신음이 다시금 터졌다.

가슴이 미어질 수밖에 없으리라. 속이 울컥할 수밖에 없으리라. 그동안 여인이 얼마나 힘들었던가.

여인은 오로지 불의 수호룡을 다시 부화시키겠다는 일념으로 쥬신 대제국의 비밀 황릉을 찾아 헤맸다. 그리곤 황릉을 발견한 이후부터는 무려 20년 동안이나 이곳 밀실에 처박혀 있었다.

사랑하는 가족도 버리고, 아끼던 부하들도 모두 내팽개친 채 오직 하나의 일념으로만 버텨온 사람이 바로 이 여인이었다.

그런데 그 피맺힌 노력이 드디어 결실을 맺었다.

"우으읍, 우흐흐흐흑."

여인의 눈시울이 저절로 붉어졌다. 여인은 두 손을 소중히 모아 불의 수호룡 알리어스를 자신의 머리 위로 들어 올렸다. 그 다음 절을 하듯 그 자리에 엎드렸다.

끼라라라―라―라―랏!

여인의 손바닥 위에서 불의 수호룡이 한 번 더 포효했다.

물기에 젖어 있던 수호룡의 날개가 몸통에서 이탈되어 몇 차례 퍼덕였다. 그러다 이내 좌우로 활짝 펴졌다.

위아래로 퍼덕거리는 날갯짓에 펄떡펄떡 힘이 넘쳤다. 어린 수호룡의 아가리에선 벌써부터 뜨거운 열기가 뿜어질

기세를 보였다. 수호룡의 가슴 부위가 용암이라도 품은 듯 발갛게 달아올랐다.

퍼덕, 퍼덕, 퍼덕, 퍼덕.

불의 수호룡이 마침내 날갯짓을 통해 허공 2미터 높이로 떠올랐다.

"오소서, 화염의 수호자시여!"

여인은 두 팔을 활짝 벌려 수호룡을 우러러보았다.

직후,

화아아악—!

화끈한 열기가 비밀 황릉 속 밀실을 휩쓸고 지나갔다. 무려 수천 도가 넘는 고열이 작렬했다.

눈 깜짝할 사이에 여인의 옷이 홀랑 타버려 나체가 되었다.

하지만 의복만 탔을 뿐 여인은 전혀 화상을 입지 않았다. 심지어 여인은 머리카락 한 올 다치지 않았다.

불의 수호룡 알리어스와 피의 맹약을 맺은 덕분이었다.

불의 수호룡이 알에서 부화하여 피의 맹약을 맺은 그 시각.

머리에 노란색 삼각 모자를 쓰고 쥬신 대제국의 옛 궁중 복식을 차려입은 10명의 노파들이 둥그런 마법진 안에 빙

둘러앉아 서로의 손을 맞잡았다. 노파들은 주글주글한 입술을 오물거려 주문을 외웠다.

마법진의 중앙에는 하얀 날개옷을 입고 눈에 하얀 붕대를 감은 여자가 서 있었다. 10대 후반 정도로 보이는 소녀였다.

"되었어요. 이모님께서 드디어 해내셨네요."

갑자기 소녀의 입에 환한 미소가 걸렸다.

"아아아!"

"오오오, 드디어!"

소녀의 말에 10명의 노파들이 일제히 탄성을 질렀다.

"그분께서 끝내 건국 시조님의 유산을 복구하셨군요."

"열성조께서 마마를 보우하고 계시나 봅니다."

"공주마마, 감축드리옵니다."

노파들이 감격에 겨워 눈물을 글썽거렸다.

공주라 불린 소녀는 입꼬리를 둥글게 끌어올리며 대답했다.

"건국 시조님의 유산을 얻으셨으니 이모님께서 곧 복귀하실 거예요. 세상의 그 누구도 감히 대적할 수 없는 화염의 여제가 되셔서 화려하게 다시 그 모습을 드러내시겠죠. 그 전에 우리들은 그동안 벌여놓은 사업들을 마무리하고 2단계 계획을 실행해야겠어요."

"마땅히 그리할 것이옵니다."

10명의 노파들이 소녀를 향해 다 함께 머리를 조아렸다.

소녀의 이름은 이린.

'하늘의 눈'이라 불리는 천공안(天空眼)의 소유자이자 70년 전 황궁에서 자결한 쥬신 대제국의 마지막 황제 이윤의 외증손녀가 바로 소녀의 신분이었다.

건국황님의 수호룡이 1,000년의 긴 잠에서 깨어 나셨다. 그리곤 이모님과 피의 맹약을 맺었다.

이린의 입에서 튀어나온 예언은 노란 모자를 쓴 노파들을 통해 몇 줄의 글로 적혔다. 그 글이 위로 전달되었다.

비취빛 고풍스러운 의복에 하얀 수염을 가슴까지 기른 노인이 조그만 낚싯배에 앉아서 글을 전해 받았다.

"허허허허허. 둘째가 결국 그 어려운 일을 해내었구나. 세상의 근원과 맞닿아 있는 고고한 존재를 끝내 깨워내고야 말았어. 허허허허."

노인은 낚싯대를 배 난간에 걸쳐놓고는 너털웃음을 흘렸다.

얼굴로는 소탈하게 웃고 있었으나 실제로 노인의 가슴 속에서는 폭풍이 몰아쳤다. 그 증거로 노인의 손아귀 안에

서 단단하기 그지없는 낚싯대 손잡이가 와그작 으스러졌
다.

"첫째인 수민이가 발로 뛰어 세력을 일구었고, 린이가
하늘의 눈 천공안으로 승냥이 떼의 움직임을 낱낱이 들여
다보고 있으며, 둘째인 채민이가 건국 시조님의 비밀 황릉
을 발굴하여 결국엔 불의 파편을 손에 넣었으니 이제 엇나
간 세월의 흐름을 바로잡을 때가 된 게야. 허허허. 치욕의
역사를 바로잡아야지. 암 바로잡아야 하고말고."

노인의 잇새에서 저음의 각오가 흘러나왔다. 그 소리가
마치 맹수가 으르렁거리는 것처럼 울렸다.

Chapter 3

70년도 더 이전.

쥬신의 마지막 황제 이윤이 자결하고 대제국의 1,000년
역사가 완전히 허물어질 무렵, 황제의 숨겨진 아들인 이공
은 쥬신 대제국 최후의 충신들의 손에 의해 멀리 몸을 피하
였다.

덕분에 이공은 화를 면했다.

만약 당시에 쥬신 제국이 붕괴하지 않았더라면?

그러면 황제의 사생아인 이공은 제대로 황자 취급도 받지 못하고 별 볼 일 없는 삶을 살았을 것이다.

하지만 쥬신 제국이 멸망하면서 황제의 적통 자식들은 모두 죽임을 당했다. 오직 사생아인 이공만이 홀로 살아남아 멸망한 대제국의 대통을 이어받았다.

그 이공이 오대군벌의 눈을 피해 3명의 딸을 두었으니, 첫째가 이수민, 둘째가 이채민, 셋째가 이소민이었다.

이공의 세 딸 가운데 이수민은 카리스마가 넘치고 집념이 강하기로 유명했다. 그녀는 충신의 후예들의 도움을 받아 은밀하게 세력을 구축해 갔다. 언젠가 오대군벌을 쓰러뜨리고 쥬신 대제국의 기틀을 다시 세우기 위한 세력이었다.

초기에 세력을 만들기 시작한 사람은 이공이었으나, 그 세력을 점조직 형태로 변형하여 전 세계로 확장시킨 공로자는 바로 이수민이었다.

첫째 이수민이 세력확장의 적임자라면, 이공의 세 딸 가운데 둘째인 이채민은 마법적 재능을 타고났다.

이채민은 오랜 노력 끝에 쥬신 대제국의 건국황 이관의 황릉을 찾아내었고, 그곳에서 불의 수호룡 알리어스를 깨우는 데 성공했다.

마지막으로 이공의 셋째 딸 이소민은 무술에 대한 감각

을 타고 났다. 그녀는 지금 큰언니인 이수민의 지시를 받아 음지에서 은밀하게 활동 중이었다.

3명의 딸들이 제 몫을 톡톡히 해내는 가운데 이공은 늘 그막에 아들을 하나 두었다. 3명의 딸과는 배가 다른 아들이었다.

쥬신 대제국의 위대한 혈통을 이어가려면 딸이 아니라 아들이 필요하던 참이었다. 이공은 다 늙어서 가까스로 얻은 막내아들을 금이야 옥이야 키웠다.

"나와 세 딸이 피땀을 흘려 어긋난 역사를 바로잡고 나면, 나중에 네가 영광된 옥좌에 앉아 쥬신 대제국의 옛 성세를 되살려야 하느니라. 알겠느냐?"

십여 년 전부터 이공은 어린 아들 이택을 무릎에 앉혀 놓고 이런 말을 수시로 해주었다.

마침 이택이 태어나던 날에 손녀도 한 명 태어났다. 첫째 딸 이수민이 낳은 혈육이었는데, 이공은 이 외손녀에게 '린'이라는 외자 이름을 붙여주었다.

그 손녀가 무럭무럭 자라 이공에게 큰 보탬이 되었다.

하늘의 눈 천공안을 타고난 보유자.

이린의 천부적인 재능은 실로 엄청난 것이었다. 그녀의 천공안 덕분에 이수민이 설립한 세력은 다섯 배로 커졌다. 이채민도 이린의 도움을 받은 덕분에 건국 시조 이관의 비밀 황릉을 발굴하는 데 성공했다. 이린은 오대군벌 사이의 틈새도 발견하여 공략할 방법을 찾아내었다.

이러한 성과들이 이공에게 자신감을 안겨주었다.

불과 10년 전만 해도 이공은 쥬신 대제국의 부활이 불가능하다고 여겼다. 오대군벌이 너무나도 막강했기 때문이었다.

하지만 이제는 조그맣게나마 희망의 불씨가 되살아났다.

'세 딸과 외손녀, 그리고 나까지 온 힘을 다하면 역사의 흐름을 바꿀 수 있어. 택이의 미래를 위해서라도 이걸 해내야 해.'

출렁출렁 흔들리는 조각배 위에서 이공이 입술을 꾹 깨물었다.

같은 시각.

간씨 세가의 소일 드래곤(Soil Dragon: 흙의 수호룡)이 고개를 퍼뜩 치켜들었다. 그리곤 부랴부랴 이탄에게 의사를 전달했다.

[또 나타났습니다.]

'뭐가?'

[세계의 파편이 또 나타났단 말입니다. 아니, 아닙니다. 기척이 금세 사라졌네요. 제가 착각을 했나 봅니다.]

흙의 수호룡은 황급히 사과를 하면서 이탄의 눈치를 보

았다.

이탄이 수호룡을 살살 달랬다.

'야야. 구박하지 않을 테니까 좀 더 자세히 말해봐라. 아홉 번째 파편 말고, 새로운 파편이 또 등장했다고?'

[그건 확실치 않습니다. 열 번째 파편이 세상에 등장한 것인지, 아니면 기존의 파편이 저의 감각 범위 안으로 들어온 것인지는 불분명합니다. 하지만 한 가지는 확실합니다. 이 파편은 제가 기척을 느끼기 무섭게 곧바로 자취를 감추었습니다. 만약 제가 착각을 한 것이 아니라면, 이런 경우는 딱 두 가지뿐입니다.]

'두 가지가 뭔데?'

[첫 번째는, 수호룡 중의 하나가 저의 감각 영역 안으로 살짝 들어왔다가 황급히 떠난 경우입니다.]

이탄이 간용음의 열하고성일지 등을 통해서 알아낸 바에 따르면, 세계의 파편이 곧 수호룡이었다. 그리고 이 수호룡과 피의 맹약을 맺은 사람들은 오대군벌의 지배자거나 혹은 그 후계자들이었다.

'그렇다면 그런 고위급 인사들이 수호룡을 타고 아시아에 몰래 들어왔다가 황급히 떠났단 말인가?'

이탄은 아시아 지역에 강적이 침투했을 가능성을 염두에 두었다.

수호룡이 좀 더 구체적인 의견을 제시했다.

[수호룡들의 능력이 저와 비슷하다는 가정 하에, 그들은 제 감각 범위 안으로 들어왔다가 이렇게 빨리 사라질 수 없습니다. 하지만 번개의 수호룡이라면 번쩍하고 나타났다가 다시 번쩍하고 사라지는 것이 가능할 테죠.]

'흐음. 번개의 수호룡일 가능성이 높다는 말이지?'

이탄의 동공이 이채를 발했다.

흙의 수호룡은 조심스럽게 두 번째 경우를 입에 담았다.

[꼭 그렇게 생각하실 일은 아닙니다. 두 번째 경우도 염두에 두어야 합니다.]

'두 번째 경우는 뭐지?'

[새로운 파편, 즉 열 번째 파편이 등장한 경우 말입니다. 그런데 이 파편이 부화와 동시에 의도적으로 기척을 감췄을 수 있습니다.]

이탄이 눈을 찌푸렸다.

'야. 사람 헷갈리게 만들지 말고 똑바로 설명해 봐. 수호룡이 의도적으로 기척을 감출 수 있어, 없어?'

[네?]

흙의 수호룡이 말귀를 못 알아들었다.

Chapter 4

이탄이 짜증스레 퍼부었다.

'만약 수호룡이 의도적으로 기척을 감출 수 있다면 군이 번개의 수호룡만 의심할 이유는 없잖아? 다른 수호룡들도 얼마든지 너의 감각 범위 안에 들어왔다가 기척을 감추면 그만 아니야?'

이탄의 질문이 정곡을 찔렀다.

흙의 수호룡은 잠시 머뭇거리다가 변명을 했다.

[저의 지식이 불완전하여 명확하게는 답을 드리기 힘듭니다.]

'명확하지 않아도 좋아. 그냥 네 감으로 찍어봐. 기존의 수호룡이야? 아니면 새로운 파편이 등장한 거야?'

[잘 모르겠습니다.]

흙의 수호룡이 고개를 가로저었다.

'어우, 씨.'

이탄은 답답함에 가슴을 주먹으로 두드려야 했다.

'너는 도대체 아는 게 뭐냐?'

흙의 수호룡에게 핀잔을 준 뒤, 이탄이 질문을 바꿨다.

'좋아. 침입자의 정체는 모른다고 치자. 대신 기척이 잡혔다는 장소나 말해봐라. 설마 대략적인 위치라도 파악을

해놓았겠지?'

이탄이 일말의 희망을 품었다.

안타깝게도 이어지는 대답은 부정적이었다. 흙의 수호룡은 주둥이가 가슴에 닿을 정도로 머리를 푹 수그렸다.

[그게…… 죄송합니다. 워낙 빨리 기척이 사라져서 정확한 위치를 파악하지 못했습니다.]

'뭐?'

[다만 방향은 남동쪽이었던 것 같습니다.]

흙의 수호룡이 재빨리 말을 보탰다.

'흐음. 남동쪽이라고?'

이탄이 테이블 위의 지구본을 손으로 돌렸다. 지구본이 핑그르르 돌아 아시아 지역을 이탄의 눈앞에 드러내어 주었다.

이탄이 지구본을 향해 턱짓을 했다.

'남동쪽이면 한반도? 삿포로? 태평양 앞바다? 대체 어디를 말하는 거야? 그걸 알아야 탐색이라도 해보지.'

[죄송합니다. 그것도 잘 모르겠습니다.]

흙의 수호룡은 끝내 구체적인 위치를 특정 짓지 못하였다.

'어이구, 속 터져.'

이탄은 지구본을 휘리릭 돌려서 답답한 심정을 표현했

다. 한번 회전하기 시작한 지구본은 멈추지 않고 계속해서 팽그르르 돌았다.

[소, 송구합니다.]

흙의 수호룡은 죽을죄라도 지은 것처럼 고개를 들지 못했다.

그때였다.

쩌적!

빙글빙글 회전하는 지구본 옆에서 도자기 그릇 깨지는 소리가 들렸다.

"응?"

이탄이 소리가 난 곳에 시선을 주었다.

황금빛 알의 표면에 실금이 살짝 갔다.

이 알은 세계의 파편이었다. 이탄이 천산산맥 지하에서 코로니 침략자들을 물리치고 획득한 바로 그 파편 말이다.

매끈하던 알의 표면에 5센티미터 길이의 금이 형성되었다.

쩌저적!

이탄이 지켜보는 가운데 금은 점점 더 길고 복잡하게 전파하여 알 표면을 완전히 자글자글하게 변화시켰다.

"설마 알이 부화하는 건가?"

이탄이 테이블에 바짝 다가섰다. 이탄과 정신이 연결된 흙의 수호룡도 눈을 동그랗게 뜨고 황금빛 알을 지켜보았다.

토도독.

이윽고 알껍데기의 위쪽 부분이 부서져 바깥쪽으로 똑 떨어졌다. 뻥 뚫린 구멍 속에서 황금빛 뿔 4개가 불쑥 튀어나왔다. 위에서 보았을 때 정수리를 중심으로 X 방향으로 뻗은 뿔들이었다.

"오홋?"

이탄이 양손으로 테이블을 짚고 알을 가까이 쳐다보았다.

그렇게 수직 위쪽에서 내려다보니 알 속이 훤히 드러났다. 머리에 4개의 황금 뿔이 돋아 있고, 조그만 황금빛 비늘로 얼굴 전체가 뒤덮인 존재가 두 눈을 동그랗게 뜨고 이탄을 올려다보는 중이었다.

[크르르르르. 너는 누구냐?]

황금알 속 존재가 이탄의 정체를 물었다.

'그러는 넌 누군데?'

이탄이 되받아쳤다.

[크흠.]

황금알 속 존재는 이탄의 태도가 마뜩지 않은 듯 눈을 한 번 찌푸리더니, 알 위로 머리를 불쑥 내밀었다.

[네 녀석이 나의 잠을 깨웠느냐? 너는 이군억과는 어떤 사이더냐?]

알 속의 존재가 전설 속 대영웅의 이름을 입에 담았다.

'이군억? 패황 이군억 말인가?'

이탄이 눈을 번쩍 떴다.

이군억이라는 이름은 결코 쉽게 생각할 수 있는 명칭이 아니었다.

쥬신의 네 번째 황제이자, 인간의 한계를 초월한 무지막지한 능력으로 쥬신을 대제국의 반열에 올려놓은 초인.

전세계를 통일한 절대군주.

역대 황제들 가운데 단연 최강.

혼자서 온 세상을 상대로 싸워도 결코 패배하지 않을 무신.

이런 수식어들이 줄줄이 따라붙는 대상이 바로 쥬신의 4대 황제 패황 이군억이었다. 이군억이 세상을 지배하던 시절에는 오대군벌의 선조들도 감히 세력을 형성하지 못하고 패황의 발밑에 납죽 엎드려 지냈다.

패황 이군억은 그만큼 강하고 무서운 인물이었다.

이군억이 죽은 이후에도 오대군벌 사람들은 감히 그 이름을 입에 담지도 못하고 경외해야만 했다.

그런데 황금알 속의 존재가 이군억을 거론했다.

Chapter 5

이탄이 벼락처럼 손을 뻗어 황금알을 움켜쥐었다.

와직!

세상 그 어떤 힘으로도 부수지 못한다는 알껍데기가 이탄의 손아귀 안에서 우습게 으깨졌다.

[크롯?]

알 속의 존재가 깜짝 놀라 몸을 뒤틀었다.

파츠츠—.

알 속의 존재는 순간적으로 온몸을 빛으로 변화하는가 싶더니, 어느새 이탄의 손아귀에서 빠져나와 허공에서 다시 그 모습을 드러내었다.

머리부터 꼬리 끝까지 길이는 약 50센티미터.

발은 총 16개.

외모는 드래곤, 혹은 용의 형상을 닮았다. 온몸은 황금빛 비늘로 뒤덮였으며, 등에 매달린 날개는 총 여덟 장이었다.

몸통은 제법 통통한 편이어서 이탄은 마음속으로 '이런 뚱보 녀석이 어떻게 주먹 크기의 알 속에 들어있었지?'라는 의문을 품었다.

이탄의 생각을 읽었는지 황금빛 드래곤이 버럭 성을 내었다.

[뚱보라니? 뚱보라니! 어떻게 감히 네놈이 나처럼 고귀하고 고고한 존재에게 그런 막돼먹은 표현을 쓴단 말이더냐? 이씨 황조에서 네놈을 그렇게 싸가지 없이 가르치더냐?]

'뭐?'

싸가지라는 표현이 이탄의 심기를 불편케 만들었다. 이탄은 곧바로 상대방의 말을 받아쳤다.

'이씨 황조? 거기서 나를 가르친 적이 없는데?'

황금빛 드래곤이 브레스를 뿜을 듯이 소리쳤다.

[뭐라고? 네놈은 이군억의 후손이 아니란 말이냐? 그런데 어찌 네놈이 나를 깨웠느냐? 오래 전 이군억의 수명이 다한 후, 나 또한 긴 잠에 들었느니라. 그때 나 스스로에게 마법을 걸어놓았다. 오로지 이군억의 후손만이 나를 깨울 수 있도록 마법을 걸어놓았단 말이다. 한데 네놈은 정체가 뭐기에 나를 깨웠느냐? 크르르르.]

이탄이 어깨를 으쓱했다.

'내가 널 깨웠다고? 난 깨운 적이 없는데?'

[뭐라? 크악! 요런 싸가지 없는 놈이 반말을 찍찍 내뱉는 것도 모자라서 거짓말까지 해? 크르르르르.]

'난 거짓말 한 적이 없거든. 이욥!'

이탄이 말싸움 중에 벼락처럼 손을 뻗었다. 그 손이 허공에 떠 있는 황금빛 드래곤을 낚아챘다.

파스스스.

황금빛 드래곤이 찬란한 빛으로 변해 이탄의 손아귀에서 빠져나갔다. 동시에 황금빛 드래곤의 네 갈래 뿔이 반투명하게 물들었다.

쭈왕!

그 뿔에서 방출된 빛이 한 지점에서 모이더니, 이탄의 손을 향해 강렬한 빛을 일직선으로 쏘았다.

세상 모든 물체를 꿰뚫어버리는 것이 이 드래곤의 빛이었다.

하지만 황금빛 드래곤의 공격은 이탄의 손을 뚫지 못했다. 오히려 손등에서 반사되어 사방으로 산란되었다.

[어, 어떻게?]

황금빛 드래곤이 화들짝 놀랐다.

반면 이탄은 눈을 찌푸렸다.

'어라? 이거 광정과 느낌이 비슷한데?'

광정(光精)이란 간철호가 쥬신 제국의 폐황릉에서 얻은 절대적인 무력이었다. 그런데 조금 전 황금빛 드래곤이 내뿜은 빛이 광정과 느낌이 비슷했다. 호기심이 발동한 이탄이 손바닥 위에 광정을 키웠다.

콰르르르르—.

만자비문이 음차원의 마나를 잔뜩 퍼 올려 이탄의 손바닥 위로 집중시켰다. 그 가공할 에너지가 이탄의 손바닥 위에 응집되고 또 응축되어 강렬한 빛의 씨앗을 형성하였다.

[으헙? 광정?]

황금빛 드래곤이 기함했다. 드래곤은 광정을 단숨에 알아보았다.

이탄은 눈 깜짝할 사이에 광정을 만든 다음, 빛의 씨앗을 황금빛 드래곤에게 날렸다. 그것도 그냥 날린 것이 아니라 자신의 몸에 한 번 반사시켜서 공격력을 두 배로 증폭시켜 공격했다.

[이런 미친!]

광정이 날아오자 황금빛 드래곤이 온몸을 다시 빛으로 바꾸었다.

그때 이미 광정은 황금빛 드래곤의 몸체를 관통한 뒤였다.

파츠츠츠츠—.

빛과 빛이 충돌하면서 광파가 사방으로 휘몰아쳤다. 이탄이 쏜 광정은 상대를 뚫어버린 뒤에도 힘이 남아 건물 천장을 부수고 대기권 저 너머까지 솟구쳐 올라갔다.

허공에서 어지럽게 사방으로 흩어지던 빛이 어느 한구석에서 다시 모였다. 이윽고 그곳에서 황금빛 드래곤이 본모습을 드러내었다.

광정에 얻어맞은 충격 때문인지 드래곤의 형체는 온전치 않았다. 왼쪽 날개 넉 장에 구멍이 뻥 뚫렸고, 발도 일부 뭉개진 모습이었다.

[허허헉. 네놈. 하찮은 인간 주제에 감히 나에게 잘도 이런 짓을 하는구나. 으허헙?]

무시무시하게 화를 내리던 황금빛 드래곤은 이탄의 손바닥 위에 형성되어가는 두 번째 광정을 목격하고는 황급히 온몸을 다시 빛으로 바꾸었다.

번쩍!

두 번째 광정이 황금빛 드래곤을 뚫고 또다시 건물 지붕까지 관통했다.

그러는 사이 이탄의 손아귀 안에서는 어느새 세 번째 광정이 형성 중이었다.

[우히히힉?]

황금빛 드래곤은 놀라다 못해 심장이 터질 지경이었다.

제아무리 황금빛 드래곤이 강하다고 해도 광정을 세 번 연달아 얻어맞으면 존재 자체가 소멸할 가능성이 높았다.

더군다나 황금빛 드래곤은 아직 성체의 힘을 되찾지 못했다. 이제 갓 잠에서 깨어난 터라 힘이 100분의 1 이하로 줄어든 상태란 말이다.

[이놈. 당장 그 망측한 짓을 멈추지 못할까.]

황금빛 드래곤이 바락바락 악을 썼다.

그 사이 이탄은 세 번째 광정을 방출하는 척하다가 갑자기 아공간 속에 왼손을 넣어 아조브의 손잡이를 움켜쥐었다.

이탄이 기습적으로 아조브를 휘둘렀다.

부와악—.

커다란 사신의 낫이 허공에 둥그런 궤적을 그렸다.

그 궤적을 따라 차원이 찢겼다. 허공에 형성된 공간의 틈새로부터 시커먼 기운이 뭉클뭉클 튀어나왔다.

Chapter 6

어둠의 기운은 등장과 동시에 황금빛 드래곤을 에워쌌다.

[이건 또 뭐냐? 크흡?]

황금빛 드래곤이 놀라는 가운데 어둠의 기운이 포승줄 모양으로 배배 꼬였다. 그 다음 황금빛 드래곤을 칭칭 묶었다.

[흥, 어림도 없다.]

황금빛 드래곤이 코웃음을 쳤다. 드래곤의 몸뚱어리가 다시 빛으로 변했다.

자고로 물체(포승줄)가 빛을 묶을 수는 없는 법. 황금빛 드래곤은 이번에도 이탄의 공격을 손쉽게 회피할 수 있을 것이라 자신했다.

오산이었다.

아조브가 소환한 어둠의 포승줄은 물리적인 공격이 아니라 빛의 힘을 제약하는 어둠의 에너지에 가까웠다.

황금빛 드래곤은 쉽사리 그 포박에서 벗어나지 못했다.

[크앗!]

포승줄에 묶인 황금빛 드래곤이 미친 듯이 발버둥 쳤다.

일단 상대를 옭아매고 나자 어둠의 포승줄은 점점 더 거세게 황금빛 드래곤의 몸통을 조였다.

빠직! 빠직! 빠직! 빠지직!

어둠의 포승줄과 황금빛 드래곤의 비늘 사이에서 시커먼 스파크가 튀었다. 그렇게 황금빛 드래곤이 발버둥 치는 사이, 이탄의 오른손 손바닥 위에서는 어느새 세 번째 광정이 완성되었다.

파츠츠츳—.

이번 광정은 황금빛 드래곤의 심장 부위를 정확하게 겨눴다.

일단 광정이 방출되면 끝.

빛의 속도로 날아오는 광정을 피하기란 불가능했다. 광정에 실린 가공할 에너지를 막을 방법도 없었다.

[끄으아아아아아악—.]

황금빛 드래곤은 소멸의 위기를 맞아 아가리를 쩍 벌리고 비명을 질렀다. 두 눈도 질끈 감았다.

그렇게 황금빛 드래곤이 잠깐 눈을 감은 찰나에 아조브가 날아들었다.

휘릭.

커다란 낫은 해츨링(새끼 드래곤)이나 다름없는 황금빛 드래곤의 뒤로 돌아가 목덜미를 찍었다.

아조브는 차원을 베고 영혼을 가르는 신물이었다. 이 신비로운 법보는 황금빛 드래곤의 몸에는 전혀 상처를 내지 않은 채 오로지 드래곤의 영혼만 콕 찍어서 이탄의 혼백 속으로 끌고 들어왔다.

[어어억?]

황금빛 드래곤이 다시 정신을 차렸을 때, 이미 그의 영혼은 이탄의 혼백 속으로 붙잡혀 들어온 이후였다.

황금빛 드래곤의 영혼이 주변을 두리번두리번 둘러보았다.

이탄의 영혼 내부는 무서울 정도로 광활하였다. 그곳 중심부에 이탄이 뒷짐을 지고 오만하게 서 있었다.

이탄의 뒤편에는 흙의 수호룡 알리어스가 조신하게 자리했다.

황금빛 드래곤이 마뜩지 않은 눈빛으로 흙의 수호룡을 노려보았다.

반면 흙의 수호룡은 측은한 눈길로 황금빛 드래곤을 더듬었다. 흙의 수호룡의 눈동자 속에는 '너님의 용생도 이제 끝났음. 일단 한번 이 괴물에게 붙잡히면 빠져나갈 방법은 없음. 너님은 이제부터 영원한 노예.' 라는 말이 쓰여 있었다.

황금빛 드래곤이 왠지 모를 불안함과 불쾌함을 느끼고는 이탄을 향해 고개를 획 돌렸다.

[크르르. 여긴 또 어디냐? 크르르르.]

사나운 으르렁거림이 황금빛 드래곤의 아가리에서 튀어나왔다.

이탄이 상대를 비웃었다.

'흥. 아직도 정신을 못 차렸군.'

코웃음 소리와 함께 이탄의 영혼 속에서 붉은 금속이 돋아났다.

콰득, 부우우웅—.

갈고리 형태로 변한 붉은 금속은 눈 깜짝할 사이에 황금빛 드래곤의 꼬리를 찍어 허공에 거꾸로 매달았다. 대롱대롱 매달린 황금빛 드래곤의 처지가 마치 푸줏간에 걸린 죽은 새끼돼지를 연상시켰다.

[크라락, 놔라, 이놈아. 당장 나를 내려놓지 못할까.]

황금빛 드래곤이 이탄을 향해 호통을 쳤다.

그 호통에 반감이라도 느낀 듯 붉은 금속 한 덩어리가 빈 허공으로부터 불쑥 튀어나오더니 네모난 식칼로 변했다.

스릉!

피부에 슬쩍 닿기만 했을 뿐인데도 붉은 식칼은 황금빛 드래곤의 비늘을 가르고 등의 살점 안으로 쑥 파고들었다.

식칼의 날이 어찌나 예리했던지 드래곤의 단단한 비늘도 감히 버티지 못했다. 이건 마치 부드러운 치즈 조각이 칼날에 닿아 사르륵 잘리는 것 같았다.

[꾸웨엑? 꾸웨에엑?]

황금빛 드래곤이 기겁을 했다. 놀란 드래곤은 또다시 온몸을 빛으로 바꿔 탈출하려고 들었다.

실패였다.

현실 세계에서 황금빛 드래곤은 온몸을 빛으로 바꾸는 것이 가능했다. 그렇기에 황금빛 드래곤은 모든 물리적인 구속으로부터 자유로웠다.

이탄의 영혼 안에서는 이 권능이 차단되었다. 황금빛 드래곤은 꼬리에 틀어박힌 붉은 갈고리로부터 단 1밀리미터도 벗어나지 못했다. 그저 빈 허공을 발로 허우적거리고 날개를 세차게 퍼덕거리며 고통스럽게 몸부림칠 뿐이었다.

사각사각.

서걱서걱.

붉은 식칼은 발버둥 치는 드래곤의 등껍질을 톱질하듯
썰었다.

[쿠우힉?]

산 채로 껍질이 벗겨지는 그 생경한 느낌이란!

황금빛 드래곤은 온몸의 신경이 곤두서고 뒷골이 쭈뼛해
지는 공포를 맛보았다.

[쿠아아악. 그만. 그만. 이 미친 새끼야, 이게 대체 뭐하
는 짓이냐? 당장 나를 풀어주지 못할까. 꾸웨에에엑.]

황금빛 드래곤이 이탄에게 욕을 퍼부었다.

이탄은 아무런 대꾸도 하지 않았다. 이탄이 무표정하게
지켜보는 가운데 붉은 식칼은 황금빛 드래곤의 등가죽을
벌써 4분의 1이나 썰어내었다. 드래곤의 몸에서 뚝뚝 떨어
진 핏물이 바닥을 흥건하게 적셨다.

식칼로 살가죽을 벗기는 것은 시작에 불과했다. 이번에
는 허공에 붉은 갈고리 2개가 새로 생겨났다. 이 갈고리들
은 황금빛 드래곤의 배에 푹 틀어박히더니, 생살을 찢고 배
를 강제로 좌우로 벌렸다.

Chapter 7

콰직, 뿌드드드득.

복부가 생으로 뜯어지는 소리가 소름 끼쳤다.

이탄이 흐뭇하게 뇌까렸다.

'가죽은 가죽대로 챙기고, 내장은 또 내장대로 뽑아줘야지. 뼈도 따로 추려놓으면 나중에 써먹을 데가 있을 거야. 후후훗.'

이 섬뜩한 뇌까림이 황금빛 드래곤을 철렁하게 만들었다.

[가죽? 내 가죽을 벗겨서 뭐에 쓰려고? 내장? 내장은 왜 뽑는데? 그리고 뼈는 또 왜 추리는 게야? 꾸웨에엑. 하지마. 제발 그런 짓은 하지 마. 꾸웨에에엑.]

황금빛 드래곤이 마침내 애걸하기 시작했다.

이탄은 상대방의 애걸을 모르는 체했다.

조금 더 시간이 흐르자 황금빛 드래곤의 등가죽이 어느새 절반이나 벗겨져 나갔다. 황금빛 드래곤은 산 채로 가죽이 썰렸다. 내장이 줄줄이 뽑혀나갔다. 뼈가 주르륵 추려졌다. 이 고통이 얼마나 지독한 것인지 겪어보지 않은 드래곤은 알 수가 없었다.

불행하게도 흙의 수호룡은 과거에 한 번 이런 경험을 맛

보았었다.

[크흡. 정말이지 지독하구나.]

흙의 수호룡 알리어스는 차마 황금빛 드래곤의 몸부림을 지켜보지 못하고 고개를 돌려 외면했다.

그래도 황금빛 드래곤은 흙의 수호룡보다는 자존심이 강했다. 황금빛 드래곤이 바락바락 악을 쓰면서 이탄에게 끊임없이 욕을 퍼부었다. 온갖 육두문자가 다 튀어나왔다.

흙의 수호룡이 이탄의 손에 걸린 지 10분도 되지 않아 항복을 했다면, 황금빛 드래곤은 무려 한 시간이나 버텼다.

물론 욕을 할 때마다 그만큼의 대가가 황금빛 드래곤에게 가해졌다. 드래곤의 입에서 걸죽한 욕이 한 번 튀어나올 때마다 허공에 붉은 해머가 등장해 황금빛 드래곤의 몸통을 때리고 뼈를 부쉈다.

이제 황금빛 드래곤의 몸체는 거의 넝마나 다름없는 수준으로 전락했다. 황금빛 드래곤의 등가죽도 모두 벗겨져서 맨살에 피만 줄줄 흘렀다.

서걱서걱, 서걱서걱.

붉은 식칼이 황금빛 드래곤의 머리 가죽을 벗기기 위해 뒤통수 쪽으로 슬금슬금 다가왔다.

결국 여기까지가 한계였다.

[스톱! 스, 스톱. 제발 그만. 그만 하라고.]

'반말을 찍찍 내뱉는 것을 보니 아직도 정신 못 차렸군.'

이탄이 서늘한 눈빛을 뿜었다.

[아, 아니에요. 우흐흐흑. 제발 그만두세요.]

세상 그 어떤 존재보다 자존심이 강하던 황금빛 드래곤이 마침내 이탄에게 존댓말을 썼다.

물론 드래곤의 목소리는 개미 기어 다니는 소리보다도 더 작았다.

'뭐라고?'

이탄이 자신의 오른손을 둥글게 말아 귓바퀴 뒤에 대었다.

황금빛 드래곤이 약간 목소리를 키웠다.

[제발 그만.]

이탄이 귀에서 다시 손을 떼었다.

서걱서걱.

잠시 멈췄던 붉은 식칼이 다시금 황금빛 드래곤의 머리 가죽을 밀기 시작했다. 기겁을 한 황금빛 드래곤이 자신도 모르게 울음 섞인 목소리를 내었다.

[그마아아안! 제발 그만 두세요. 제발. 크흐허어어엉.]

태고의 비밀을 품고 있는 고귀한 존재?

세계 그 자체라 불리는 고고한 존재?

이탄 앞에서는 다 소용 없었다. 세상 그 어떤 도살자보다도 더 무자비한 이가 이탄이었다. 인정머리라고는 눈곱만큼도 찾아볼 수 없는 흉포한 존재가 바로 이탄이었다.

그런 이탄 앞에서 푸줏간의 고깃덩어리처럼 비참하게 매달린 채 산 채로 껍질이 벗겨지고 내장을 잡아 뜯기다 보면, 드래곤의 자존심 따위는 어느새 지평선 저 멀리 사라지게 마련이었다.

[쿠우웃. 역시 무자비한 폭력 앞에서는 견딜 재간이 없구나. 쿠우우우우.]

흙의 수호룡이 부르르 몸서리를 쳤다.

흙의 수호룡의 뇌리에는 몇 해 전 자신이 당했던 끔찍한 기억이 새록새록 되살아났다. 이탄에 의해 짓밟히는 황금빛 드래곤의 모습을 보는 것만으로도 흙의 수호룡은 뼈마디 하나하나가 욱신욱신 쑤시는 느낌이었다. 온몸에 오한이 절로 감돌았다.

'야.'

[네넵.]

이탄이 부르는 소리에 흙의 수호룡이 빠릿빠릿하게 대답했다.

'이 통통한 녀석도 너와 같은 부류 맞지?'

이탄이 턱으로 바닥을 가리켰다.

그곳엔 피투성이가 된 황금빛 드래곤이 처참하게 널브러져 있었다. 이탄은 죽은 듯이 늘어진 황금빛 드래곤을 발끝으로 툭툭 차며 물었다.

'왜 대답이 없어? 너와 같은 부류 맞잖아.'

이탄의 시커먼 눈이 흙의 수호룡에게 향했다.

흙의 수호룡이 무의식중에 침을 꿀꺽 삼켰다.

[네, 맞습니다.]

'그럼 이 녀석도 수호룡 중 하나겠네?'

[아마도 그럴 겁니다.]

'그런데 조금 전에 이 녀석이 패황 이군억을 입에 담지 않았어?'

[맞습니다. 저도 똑똑히 들었습니다.]

흙의 수호룡은 이탄의 질문이 떨어지기 무섭게 답을 했다. 고자질쟁이나 다름없는 그 모습을 보면서 황금빛 드래곤은 울화가 치밀었다.

쥬신 제국의 옛 속담에 "때리는 시어미보다 말리는 시누이가 더 밉다."는 속담이 있지 않던가.

지금이 바로 그런 경우였다. 황금빛 드래곤은 이탄보다도 그 옆에서 종알종알 대답을 하는 흙의 수호룡이 더 얄미웠다. 그래서 퉁퉁 부운 눈꺼풀을 힘겹게 들어 흙의 수호룡을 째려보았다.

그러는 사이 이탄은 손가락으로 자신의 턱을 조몰락거렸
다.

'흐음. 그렇다면 이 녀석은 패황 이군억과 관련이 있는
수호룡이겠구나. 거 참, 모양 빠지게 말이야.'

[네?]

뜬금없는 이탄의 말에 흙의 수호룡이 반문했다.

반쯤 정신이 나간 황금빛 드래곤도 '모양이 빠지다니,
이게 무슨 뜻이지?' 라는 의문을 품었다.

Chapter 8

이탄이 툭 내뱉었다.

'패황 이군억이라면 쥬신 대제국에서 역대 최강자라고
추앙받는 인물이잖아.'

[맞습니다.]

흙의 수호룡이 냉큼 대답했다.

'그런 영웅이 이렇게 뚱보 용을 타고 다녔다니, 쯧쯧쯧.
모양이 빠져. 빠져도 아주 빠져. 쯧쯧쯧.'

[크악! 뭐랏?]

처참하게 몸이 망가진 상태에서도 황금빛 드래곤이 발끈

했다.

상대가 다시 고개를 치켜들자 이탄이 반사적으로 폭력을 썼다.

'이게 어디서.'

퍽!

이탄의 발끝이 황금빛 드래곤의 복부에 틀어박혔다. 붉은 갈고리에 의해 너덜너덜하게 난자당한 부위가 발에 차이자 그 고통이 어마어마했다.

[크허허헉.]

황금빛 드래곤은 숨넘어가는 소리를 냈다.

이탄이 드래곤의 머리통을 발끝으로 톡톡 건드렸다.

'야. 야. 야.'

[크으윽.]

황금빛 드래곤이 인상을 쓰려 했다. 그러다 겁이 덜컥 나서 구겨진 얼굴을 억지로 폈다. 그리곤 나름 해맑은 얼굴로 이탄을 올려다보았다.

이탄이 황금빛 드래곤 앞에 쪼그려 앉았다.

'저기 저 녀석 보이지. 쟤는 흙 속성이라더라. 너는 속성이 뭐냐?'

[크윽.]

황금빛 드래곤은 이탄의 질문에 쉽게 대답하지 못했다.

자존심 때문에 입이 열리지 않아서였다.

이탄이 우악스럽게 황금빛 드래곤의 뿔을 붙잡았다.

뿌드드드득.

4개의 뿔 가운데 하나가 반쯤 잡아 뽑혔다.

물론 이곳은 이탄의 영혼 속이라 실제로 드래곤의 뿔이 뽑히는 것은 아니었다. 하지만 황금빛 드래곤이 겪는 심리적인 충격은 실제와 똑같았다.

[빛! 빛입니다. 빛. 크흐흐흑.]

황금빛 드래곤이 울음 섞인 음성으로 자신의 속성을 밝혔다.

이탄이 손바닥으로 상대의 뺨을 무성의하게 쓰다듬었다.

'그래. 빛이라고? 내 그럴 줄 알았어. 보기만 해도 빛 속성이라는 것을 알겠던데, 그게 뭐 대수로운 비밀이라고 대답을 머뭇거리고 그래? 그러다 괜히 뿔만 잡아 뽑힐 뻔했잖아. 앞으로는 즉각즉각 대답하기다. 알았지?'

[네넵. 넵.]

과격한 폭력.

무심한 듯 시크하게 이어지는 달램.

이탄은 가시 달린 채찍과 별로 달지도 않은 당근을 적절하게 섞어서 사용했다. 지금 이 상황에서 달콤한 당근은 필요 없었다.

모레툼 교단의 신관으로 지내면서 이탄은 어떻게 상대를 다뤄야 쉽게 굴복시킬 수 있는지를 본능적으로 알았다. 수많은 노예(?)를 만들어내었던 이탄의 풍부한 경험과 스킬이 황금빛 드래곤을 영혼째 뒤흔들었다.

드래곤이나 인간이나 심리를 컨트롤하는 방법은 매한가지였다. 원래 인간은 박해를 예상했던 사람으로부터 손톱만큼의 은혜를 받게 되면 시혜자에게 더욱 애정을 느끼게 마련이며, 그 결과 백성들은 백성의 호의로 권력을 잡은 군주보다 이런 나쁜 타입의 군주에게 곧잘 더 끌리는 법이었다.

빛의 수호룡이라고 해서 다를 바는 없었다.

그 옛날 패황 이군억을 등에 태우고 광활한 창공을 누비며 온 세상을 굽어보았던 고대의 존재는 그렇게 빠르게 이탄에게 길들여졌다.

그 날 빛의 드래곤은 반강제적으로 이탄과 피의 맹약을 맺게 되었다.

이탄은 황금빛 드래곤의 영혼을 다시 원래의 몸으로 돌려보냈다. 그 다음 어린 드래곤의 아가리를 손가락으로 벌리고는 자신의 피를 그 속에 똑똑 떨어뜨렸다.

'자, 마셔라.'

꿀꺽, 꿀꺽, 꿀꺽.

길이 50센티미터 정도의 조그만 드래곤이 아가리를 쩍 벌리고 이탄의 피를 받아 마셨다. 빛의 드래곤의 눈이 순간 적으로 붉게 물들었다가 다시 원래 색깔로 돌아왔다.

 '이름.'

 이탄이 연결된 영혼을 통해 물었다.

 황금빛 드래곤이 재깍 대답했다.

 [알리어스. 빛의 수호룡 알리어스가 제 이름입니다.]

 역시 이 드래곤도 이름이 알리어스였다.

 이탄이 다시 물었다.

 '특기는?'

 [저는 온몸을 빛으로 바꿀 수 있습니다. 빛 에너지로 적 을 공격할 수 있습니다. 또한 모든 어둠의 천적입니다.]

 이번 대답도 재빨랐다.

 '그래. 시원시원하게 답을 잘하네.'

 이탄이 알에서 갓 깨어난 조그만 수호룡의 머리를 쓰담 쓰담 해주었다.

 [으으읏.]

 빛의 수호룡이 이탄의 손길에 감격한 듯 바르르 몸을 떨 었다. 혹은 이탄의 손길이 두려워서 전율한 것일 수도 있었 다. 둘 중 어느 쪽이건 간에 지금 빛의 수호룡은 영락없는 강아지 꼴이었다.

[하!]

자존심을 모두 내팽개친 그 태도에 흙의 수호룡은 기가 막혔다. 다른 한편으로 흙의 수호룡은 영문 모를 질투심을 느꼈다.

[쳇. 나는 한 번도 쓰다듬어준 적이 없으면서. 으흡!]

흙의 수호룡 알리어스가 자신도 모르게 혼잣말을 내뱉다가 화들짝 놀라 앞발로 자신의 입을 틀어막았다.

오늘 이탄에게 길들여진 것은 비단 빛의 수호룡만이 아니었다. 흙의 수호룡도 이탄에 대한 감정이 폭이 한층 더 넓고 깊어졌다. 비록 흙의 수호룡은 죽었다 깨어나도 그 점을 인정하지 않겠지만 말이다.

제2화
이르쿠츠크 공습

Chapter 1

중앙 시베리아 고원 남동쪽.

동사얀 산맥과 프리바이칼 산맥, 그리고 바이칼호로 삼면이 둘러싸인 교역의 중심지 이르쿠츠크 시가 오늘 대대적인 폭격을 당하였다.

안가라강 하류에 위치한 도심 지역은 이미 시커먼 연기에 휩싸여 한 치 앞도 보이지 않았다.

안가라강 서쪽의 공업지구 또한 무사하지 못했다. 하늘에서 우수수 떨어져 내리는 불덩어리들이 공장지대를 강타했다.

퍼퍼퍼펑!

주유소와 정유탱크, 화학물질 창고 등이 연쇄적으로 폭발하였다. 이르쿠츠크 시가지 여기저기서 동시다발적으로 불길이 솟구쳤다. 그 불이 도심 외곽 자작나무 숲으로 옮겨 붙으면서 온 사방이 불바다로 변했다.

"이런 미친!"

동시베리아의 사단장인 라츠크가 어금니를 꽉 깨물었다.

지하벙커에 설치된 수십 개의 모니터에서는 불타오르는 도시 이곳저곳을 동시에 비춰주었다. 모니터에 고정된 라츠크의 두 눈에 핏발이 곤두섰다. 라츠크의 두 주먹에선 혈관이 툭툭 튀어나왔다.

"빌어먹을 간씨 세가 놈들. 그 아시아의 개새끼들이 쳐들어왔어. 빨리 모스크바에 지원 병력을 요청해라. 포격여단은 여태 대응사격을 하지 않고 뭐하는 게야? 전투기들은? 아군 전투기들은 다 어디로 갔어? 어서 출격해서 저 개 같은 간씨 세가의 폭격기들을 떨어뜨리니까. 어서."

라츠크가 머리를 벅벅 긁으며 속사포처럼 명령을 내렸다.

그러는 와중에도 간씨 세가의 폭격기들은 이르쿠츠크의 구름 위를 크게 선회한 다음, 다시 한 번 폭탄을 우수수 투하했다.

구름을 뚫고 떨어지는 대량의 폭탄들이 도시 지표면을

시뻘겋게 달구었다.

지이이잉— 쿠콰콰콰쾅!

고열의 마법진이 새겨진 폭탄은 단숨에 도시를 집어삼켰다. 도로가 엿가락처럼 휘었다. 교량이 붕괴했다. 사방에서 폭탄 터지는 소리가 난무했다. 길거리에는 사람의 그림자조차 찾아볼 수 없었다.

하긴, 온 천지가 다 불바다라 딱히 도망칠 곳도 없어 보였다.

게다가 최근에 모스크바에서 인력 총동원령이 내려져서 주민들이 별로 없는 상태였다. 이르쿠츠크의 주민들 가운데 상당수는 코로니 군벌 최상층부의 명을 받아 인근 도시에 노동력을 공급하기 위하여 이동했다.

역설적이게도 그 덕분에 인명 피해가 상대적으로 적었다.

대규모 융단폭격에 이어서 백호부대가 전격적으로 투입되었다.

"가자."

백호대주 서원평이 먼저 수송기에서 뛰어내렸다.

물론 맨몸으로 뛰어내린 것은 아니었다. 서원평은 간씨세가의 신병기 젠—201에 탑승한 상태로 낙하를 시도했다.

"대주님을 따르라."

서원평의 뒤를 이어서 대형 낙하산을 등에 장착한 젠—201 부대가 우르르 낙하했다. 구름을 뚫고 휙휙 등장한 100기의 로봇 병기들은 이르쿠츠크 시를 향해 무서운 속도로 내리꽂혔다. 바람이 백호대원들의 귓가를 무섭게 스치고 지나갔다.

그러다 적당한 지점이 되자 백호대원들이 대형 낙하산을 활짝 폈다.

파앙—! 팡—! 팡—!

공기를 한껏 머금은 낙하산 덕분에 젠—201호 부대가 허공으로 다시 솟구쳤다. 그런 다음 다시 감속하여 지상으로 천천히 날아내렸다.

백호부대가 전장에 투입될 즈음, 코로니 군벌에서도 결국 전투기를 띄웠다.

안타깝게도 기존의 활주로는 간씨 세가의 선제 폭격으로 인하여 이미 엉망이 된 상태였다. 결국 코로니 군벌은 비상 활주로로 전투기를 옮겨서 출격시켜야만 했다.

기이이이잉— 슈왕! 슈왕! 슈왕!

뒤늦게 떠오른 코로니의 전투기 편대가 눈 깜짝할 사이에 젠—201호들을 덮쳤다.

"아시아의 개자식들, 다 죽여주마."

코로니의 전투기 조종사들이 젠—201호를 조준기에 잡고 미사일 발사버튼을 막 누르려는 찰나였다.

이탄이 전쟁에 개입했다.

이탄은 낙하산도 매지 않고 수송기에서 자유낙하 하다가 빠르게 날아오는 코로니의 전투기들을 발견했다.

그 즉시 이탄이 두 손을 앞으로 쭉 밀었다.

콰쾅!

급변한 중력 때문에 코로니의 전투기들이 크게 요동쳤다.

"우왁."

막 미사일 발사 버튼을 누르려던 조종사들이 타겟을 놓치고 휘청거렸다. 일부 조종사들은 엉뚱하게도 빈 허공을 향해 미사일을 쏘았다.

몇몇 전투기들이 급작스러운 중력 변화를 견디지 못하고 날개가 부러졌다. 꽝! 소리와 함께 날개 끝이 부러졌다. 전투기들은 뱅글뱅글 회전을 하면서 지상에 처박혔다.

"으아아아악."

전투기 조종사들이 비상탈출 버튼을 누르고 하늘로 솟구쳤다. 운 좋게 추락을 피한 전투기들은 당장 기수를 틀어 이탄에게서 도망쳤다.

전투기 앞쪽에 장착된 고성능 카메라가 전투 현장의 영

상을 지휘사령부로 전송했다. 사단장 라츠크는 이탄의 정체를 곧바로 알아보았다. 주홍빛 갑옷을 입고 등에 망토를 두른 덕분에 이탄의 모습은 멀리서도 식별이 가능했다.

"대지의 소서러라니! 젠장. 저 망할 놈이 직접 왔구나."

라츠크의 입에서 신음이 터졌다.

대지의 소서러가 전투에 직접 끼어들었다면 이건 쉽게 막을 수 없는 싸움이었다. 라츠크가 지휘봉을 벽에 확 집어던졌다.

"제기랄. 전투기 편대를 모두 불러들여라. 대지의 소서러는 중력을 자유롭게 컨트롤한다. 그 앞에서 전투기나 헬기를 띄우는 것은 바보짓이야."

라츠크의 호통에 부관이 발을 동동 굴렀다.

"사단장님, 하지만 전투기의 출격 없이는 간씨 놈들의 폭격을 막을 수가 없습니다."

"이런 병신."

그 즉시 라츠크가 몸을 날려 군화발로 부관의 배를 걸어찼다.

"전투기를 띄우는 즉시 대지의 소서러가 다 떨어뜨릴 것이 뻔한데 무슨 멍청한 소리를 하는 게야? 전투기는 후방으로 빼고, 대공 포격에 집중해라. 화망을 구성하여 간씨 놈들의 폭격기를 도시 상공에서 밀어내. 모스크바. 모스크바와 연결은 되었나? 이곳에 대지의 소서러가 나타났다. 그 망할 놈을 제지해줄 분들이 나서지 않으면 이곳 이르쿠츠크는 끝장이야.”

라츠크가 입에 게거품을 물었다.

정통으로 배를 걷어차인 부관은 지휘사령부 벽에 등을 기대어 끙끙 소리를 냈다.

Chapter 2

이탄의 도움 덕분에 젠—201호 100기가 모두 이르쿠츠크 시가지에 안착했다. 백호대주 서원평이 부하들에게 무전을 날렸다.

“작전 계획은 모두 숙지했을 것이라 믿는다. 우리는 교량과 도로를 파괴하여 코로니의 군대가 도심에 진입하는 것을 방해한다. 또한 이르쿠츠크의 주요 시설을 모두 날려버릴 것이다. 알겠나?”

“넵. 알겠습니다.”

백호대원들이 우렁차게 대답했다.

대형 낙하산을 등에서 떼어버린 젠—201호 부대가 쿵쿵 소리를 내면서 기동을 시작했다. 그들은 안가라강 동쪽 지역을 향해 달려갔다.

그 동쪽 지역이 바로 코로니 군벌의 동시베리아 사단이 위치한 곳이었다.

동시베리아 사단도 그냥 당하지는 않았다. 라츠크의 명을 받은 포격여단이 곧바로 대응을 시작했다. 이동형 발사대를 장착한 대형 트럭 30대가 간씨 세가의 폭격을 피해 안전지대로 움직인 뒤, 레이다를 가동하여 구름 위를 훑었다.

마침내 목표 포착.

이동형 발사대 한 대마다 3 곱하기 4, 즉 12개의 다연발 포신을 매달고 있었다. 포신의 뚜껑이 열리면서 미사일 열두 발이 동시에 발사되었다.

츄콰콰콰콰!

미사일 발사의 반동으로 발사대가 크게 뒤로 밀렸다. 대형 트럭이 휘청거릴 정도였다. 시뻘건 불꽃을 매달며 솟구친 미사일 열두 발은 제각기 다른 궤적을 그리며 허공에 불을 뿜더니, 눈 깜짝할 사이에 구름 위까지 솟구쳤다.

이러한 이동형 발사대가 무려 30대였다.

12 곱하기 30은 360.

라츠크 사단장의 발사 명령에 따라 총 360개의 미사일이 동시에 구름을 뚫었다.

간씨 세가의 전투기들이 즉각 대응했다.

"적의 미사일이다."

"유인 미사일 발사!"

미사일 발사 징후를 포착한 간씨 세가의 전투기들은 폭격기와 수송기를 보호하기 위하여 유인 미사일들을 일제히 쏘았다.

푸슈슈슈슈—.

밝은 불꽃을 내뿜으면서 쏘아진 유인 미사일들이 강렬한 열기를 내뿜었다. 유인 미사일 첨두에 새겨진 마법진이 곧장 가동되었다.

그 마법이 코로니 군벌의 미사일들을 끌어당겼다.

쐐애액—. 쐐애애액—.

코로니 군벌의 미사일들이 유인 미사일에 홀려서 방향을 바꿨다. 360발의 미사일 가운데 절반 이상이 간씨 세가의 폭격기 대신 유인 미사일을 쫓아가 충돌해 버렸다.

그렇게 적 미사일을 유인하여 제거했건만, 아직도 남은 미사일들이 많았다. 그 미사일들이 벼락처럼 구름을 헤집고 날아와 목표물을 타격했다.

그 전에 간씨 세가의 전투기들이 또다시 유인 미사일을 날렸다. 허공에 강렬한 열탄도 발사하여 적 미사일의 열추적 센서를 마비시켰다.

간씨 세가의 신속한 대응 덕분에 코로니 군벌에서 발사

한 미사일 360개 가운데 대부분이 엉뚱한 표적과 부딪쳤다.

하지만 적이 쏜 미사일의 개수가 워낙 많았다. 360개의 미사일은 대부분 무용지물이 되었으나, 2개의 미사일이 간씨 세가의 대응망을 악착같이 뚫고 들어와 간씨 세가 수송선 날개를 격파했다.

콰앙! 기이이이잉.

젠—201호를 싣고 날아온 초대형 수송선이 왼쪽 날개에서 시커먼 연기를 내뿜으며 구름 아래로 추락했다.

"비상. 비상."

"기체가 추락한다. 모두 탈출하라."

수송선 조종사들이 황급히 탈출했다.

간씨 세가의 전투기 편대는 복수라도 하듯이 코로니의 이동형 발사대를 탐색했다. 그 다음 적들을 향해 수십 발의 미사일을 날렸다.

적들도 포격을 피하지 않았다. 간씨 세가의 미사일이 날아오기 전에 코로니 군벌의 이동형 발사체가 360발의 미사일을 또 쏘아 올렸다.

위기감을 느낀 폭격기 조종사들이 조종대를 힘껏 잡아당겨 도망쳤다. 간씨 세가의 전투기들은 유인 미사일을 연달아 발사하여 적 미사일들을 헷갈리게 만들었다.

그래도 360발이나 되는 미사일을 모두 방어하는 것은 불가능했다. 간씨 세가의 폭격기 두 대가 적 미사일에 격추되었다.

수송기에 이어서 폭격기 두 대까지 잃었으니 간씨 세가도 피해가 제법 컸다.

"후퇴. 후퇴. 이제 폭격은 멈춘다."

"나머지는 백호부대에 맡기고 철수하라."

간씨 세가의 전투기 편대가 폭격기를 호위하여 남쪽으로 방향을 틀었다.

그 사이 젠—201호가 쿵쿵쿵 달려와 코로니 군벌의 이동형 발사대들을 하나하나 파괴하기 시작했다.

대형 트럭에 장착된 이동형 발사대는 공군에게는 치명적이지만 젠—201호와 같은 보병형 로봇에게는 취약했다.

"저놈들이 감히 아군 수송기를 격추했다. 복수해줘라."

서원평이 이빨을 뿌드득 갈았다.

"넵."

백호부대원들이 젠—201호의 어깨에 매달린 다연발 로켓을 무자비하게 쏘았다. 푸른 불꼬리를 만들며 날아간 로켓포들이 코로니의 대형 트럭을 펑펑 날려버렸다.

"대응사격을 햇."

투타타타타!

코로니의 병사들은 이동형 발사대를 보호하기 위해 기관총으로 맞섰다.

어림도 없는 짓이었다. 젠—201호의 기갑 표면에 새겨진 마법진이 발동하면서 허공에 푸른 방패가 형성되었다.

그 방패가 적의 탄환들을 피해 없이 막아내었다. 그 사이 젠—201호의 어깨에 장착된 다연발 로켓이 또다시 공격을 감행했다.

무려 100기에서 쏘는 로켓이었다. 빗발처럼 무수히 날아간 로켓들이 적의 이동형 발사대를 차례로 부쉈다.

젠—201호가 코로니의 포격여단과 교전을 벌이는 동안, 이탄도 놀고 있지 않았다. 이탄은 음차원의 마나를 잔뜩 끌어올려 오른손 손바닥에 집약했다. 그 다음 그 사납고 파괴적인 마나를 대지에 접촉시켰다.

Chapter 3

파창!

이탄의 손바닥과 이르쿠츠크의 흙이 맞닿으면서 푸른 섬광이 물결처럼 퍼졌다. 이탄의 마법이 땅속 깊숙한 곳의 맨틀을 자극했다.

어쓰퀘이크(Earthquake: 지진) 작렬!

간철호의 마법 가운데 광정 다음으로 막강한 공격력을 가진 광역마법이 이르쿠츠크의 지각을 뒤흔들었다.

공격력의 수치는 무려 920.

어쓰퀘이크의 공격 수치가 대략 600에서 800 사이인데, 이탄은 음차원의 마나를 꾹꾹 눌러 담아 마법의 한계를 뛰어넘는 에너지를 쏟아부었다. 그렇게 꽉 압축된 에너지가 어쓰퀘이크의 파괴력을 극한, 그 이상으로 올려주었다.

크콰콰콰콰콰!

이건 마치 대지가 바다로 변한 느낌이었다. 흙이 거대한 해일이 되어 크게 융기했다. 맨틀과 맨틀이 부딪치면서 대륙이 새로 융기하는 듯했다. 거대하게 일어난 흙의 쓰나미가 이르쿠츠크 시 전체를 휩쓸었다.

그 거대한 역도 앞에서 거칠 것은 없었다.

높은 빌딩들이 장난감처럼 쓰러졌다. 댐이 부서졌다. 교량이 사라졌다. 도로가 없어지고 철로가 쓸려나갔다. 이탄의 손바닥이 밀착된 곳을 중심으로 퍼져나간 초대형 어쓰퀘이크의 여파는 이르쿠츠크 시를 넘어 동사얀 산맥과 프리바이칼 산맥, 그리고 바이칼호까지 뒤틀어 버렸다.

어쓰퀘이크 작렬!

라츠크의 사단도 충격의 여파에서 벗어날 수 없었다. 후방으로 빼놓았던 코로니의 전투기들이 이탄이 만들어낸 지진에 의해 땅속에 바퀴가 파묻히고 또 옆으로 쓰러져 비행 불능 상태에 빠졌다. 포격여단이 숨겨놓았던 대공포들이 우르르 흙에 파묻혔다. 탄약고가 연쇄 폭발하면서 주변이 온통 폐허로 변했다.

지진의 여파는 아군도 가리지 않았다.

땅이 뒤흔들리자 젠―201호가 넘어지고 또 엉덩방아를 찧었다.

"우왁! 모두 조심해라. 의장님의 광역마법이닷."

서원평이 악을 썼다.

"네넵."

깜짝 놀란 백호대원들이 바닥에 엎드려 지진이 지나가기만을 기다렸다.

우르릉, 우르릉, 우르릉.

땅속 깊은 곳에서 연신 천둥소리가 울렸다.

지진의 여파는 생각보다 더 길었다. 본진에 이어서 여진까지 밀려와 쓰러진 건물을 재차 부쉈다.

"이럴 수가!"

라츠크 사단장이 입을 딱 벌렸다.

라츠크의 지휘사령부는 이르쿠츠크 시 북동쪽 지하 400미터 깊이에 자리해 있었다. 그렇게 땅속 깊숙한 곳에 세워진 벙커다 보니 온갖 종류의 폭격으로부터 자유로웠다.

비단 폭격만이 아니었다. 라츠크 사단장은 이 지휘사령부 벙커가 그 어떤 마법 공격도 거뜬히 막아낼 것이라 자신했다.

오산이었다.

시멘트와 철근으로 두텁게 처바른 철옹성 벙커도 어쓰퀘이크의 압력은 견디지 못했다. 핵폭탄도 거뜬히 막아낼 수 있다는 두터운 시멘트벽이 초대형 지진 한 방에 금이 갔다. 당장 벙커가 붕괴할 조짐을 보였다.

사령부의 천장에서는 시멘트 가루가 우스스 떨어졌다. 전력 공급이 약해지면서 천장의 형광들이 불안하게 깜빡거렸다. 이르쿠츠크 시 곳곳을 비춰주던 영상 화면도 하나둘 끊어져 모니터 화면들이 새까맣게 점멸했다.

그러던 한순간이었다.

쿠르릉 소리와 함께 갑자기 벙커의 천장 일각이 무너졌다.

"우아악."

"벙커가 붕괴한다."

라츠크의 부하들은 겁에 질려 컴퓨터 책상 밑에 숨었다. 그 파편 하나가 라츠크의 머리를 때렸다.

"크악."

뒤로 쓰러진 라츠크가 부르르 몸서리를 쳤다.

"으으윽. 대지의 소서러가 이토록 무서웠다니. 크으으
웃. 저 괴물을 대체 어떻게 막는단 말인가?"

"사단장님, 사단장님."

부관이 라츠크를 부축했다.

"사단장님, 어서 피하셔야 합니다. 지휘사령부가 곧 붕
괴할 것 같습니다. 일단 밖으로 빠져나가셔야 합니다."

위잉잉, 삐요 삐요, 삐요 삐요 삐요오ㅡ.

지휘사령부 복도에서는 연신 싸이렌 소리가 울렸다. 엘
리베이터가 고장 나서 대피는 쉽지 않았다. 지휘사령부 곳
곳에서 코로니 병사들이 뛰쳐나와 손으로 머리를 감싸고
몸을 피하는 중이었다.

"끄으으으으."

라츠크가 목에서 가래 끓는 소리를 냈다.

"사단장님, 사단장님."

부관이 라츠크를 부축하여 복도로 뛰쳐나왔다.

그때 다시 한 번 여진이 때려 박혔다.

콰콰쾅!

지하 벙커의 시멘트 벽 한쪽이 허물어지면서 커다란 돌
덩이가 우수수 낙하했다. 전등이 팍 꺼지면서 복도는 온통
암흑천지로 변했다.

"아아악, 살려줘."

"끄악. 나 좀 꺼내줘. 내 발이 낙하물에 끼었어. 나 좀 꺼내줘."

빛 한 점 없이 캄캄한 가운데 온 사방에서 비명이 들렸다.

"비켜. 사단장님이 위급하시다. 모두 비켜라."

부관은 라츠크를 부축하여 복도를 마구 내달렸다. 왼손으로 벽을 짚으면서, 오른손으로 라츠크의 허리를 잡고 열심히 뛰고, 또 뛰고.

부관이 애를 쓴 보람도 없이 여진이 또 발발했다.

콰콰콰쾅!

벙커의 계단이 허물어지면서 길이 끊겼다. 이제 동시베리아 사령부 사람들은 지하 400미터 지점에 갇힌 셈이었다.

"아, 안 돼."

부관이 절망에 차서 소리쳤다.

그 절박한 상황에서는 군율이고 뭐고 소용없었다. 누군가가 라이터를 켜서 불빛을 짧게 만들어냈다.

아직은 희망이 엿보였다. 계단이 완전히 꽉 막힌 것이 아니었다. 여진으로 인해 계단 중간이 끊겼을 뿐, 그 위쪽은 아직 멀쩡해 보였다.

Chapter 4

"이익."

라이터를 켰던 자가 부관의 등을 밟고 점프하여 끊긴 계단 저편에 착지했다.

"크악. 너 이 새끼 누구얏?"

부관이 욕을 뱉었다.

그 사이 두 번째 사람이 부관의 등을 발판으로 삼아 계단 저편으로 건너뛰었다. 세 번째 사람은 사단장 라츠크의 머리를 밟고 도약했다.

"이런 쌍놈의 새끼들. 사단장님이 여기 계시다. 이 개새끼들아."

부관이 사방으로 주먹을 휘두르며 악을 썼다.

"그래서 뭐?"

"어쩌라고?"

복도에서 우르르 뛰쳐나온 코로니 병사들이 부관을 군홧발로 밟고 계단 저편으로 뛰어넘었다. 부관은 일어서려다가 다시 밟혀서 고꾸라지고, 또 일어서려다가 박치기를 당해 뒤로 넘어갔다.

부관의 옆에서 라츠크 사단장이 "꺽, 꺽, 꺽." 비명을 질러댔다. 피투성이가 된 부관이 헉헉 숨을 몰아쉬었다.

바로 그때였다.

"이놈들."

천둥소리와 함께 벙커 천장이 쩍 갈라졌다. 거대한 시멘트 덩어리를 좌우로 벌리고 철근을 뚝뚝 끊어내면서 새하얀 옷을 입은 사내가 등장했다.

사내는 정교회 사제의 복장 차림이었다.

"예니세이 님!"

라츠크 사단장이 바닥에 얼굴을 처박은 채로 사내의 이름을 불렀다.

턱에 밤색 수염을 잔뜩 기르고 순백색의 정교회 사제의 복식을 차려입은 이 덩치 큰 사내가 바로 그 유명한 예니세이였다.

그의 별명은 '살육하는 사제'.

코로니 군벌 공식 서열 5위에 당당히 이름을 올린 고위급 인사가 나타났다.

갑자기 등장한 사람은 비단 예니세이만이 아니었다. 코로니 군벌의 서열 6위인 슈닌도 벙커 위쪽으로 뻗은 계단 입구에서 모습을 드러냈다.

슈닌은 키가 160센티미터에 불과했으나, 어깨가 딱 벌어지고 온몸이 근육질이었다. 슈닌의 어깨에는 길이가 1미터가 넘는 커다란 해머가 턱 걸쳐져 있었다.

슈닌의 별명은 블러디 해머(Bloody Hammar: 피투성이 해머).

유쾌해 보이는 외모와 달리 슈닌은 피를 달고 살았다.

"끙차."

커다란 철근 시멘트 뭉치를 손으로 밀친 뒤, 예니세이가 라츠크 사단장 옆으로 뛰어내렸다. 예니세이의 등 뒤에서 은은하게 광채가 뿜어졌는데, 그 광채 덕분에 어둡던 주변이 환하게 밝아졌다.

코로니 병사들은 감히 예니세이의 근처로 접근하지 못하고 주춤거렸다.

주변을 한 바퀴 둘러본 뒤, 예니세이가 코웃음을 쳤다.

"이거 웃기는 놈들이네? 감히 상관을 짓밟고 지들만 도망치려 들어?"

싸아아아아—.

예니세이가 숨결을 한 번 내뱉자마자 벙커 복도에 얼음이 쫙 깔렸다. 코로니 병사들의 몸도 눈 깜짝할 사이에 얼어버렸다.

"으어어?"

"으헉?"

발이 얼어 복도 바닥에서 떨어지지 않았다. 억지로 힘을 주어 발을 떼려 들었던 병사는 와그작 소리와 함께 발목이 부서졌다. 발목 아래쪽은 바닥에 딱 붙었고, 발목 위쪽만 깨져서 허공을 휘저은 것이다.

병사의 부서진 발목 단면에서 피와 혈관이 꽝꽝 얼어 있는 모습이 보였다.

"어어어억?"

발목이 부서져 괴성을 지르던 병사가 입을 쩍 벌린 채로 얼음조각이 되었다.

예니세이의 숨결은 사단장 라츠크와 부관을 제외한 모든 병사들을 다 얼려버렸다.

이것이 바로 '극빙의 숨결'.

예니세이가 자랑하는 마법 가운데 하나였다.

한편 계단 위쪽에서도 한바탕 피보라가 일었다.

꽝! 꽝! 꽝! 꽝!

연달아 폭음이 울렸다. 슈닌의 어깨에 얹혀 있던 해머가 눈에 보이지도 않는 속도로 주변을 휩쓸었다.

라츠크를 밟고 계단을 타넘었던 자들은 슈닌의 해머에 머리가 찍혀 모조리 저승 문턱을 넘었다.

그때 또 한 번의 여진이 발생했다.

우르릉!

금이 쩍쩍 가 있던 벙커 천장이 완전히 허물어질 기미를 보였다.

예니세이가 천장을 향해 숨을 불어넣었다.

싸아아아아—.

벙커 복도와 천장에 두껍게 얼음이 형성되면서 붕괴하려던 틈을 임시로 메웠다.

예니세이는 무지막지한 힘으로 끊긴 계단을 잡아당겨 다시 이어 붙였다. 그리곤 부관에게 턱짓을 했다.

"라츠크를 데리고 피신해라."

"네넵."

부관이 비틀비틀 일어나 라츠크 사단장을 부축했다.

"예니세이 님."

라츠크가 머리에서 피를 철철 흘리며 예니세이를 바라보았다.

예니세이가 숨을 불어넣자 라츠크의 상처가 얼고 피가 멎었다. 예니세이는 부관에게 한 가지 조언을 덧붙였다.

"계단 끝까지 올라가면 밧줄이 보일 게다. 그 밧줄을 허리에 묶고 잡아당겨라. 그럼 헬기가 너와 라츠크를 구해줄 게다."

"알겠습니다."

부관이 발걸음을 서둘렀다.

예니세이의 말이 맞았다. 벙커의 계단 끝까지 올라가자 축 늘어진 밧줄 몇 가닥이 보였다. 부관은 밧줄 끝을 라츠크의 겨드랑이에 빙 둘러 묶었다. 이어서 자신의 몸에도 밧줄을 장착했다.

부관이 밧줄을 힘차게 잡아당기자 투타타타타 헬기 프로펠러 소리가 들렸다. 부관과 라츠크의 몸이 밧줄에 매달려 위로 휙 솟구쳤다.

사단장이 탈출한 뒤, 지하 벙커에는 예니세이와 슈닌만 남았다.

쿵.

슈닌이 묵직한 해머를 바닥에 내려놓았다. 그 다음 폐허가 된 벙커 내부를 휙 둘러보고는 혀를 찼다.

"쯧쯧쯧. 이거 동시베리아의 지휘사령부가 완전히 망가졌군. 대지의 소서러가 대단하긴 대단해. 마법 한 방에 도시를 통째로 날려버리다니 말이야."

Chapter 5

예니세이가 손가락을 까딱였다.

"슈닌. 쓸데없는 소리 하지 말고 통신이나 연결해."

"어우. 알겠소. 알겠어. 뭔 말을 못 하게 해."

슈닌 툴툴거렸다.

그러면서도 슈닌은 시키는 대로 조그만 핸드폰을 꺼내들었다.

겉으로 보기에는 일반 핸드폰과 다를 바가 없어 보였다. 하지만 사실 이 기기는 마나로 구동되는 마법통신기였다. 기존의 전자파 통신망을 사용하지 않기에 도청이 불가능하고, 지하 깊은 곳이나 심해, 전자파가 차단되는 장소에서도 거뜬히 통화 연결이 가능한 것이 바로 이 마법통신기의 장점이었다.

띠리리릭~.

신호가 가고 잠시 후, 슈닌의 마법통신기가 상대와 연결되었다. 화면이 켜지면서 상대방의 영상이 슈닌의 눈앞에 떠올랐다.

예니세이가 슈닌 옆으로 다가와 손으로 성호를 그었다.

"신의 축복이 늘 그대와 함께하길. 처음 뵙겠소. 코로니의 예니세이라고 하외다."

"나는 슈닌. 코로니의 땅꼬마가 바로 나요. 크허허허허."

슈닌도 재빨리 상대방에게 자신의 존재를 어필했다.

화면 속 인물은 새하얀 웃음으로 예니세이와 슈닌의 인사를 받았다.

"예니세이. 슈닌. 시베리아 영웅들의 이름만 들었었는데 이렇게 직접 대화를 하게 되니 반갑구려. 나 간철호요."

간철호라는 말 한 마디에 주변이 얼어붙었다. 화면 속 인물의 정체는 놀랍게도 간철호, 즉 이탄이었다.

이탄이 내뱉은 형식적인 인사말이 마법무전기의 번역 기능을 거쳐서 예니세이와 슈닌의 귀에 전달되었다.

오늘 오전 이탄은 간씨 세가의 무력을 움직여서 중앙 시베리아의 교역 도시인 이르쿠츠크를 불바다로 만들었다.

그런데 대규모 공격을 감행한 이탄과 피해자인 코로니의 핵심 인물들이 이렇게 남몰래 대화를 나누다니, 이건 정말 충격적인 사건이었다.

특히 이탄을 대하는 예니세이의 태도가 예사롭지 않았다. 그는 원수 관계여야 할 이탄을 무척 정중하고 조심스럽게 대했다.

이탄도 예니세이를 나름 우대해주었다.

이탄과 예니세이는 무려 20여 분에 걸쳐서 심도 깊은 대화를 나누었다. 슈닌은 두 사람의 이야기에 끼어들지 않았다.

대화가 모두 끝나자 슈닌이 마법통신기를 꺼서 주머니 속에 다시 집어넣었다.

"어떻소?"

슈닌이 예니세이의 의견을 물었다.

예니세이가 어깨를 으쓱했다.

"뭐가 어때?"

"대지의 소서러 말이오. 직접 대화해본 느낌이 어떻소?"

"무섭더군."

예니세이가 솔직하게 느낌을 말했다.

"엉?"

슈닌이 흠칫했다.

"무섭다고? 허어! 살육하는 사제라 불리는 천하의 예니세이가 무서움을 느꼈단 말이오?"

슈닌이 어이없다는 투로 되물었다.

예니세이는 천천히 고개를 주억거렸다.

"무섭고말고. 도시 하나를 파괴할 만큼 가공할 마법을 구현한 뒤에도 대지의 소서러는 숨결 한 번 흐트러지지 않았어. 지친 기색도 전혀 없고."

"그거야 뭐 연기일 수도 있잖소? 아시아의 그 능구렁이가 우리가 보는 앞에서 지친 내색을 하겠소?"

슈닌은 이탄에 대한 평가를 깎아내렸다.

예니세이가 고개를 가로저었다.

"아니. 그건 연기가 아니야."

"엉?"

"나는 영상만 보아도 간철호의 주변의 마나 흐름의 변화를 살필 수 있다네. 그게 나의 권능이지."

예니세이는 자신의 숨겨진 권능 가운데 하나를 밝혔다.

"뭐요?"

슈닌의 눈이 휘둥그레졌다.

예니세이가 조금 더 설명을 보탰다.

"조금 전 영상통화를 할 때 내 권능으로 간철호의 마나를 살폈지. 그런데 소름 끼칠 정도로 마나의 기복이 없더군. 마치 아무런 마법도 사용하지 않은 사람처럼 말이야."

"흐음!"

"마법사가 마법을 사용하면 보통은 주변의 마나가 출렁거리기 마련이거든. 강력한 마법을 사용하면 할수록 그 출렁거림은 더욱 커지고 말이야. 물론 뛰어난 마법사가 아주 간단한 마법을 사용하면 마나 기복이 별로 없을 수도 있지만."

예니세이가 말꼬리를 슬그머니 흐렸다.

"그 말뜻은?"

슈닌이 부르르 몸서리를 쳤다.

예니세이가 고개를 무겁게 주억거렸다.

"그래. 간철호의 입장에서 어쓰퀘이크는 간단한 마법인가 봐. 한 번 지진을 일으키는 정도로는 마나 기복이 발생하지 않을 정도로 간단한 마법."

"젠장. 그렇다면 그 빌어먹을 놈이 어쓰퀘이크를 몇 번이고 연달아 사용할 수 있다는 뜻이오?"

"인정하기는 싫지만 그 짐작이 맞을 게야. 대지의 소서 러는 마음만 먹으면 지금이라도 당장 이웃 도시로 날아가 서 그곳에 또다시 대규모 어쓰퀘이크를 구현할 수 있을 게 야. 그리고 또 세 번째 도시로 옮겨가서 지진을 발생시키 고, 네 번째 도시도 박살 내고."

예니세이의 추측에 슈닌이 펄쩍 뛰었다.

"젠장할. 인간이 어떻게 그럴 수 있단 말이오? 그 말대 로라면 우리 코로니 군벌의 영토 전역을 아주 지진으로 짓 뭉개버릴 수도 있겠네?"

"아마도 가능할걸."

예니세이는 부정하지 않았다.

"커헉!"

슈닌은 너무 놀라 입만 벙긋거렸다.

"대지의 소서러……. 내가 생각했던 것보다 몇 배는 더 무서운 인간이야. 아니, 이 정도면 인간이 아니라 재앙이라 불러야겠군. 크으으."

예니세이의 망연자실한 뇌까림이 슈닌의 귀에 파고들었 다.

Chapter 6

그즈음 간씨 세가의 공습도 이제 마무리 단계에 들어섰다.

"주요 시설들을 다 부쉈으면 되었다. 이제 그만 철수하자."

백호대주 서원평이 부하들에게 철수 명령을 내렸다.

"네, 대주님."

이르쿠츠크의 주요 시설들을 깡그리 파괴한 뒤, 백호대원들은 차근차근 도시 외곽으로 물러났다.

간씨 세가에서는 추락한 수송기를 대신하여 새로운 수송기를 보냈다. 백호대원들은 젠―201호를 몰아 초대형 수송기에 차례로 탑승했다.

블라디보스톡 공습 때와 마찬가지로 이번에도 이탄은 전용 헬기를 탑승했다.

투타타타타.

이탄과 서원평을 태운 헬기가 비스듬하게 떠올랐다. 두 사람의 시야 저 멀리 이르쿠츠크 시의 참혹한 풍경이 펼쳐졌다.

검은 연기를 뭉클뭉클 쏟아내는 시가지를 바라보면서 서원평은 블라디보스톡 공습을 떠올렸다. 서원평의 눈에는 이르쿠츠크와 블라디보스톡이 겹쳐 보였다.

하지만 이 둘은 엄연히 달랐다.

과거 블라디보스톡은 핵심 군사시설들이 간씨 세가로부터 폭격을 받아 모두 망가졌다.

반면 이르쿠츠크는 비록 도시의 주요 시설들은 파괴되었으나 군의 핵심전략시설들은 비교적 약한 피해만 보았다. 이탄이 서원평에게 넘겨준 지도에 핵심전략시설이 제외되었던 탓이었다.

그나마 라츠크 사단장이 머물던 지휘사령부, 즉 지하벙커가 무너진 것이 가장 큰 타격이었다.

또한 과거에 블라디보스톡은 간씨 세가의 기습공격을 받아 주민들이 대거 사망했다.

반면 이르쿠츠크의 주민들은 코로니 군벌의 인력 동원 명령을 받아 미리 도시를 비운 덕분에 거의 피해를 입지 않았다.

그래도 도시 전체가 불타버린 것은 큰 타격이었다. 이르쿠츠크 시가 활활 타오르는 모습이 전세계로 중계되었다.

"드디어 간씨 세가에서 칼을 뽑아들었구나."

"이스트대 입학식에서 테러를 당하더니, 기어코 복수의 칼을 휘둘렀어."

"그럼 그렇지. 대지의 소서러가 어떤 분이신데 그걸 참고 있겠어?"

"역시 테러의 배후는 코로니 군벌이었나 봐. 그러니까 간씨 세가에서 이르쿠츠크를 공습했겠지."

세상엔 이런 말들이 떠돌았다.

또 한 가지 과거와 다른 점이 있었다.

과거 이탄이 블라디보스톡으로 쳐들어가 잿더미로 만들었을 때는 간씨 세가의 이름을 드러내지 않았다. 코로니 군벌에서 간씨 세가에 대사를 파견하여 꼬치꼬치 캐물었을 때도 이탄은 시치미를 뚝 떼었다.

이번에는 달랐다. 블라디보스톡 공습 때처럼 오리발을 내밀지 않았다. 오히려 이탄은 간씨 세가의 이름을 전면에 내걸고 행동했다.

이는 코로니 군벌이 테러의 배후라고 낙인찍는 행동이나 다름없었다. 코로니가 이스트대학 입학식장에서 무자비한 테러를 일으켰으니 그에 대한 보복을 100배로 해줬을 뿐이라는 것이 간씨 세가의 공식 입장이었다.

이번 공격 한 방에 코로니 군벌이 궁지에 몰렸다.

코로니는 남쪽으로는 간씨 세가와 경계를 맞대고 있으며, 서쪽으로는 유럽의 발렌시드, 중동의 사막지역에선 아프리카의 카르발과 영토 분쟁 중이었다. 극동의 바다 너머에는 미주지역의 대군벌 에디아니와 편치 않은 관계였다.

이런 와중에 중앙 시베리아 남쪽이 뚫린 것이다.

카르발의 늙은 군주 콜링바가 이 좋은 기회를 놓칠 리 없었다.

"옳거니! 코로니의 남쪽이 허물어졌으니 모스크바의 불곰 녀석들 혼이 쏙 빠졌을 게다. 이 기회에 고골의 복수를 하고 중동 지역을 우리가 차지하자."

콜링바의 두 눈이 복수심과 욕망으로 번들거렸다.

그도 그럴 것이, 얼마 전 아프리카의 갈색 사자, 혹은 카르발의 심장이라 불리는 고골이 정체 모를 괴집단의 공격을 받았다. 비록 치열한 전투 끝에 고골의 목숨은 건졌으나 그는 왼쪽 팔을 거의 못 쓰게 되었다.

콜링바는 후계자인 고골의 피습 소식에 분노하였다. 그리곤 간씨 세가에서 테러의 배후로 코로니 군벌을 지목하자마자 곧장 보복 공격을 명했다.

물론 콜링바는 후계자에 대한 복수뿐 아니라 중동 지역 탈환도 염두에 두고 있었다. 한 세력의 군주쯤 되면 복수와 같은 사적인 감정만으로 군대를 움직이지는 않았다.

콜링바의 말 한마디에 검은 대륙 전체가 들고 일어났다. 아프리카 각지에서 명성을 떨치던 전사들이 대거 차출되었다.

그 수가 무려 1,800명 이상.

얼굴에 다양한 문신을 새긴 검은 전사들은 등에 타원형의 가죽 방패를 짊어지고 창을 꽂은 채 중동의 사막지대를 향해 출전했다. 그들은 옆구리에 날카로운 단검을 찼고 어깨에는 담요와 의복을 겸하는 알록달록한 털망토를 둘렀다. 검은 전사들의 목표는 사막의 북동쪽에 진을 치고 있는 코로니 기갑사단이었다.

유럽의 발렌시드도 절호의 찬스를 놓치지 않았다.

"대지의 소서러가 먼저 움직였으니 우리도 우리의 몫을 해야지."

빅토리아 여왕이 보복 명령을 내리기 무섭게 발렌시드의 정예 기사단에게 명령서가 전달되었다.

발렌시드의 문장인 "ᑫ"를 가슴에 새긴 기사단이 최신 스텔스 전투기를 타고 국경지대로 속속 날아들었다. 그들은 발렌시드의 깃발이 펄럭이는 군진에 도착하여 릴리트 공주 앞에 무릎을 꿇고 명이 떨어지기만을 기다렸다.

이번 전쟁의 총사령관은 빅토리아 여왕의 후계자인 릴리트 공주였다. 릴리트는 1,000명의 정예기사와 15,000기의 기갑부대를 이끌고 출격에 나섰다.

간씨 세가가 이르쿠츠크 시를 공습하고, 카르발과 발렌시드가 병력을 움직여 직접적인 전쟁을 시작한 것과 달리 에디아니는 코로니 군벌을 향해 직접적인 공격을 퍼붓지는 않았다.

대신 에디아니는 거대한 항공모함을 극동해로 보내 무언의 압박을 가했을 뿐이었다. 항공모함을 호위하여 구축함과 초계기도 함께 움직였다.

이것만으로도 코로니 군벌의 극동사령부가 발칵 뒤집혔다. 극동사령부는 부랴부랴 공군 병력을 투입하고 대응포를 해안가에 세워 전쟁에 대비하였다.

전세계가 전쟁의 소용돌이를 향해 일제히 빨려 들어가는 것만 같았다.

열흘 뒤인 3월 9일.

코로니 군벌은 중동에 주둔 중이던 기갑사단을 전격적으로 철수시켰다. 코로니 군벌의 서열 6위인 블러디 해머 슈닌이 직접 중동으로 날아가 기갑사단의 철수를 도왔다. 슈닌은 벌떼처럼 달려드는 아프리카의 전사들과 직접 싸우지 않았다. 그저 방어에만 치중하며 아군의 안전한 철수를 유도할 뿐이었다.

이것은 슈닌의 평소 성격과는 전혀 맞지 않는 일이었다. 슈닌은 일단 적과 붙으면 물불 가리지 않고 무조건 돌격하는 것으로 유명했다.

하지만 이번에는 슈닌도 불같은 성격을 버리고 소극적인 방어에만 전념했다. 코로니 군벌의 공식 서열 1위, 빙제(氷帝) 알렉세이의 엄명 때문이었다.

Chapter 7

훙훙훙훙훙!

슈닌이 거대한 해머를 풍차처럼 돌려서 주변 100미터 영역을 온통 해머의 그림자로 뒤덮어 버렸다. 사막의 모래바람이 슈닌의 해머 풍차에 휘말려 용오름처럼 치솟았다. 아프리카의 용맹한 전사들도 감히 그 영역 안으로 들어오지 못하였다.

슈닌이 적의 앞을 가로막을 동안 코로니 군벌의 기갑사단은 차례로 수송기에 탑승하여 중동 지역에서 안전하게 물러났다.

"카르발의 늙은 사자가 코로니 군벌의 손아귀에서 중동 지역을 되찾았다."

"아프리카 전사들의 공격을 견디다 못한 코로니 군벌이 중동에서 완전히 철수했다."

채 일주일도 가기 전에 이런 소문이 세상에 널리 퍼졌다.

최근 카르발의 군주 콜링바는 큰 성과를 거뒀다. 숙적인 코로니 군벌의 손아귀에서 중동 지역을 탈환한 것은 분명히 기뻐할 만한 성과였다.

그런데 의외로 콜링바의 표정은 좋지 못했다. 카르발의 전사들이 출전하기 무섭게 코로니 군벌이 중동에서 철수해버린 탓이었다.

"북쪽의 불곰 녀석들로부터 중동을 빼앗은 것은 분명히 좋은 일이야. 그런데 코로니의 병력이 피해를 입지 않고 고스란히 물러났단 말이지? 이거 참, 뒷맛이 개운치 않군."

1미터 길이의 기다란 담뱃대를 입에 물면서 콜링바는 언짢은 표정을 지었다.

미끈한 체형의 흑인 여성 2명이 콜링바의 담뱃대 끝에 불을 붙여주었다. 콜링바의 펑퍼짐한 콧구멍에서 하얀 연기가 뻐끔뻐끔 뿜어져 나왔다.

"푸후우, 이렇게 뒷맛이 씁쓸할 때는 함부로 움직이면 안 되는 법이지. 잠시 생각 좀 해야겠어. 푸후우우우."

콜링바는 아른아른한 눈빛으로 담뱃대 끝에서 반짝이는 불빛을 응시했다.

콜링바가 담뱃대를 입에 물고 생각을 가다듬을 즈음, 유럽의 빅토리아 여왕은 손으로 얼굴을 쓸어내렸다. 여왕의 눈동자가 혼란스러운 듯 좌우로 흔들렸다.

"코로니 녀석들이 동유럽에서 철수하여 모스크바로 후퇴했다고?"

"그렇습니다. 우리 발렌시드 기사단이 쳐들어가기 무섭게 적들은 영토를 버리고 물러났습니다."

화면 너머에서 릴리트 공주가 곤혹스럽게 대답했다. 릴

리트는 이번 공격을 지휘한 총사령관이었다.

"물러나는 적들에게 타격은 꽤 입혔겠지?"

빅토리아가 물었다.

릴리트의 얼굴 표정이 한층 더 어두워졌다.

"그것이……. 송구하오나 제대로 된 타격을 입히지는 못 하였습니다."

"뭣이?"

빅토리아가 자리를 박차고 일어났다.

릴리트가 화면 속 빅토리아를 향해 고개를 푹 숙였다.

"코로니의 서열 5위 예니세이가 갑자기 나타나 아군 기사단의 추격을 끊었습니다. 제가 단독으로 우회하여 후퇴하는 적의 옆구리를 쳤으나, 이번에는 코로니의 서열 7위 레프가 등장하여 저를 방해했습니다. 송구합니다."

빅토리아가 흠칫했다.

"살육하는 사제 예니세이. 거기에 더해서 뱀부 소드 레프까지 등장했다고?"

"네, 여왕폐하."

릴리트가 곧장 답했다.

살육하는 사제 예니세이.

뱀부 소드(Bamboo Sword : 대나무 검) 레프.

이 둘은 결코 만만한 자들이 아니었다. 빅토리아의 판단에 따르면, 두 사람 모두 릴리트를 거뜬히 꺾어낼 만한 초강자들이었다.

그런 초강자들이 동시에 모습을 드러내었다면 오히려 릴리트의 목숨이 위험했을 수도 있는 상황이다.

그런데 이상하게도 예니세이와 레프는 릴리트를 몰아붙이기는커녕 슬금슬금 뒤로 물러나면서 코로니 병력의 안전한 철수에만 집중했단다.

"흐으음. 그랬단 말이지?"

빅토리아는 심각한 표정으로 생각에 잠겼다.

화면 너머 릴리트의 표정도 덩달아 심각해졌다.

각 군벌의 수뇌부들이 깊은 고민에 잠길 즈음, 세상 사람들은 연일 계속되는 전쟁 소식에 관심을 집중했다. 하루에도 몇 차례나 뉴스가 방송되어 전쟁의 최신 소식을 사람들에게 알렸다.

간씨 세가의 이르쿠츠크 시 공습.

카르발 군벌의 중동 탈환.

발렌시드 군벌의 동유럽 진격.

에디아니 군벌의 항공모함 출격 등등.

일련의 뉴스들만 놓고 보면 지금 코로니 군벌은 큰 위기였다. 코로니는 중앙 시베리아의 핵심 지역을 잃었을 뿐 아니라 중동을 빼앗겼고, 동유럽에서 밀려났으며, 극동 해상 지역에서 강한 압박을 받는 중이었다.

사람들이 코로니 군벌의 앞날이 어둡다고 여겼다.

"이러다 코로니 군벌이 해체되는 것 아냐?"

"왜 아니겠어. 나머지 군벌들이 지속적으로 달려들면 장차 코로니 군벌의 존립이 위태로워지겠지."

"그러게 왜 다른 군벌들을 상대로 무자비한 테러를 저질렀대? 이럴 줄 몰랐나?"

"모스크바에서는 지금쯤 난리가 났을걸. 무모하게 테러를 저지른 것을 후회하는 중일 거라고."

"아마도 그렇겠지. 코로니가 무모한 짓을 저지른 게야."

사람들이 이렇게 떠드는 동안, 의외로 모스크바는 조용했다. 온 사방에서 다른 군벌들이 벌떼처럼 달려들고 있건만 딱히 대변인을 내세워서 반박성명을 내지도 않았다. 억울하다는 말도, 사대군벌을 비난하는 표현도 없었다.

코로니가 침묵하는 가운데 군벌들 사이의 전쟁은 짧은 숨 고르기에 들어갔다.

간씨 세가는 이르쿠츠크 시를 잿더미로 만들기만 했을 뿐, 본진을 끌어올려 시베리아로 쳐들어가지는 않았다. 이루크추크 시 공습 이후 이탄은 간씨 세가로 돌아와 시시각각으로 변하는 전세를 주의 깊게 살폈다.

카르발의 늙은 사자 콜링바도 중동을 차지한 이후로는 더 이상 병력을 전개하지 않았다. 일단 콜링바는 1,800명의 검은 전사들과 후속병력들을 배치하여 중동 지역을 안정화시키는 데 주력했다.

발렌시드의 여왕 빅토리아도 동유럽의 일부 지역을 점령한 이후부터는 침묵을 지켰다. 릴리트 공주가 이끄는 발렌시드의 정예 기사단이 모스크바의 코앞에서 전열 재정비에 들어갔다.

에디아니 군벌은 이 세 군벌들보다 한층 더 소극적이었다. 그들이 파견한 항공모함은 극동 해역을 배회하기만 할 뿐 본격적인 상륙은 기미도 보이지 않았다.

하지만 사람들은 이러한 소강상태가 그리 오래 갈 것이라고 믿지 않았다.

"어디 이런 기회가 또 오겠어? 오대군벌 가운데 한 곳을 완전히 찢어 먹을 찬스인데 나머지 사대군벌이 이 기회를 놓치겠느냐고?"

"자네 말이 맞아. 잠깐 숨 고르기를 하면서 날짜를 조율 중이겠지. 사대군벌이 동시에 쳐들어갈 타이밍을 잡느라 시간이 좀 걸리는 것 아냐?"

식견이 있는 사람들은 이렇게 추측했다.

그럴 듯한 추측이었다. "지금쯤 사대군벌이 서로의 머리를 맞대고 은밀하게 조건을 조율 중일 거다."라는 것이 지배적인 여론이었다.

현 상태에서 사대군벌이 의논할 일은 크게 두 가지였다.

첫째, 언제 모스크바를 칠 것인지 정확한 시점 확정.

둘째, 전쟁 종료 후 어떤 방식으로 전리품을 나눠 가질 것인지에 대한 결정.

사대군벌 사이에 이상 두 가지 사항만 합의하면 끝이었다. 결론을 내는 즉시 사대군벌은 병력을 휘몰아쳐 모스크바를 향해 총진격할 것이 뻔했다. 그때가 되면 코로니가 제아무리 강하다고 해도 소용없었다.

"한 손으로 4개의 손을 막을 수는 없는 법이지."

사람들의 생각에 모스크바가 잿더미가 되는 것은 시간 문제였다.

제3화
동(東)차원의 접촉

Chapter 1

전쟁을 코앞에 둔 시점에서 이탄은 이쪽 세상에 대한 신경을 잠시 접었다. 대신 언노운 월드 쪽으로 다시 시선을 돌렸다.

이유는 간단했다. 마르쿠제 술탑과 얽힐 일이 발생했기 때문이었다.

마르쿠제 술탑.

언노운 월드 백 진영을 대표하는 삼대 세력 가운데 하나.

이 술탑만큼 유명한 세력은 언노운 월드 내에서 그리 흔치 않았다. 아울 검탑이 모든 검수들의 선망이고, 시시퍼 마탑이 모든 마법사들의 꿈이라면, 마르쿠제 술탑은 모든 주술사들의 이상향이었다.

백 진영을 통틀어서 오로지 이 세 곳만이 흑 진영의 거목인 피사노교와 맞설 힘을 갖고 있었다.

그중에서도 피사노교는 마르쿠제 술탑을 가장 껄끄럽게 여겼다. 왜냐하면 마르쿠제 술탑이야말로 피사노교에 버금갈 만큼 실체가 모호한 집단이었기 때문이었다.

"마르쿠제 술탑에 소속된 주술사들이 얼마나 많을까?"

"그들의 병력의 규모는 과연 얼마나 되지?"

누군가 이런 질문을 던진다면, 이에 대해 답을 줄 수 있는 사람은 세상에 거의 없었다.

"술탑의 상위 주술사들은 얼마나 강하지?"

"그들의 주특기가 대체 뭐야?"

이런 질문에 대한 답 또한 알려진 바가 없었다.

사람들은 마르쿠제 술탑이 어떤 수준의 무력을 갖추었는지 정확하게 알지 못했다. 심지어 술탑이 세워진 위치조차 파악이 불가능했다. 마르쿠제 술탑은 깊은 구름 속에 숨은 드래곤과 같아서 세상 그 누구도 실체를 가늠할 수 없었다.

이렇게 실체가 모호한 집단인 만큼 마르쿠제 술탑에 접근하기란 여간 어려운 일이 아니었다.

마르쿠제 술탑과 인연이 닿는 길은 오직 한 가지뿐.

이 신비로운 술탑이 스스로 신묘한 인연의 뿌리를 뻗어

서 먼저 접촉해올 때를 기다리는 수밖에 없었다.

한데 그 희박한 일이 이탄에게 발생했다.

쿠퍼 가문의 가주인 이탄은 하릴 없이 텃밭을 가꾸며 시간을 죽이는 것이 일상이었는데, 그러느라 가끔씩 피요르드 시내에 묘목상을 찾곤 했다.

원래 이탄의 신분에 묘목 상가를 손수 방문하는 것은 말이 되지 않았다. 대륙에서 손꼽히는 대부호가 바로 쿠퍼 가문이 아니던가. 그리고 그 가문의 가주가 바로 이탄이 아니던가.

"값을 후하게 쳐줄 것이니 묘목을 구해오라."

이탄이 이런 말 한 마디만 내리면 주변의 상인들이 온갖 종류의 묘목들을 구해서 수레에 싣고 구름처럼 쿠퍼 가문으로 몰려올 일이었다.

그런 짓이 번거롭다면 이탄이 시녀 한 명만 상가로 보내더라도 얼마든지 묘목을 손에 넣을 수 있었다.

하지만 이탄은 직접 묘목상을 찾곤 했다.

쿠퍼 가문 안에서 옴짝달싹 못 하고 갇혀 지내는 생활이 답답했기 때문이었다. 하여 이탄은 신분을 드러내지 않고 허름한 옷차림으로 가끔씩 시내에 나가 묘목상을 둘러보곤 하였다. 그 회수도 점점 늘어서, 처음에는 서너 달에 한 번 시내에 나가던 것이 이제는 한 달에 한 번은 꼭 외출하는 식으로 바뀌었다.

세실 집사장을 비롯한 쿠퍼 가문 사람들도 이탄의 답답한 심정을 헤아렸기에 아무 소리 하지 않고 눈 감아 주었다.

안타깝게도 이탄은 농사에 젬병이었기에 텃밭의 식물들이 자주 죽었다. 그만큼 묘목이나 씨앗을 살 일이 많다는 의미이기도 했다.

그렇게 이탄이 한 번 두 번 묘목상을 들리다 보니 이제 묘목상의 주인들도 이탄의 얼굴을 알아보았다.

"어이쿠, 또 오셨네요."

까무잡잡한 얼굴의 상점주가 이탄을 알아보고 반색했다.

"아, 네."

이탄이 멋쩍게 웃었다.

"먼저 무슨 묘목을 사가셨더라? 그건 잘 크고 있지요? 오늘 또 오신 것을 보니 이번에 농지를 확대하시려나 봅니다."

묘목상이 싱글벙글하여 이탄에게 말을 걸었다.

이탄은 쓴웃음을 한 번 짓고는, 묘목들을 둘러보았다. 화원에 전시된 묘목들은 대부분 이탄의 눈에 익었다.

'전부 한 번씩 키워보다가 죽인 것들이구나. 에효오.'

이탄이 속으로 한숨을 삼키고는 고개를 가로저었다.

"여기 있는 것들이 전부입니까?"

"아이고. 그럴 리가 있겠습니까? 가게가 비좁아 이만큼만 전시한 것뿐이지요. 뒤쪽에 더 있으니 저를 따라오십시오."

상점주가 나긋나긋하게 이탄을 안쪽으로 안내했다.

상점주를 따라 들어간 곳은 유리창으로 뒤덮인 가건물이 었다. 그 안에는 다양한 종류의 묘목들이 화분에서 싹을 틔우고 있었다. 이탄은 화분 앞에 적힌 식물의 이름을 빠르게 훑으며 유리건물 내부를 둘러보았다.

그러다 이름표가 붙지 않은 화분 앞에서 눈이 멎었다.

주먹만 한 화분 안에선 연록색의 잎사귀 세 장이 검은색 흙을 뚫고 빼꼼 고개를 내밀고 있었다.

이탄은 이 연약한 식물로부터 왠지 모를 이끌림을 느꼈다.

'이상하다. 내가 식물계 애니마를 제대로 연마한 것도 아닌데 왜 이런 싱숭생숭한 느낌이 들지?'

이탄이 화분 앞에 쪼그려 앉았다.

옆에서 상점주가 난감한 표정을 지었다.

"어이쿠. 이게 무슨 종자지? 여편네가 어디서 이런 물건을 받은 게야?"

상점주는 자신의 온실에 낯선 화분이 놓여 있자 이상한 듯 고개를 갸웃거렸다.

이탄이 쪼그려 앉은 채로 상점주를 돌아보았다.

"그래서 이건 팔지 않는 묘목인가요?"

"아이고, 아닙니다. 제가 상인인데 팔지 않는 물건을 여기 두겠습니까? 다만 이게 어떤 식물인지 가물가물하여 가격을 말씀드리기가 좀 그렇습니다. 이 여편네가 대체 어디로 간 게야? 화분에 이름표라도 제대로 붙여놓을 일이지."

상점주는 이런 말을 하면서 이탄의 눈치를 살폈다. 보아하니 자리를 비운 부인을 핑계로 화분의 가격을 높게 부를 요량인 듯했다.

하지만 이건 괜한 짓이었다. 쿠퍼 가문의 가주이자 모레툼 교단의 신관인 이탄이 이런 얕은 수작에 넘어갈 리 없었다. 이탄은 자리를 툭 털고 일어났다.

"가격을 모르신다니 할 수 없군요. 오늘은 그다지 마음에 차는 것이 없으니 다른 가게로 가볼 수밖에요."

이탄이 옆 가게로 간다는 소리가 상점주의 귀에는 벼락떨어지는 소리처럼 들렸다.

"아이고, 그냥 가시면 어떻게 합니까?"

상점주가 펄쩍 뛰며 이탄을 붙잡았다.

잠시 후, 이탄은 3개의 떡잎이 달린 화분을 손에 들고 묘목상을 나서게 되었다.

Chapter 2

이탄이 텃밭 한 켠에 3개의 떡잎이 달린 식물을 심은 그 날 밤, 피요르드 시 상공에 먹장구름이 물밀 듯이 밀려들었다. 이윽고 세찬 빗줄기가 쏟아졌다.

쏴아아아아—.

시원하게 내리는 빗방울이 창문을 때려댔다. 온 사방에 물안개가 뿌옇게 피어올랐다.

때마침 이탄은 침대 위에 발가벗고 앉아서 마나를 순환시키던 중이었다.

콰르르르르—.

이탄의 몸에 그려진 오중첩의 (진)마력순환로를 따라 음차원의 마나와 정상적인 마나가 거세게 휘돌았다. 특히 음차원의 마나는 갈수록 그 양을 늘려가며 이탄의 배를 점점 더 볼록하게 부풀려주었다.

복리증식의 권능이 톡톡히 발휘된 셈이었다.

음차원의 마나에 비할 수는 없지만, 정상적인 마나도 제법 양이 불어나 이탄을 흡족하게 만들어 주었다.

그렇게 한참을 수련에 몰두하던 중, 점점 커지는 빗소리가 이탄의 신경을 건드렸다. 원래 이탄의 성격이라면 비가 오건 말건 신경 쓰지 않고 수련에만 몰두해야 맞았다. 한데 어쩐 일인지 낮에 심은 여린 식물이 이탄의 머릿속에 밟혔다.

"쳇."

이탄이 수련을 중단하고 침대에서 내려왔다.

이탄의 잠자리 가운이 저절로 허공에 떠오르더니 이탄의 어깨를 향해 스르륵 날아왔다. 이탄은 둥실 떠 있는 가운에 팔을 하나씩 집어넣었다. 그러자 가운의 허리띠가 휘리릭 움직여 이탄의 볼록한 배에 딱 맞게 매듭을 지었다.

이탄의 가운이 저절로 움직인 까닭은 간단했다.

가운에 함유된 금속 성분 때문이었다. 이탄 주변의 금속들은 이탄이 아주 미약한 의지만 일으켜도 알아서 척척 움직였다. 주변의 모든 금속이 이탄의 뜻에 따라 행동하는 것이다.

이번엔 금속 장식이 달린 슬리퍼가 휘릭 날아왔다. 이탄이 발을 하나씩 들자 슬리퍼가 이탄의 발에 자동으로 신겨졌다.

이탄이 방문을 열고 나서자 복도의 램프 등이 켜졌다. 딸랑딸랑 종소리가 들리는가 싶더니 계단 아래에서 시녀 2명이 졸린 눈을 비비며 얼굴을 보였다.

"가주님, 필요한 것이 있으십니까?"

시녀들의 물음에 이탄이 고개를 가로저었다.

"너희는 신경 쓸 것 없다. 모처럼 비가 와서 기분이 상쾌하구나. 내 잠깐만 후원에 나갔다 올 것이야."

"알겠습니다."

"필요한 것이 있으시면 저희를 곧바로 불러주십시오."

시녀들이 이탄을 향해 공손히 머리를 조아렸다.

이탄은 시녀들을 지나쳐 건물 뒷문으로 나왔다. 문 입구에 비치된 우산을 하나 꺼내서 쓴 다음, 이탄은 건물 뒤쪽 후원에 마련된 텃밭으로 발걸음을 옮겼다.

슬리퍼 차림으로 빗속을 걸으니 당연히 이탄의 발이 젖어야 마땅했다.

그러나 슬리퍼 위에 장식된 금속이 저절로 얇게 펴지면서 늘어나 이탄의 발이 젖지 않도록 막아주었다.

이탄은 우산을 손으로 들지도 않았다. 금속 성분의 우산대가 저절로 허공에 떠올라 소낙비를 차단했다.

이탄이 손을 뻗자 텃밭에 꽂혀 있던 모종삽이 둥실 떠올랐다. 이탄은 모종삽을 손에 들고 오늘 심은 식물에게 다가갔다.

"비에 쓸려 내려가지 않도록 화분에 옮겨 심어줘야지."

이탄이 이런 생각으로 3개의 떡잎이 달린 식물을 살폈는데, 놀랍게도 식물은 강한 빗줄기 속에서도 전혀 손상을 입지 않았다. 오히려 떡잎 위로 연록색의 보호막이 반구 형태로 일어나 빗방울을 모조리 튕겨내는 중이었다.

"어엉?"

생각지도 못한 기현상에 이탄이 눈을 동그랗게 떴다.

"이게 뭐야? 마법 식물이라도 되나?"

이탄이 손가락을 가만히 뻗어 연록색 보호막을 톡 건드렸다.

팅!

반투명한 보호막이 젤리처럼 튕기면서 이탄의 손가락을 가볍게 밀어내었다.

그때 한 줄기 번개가 번쩍 내리꽂혔다. 먹장구름 속에서 방출된 뇌전은 허공을 지그재그로 가르며 낙하하더니 연록색 보호막 위에 정확하게 떨어졌다.

"엇?"

이탄이 고개를 들어 하늘을 올려다보았다.

그 순간 세상이 딱 정지한 것처럼 느껴졌다. 먹장구름에서 방출되어 3개의 떡잎을 가진 식물에 이르기까지, 뇌전이 한 줄기로 길게 이어졌다. 세차게 떨어지던 빗방울 수만 가닥도 허공에서 우뚝 멈춰서 버렸다.

'이건 마치 사진을 찍은 것 같잖아? 저쪽 세상의 공학기술로 벼락이 떨어지는 장면을 영상에 담은 것 같아.'

이탄은 간씨 세가의 사진기를 머릿속에 떠올렸다.

벼락과 빗방울만 멈춘 것이 아니었다. 세찬 비바람에 휘날리던 나뭇잎도 그 자리에 박힌 듯이 고정되었다. 나뭇가지 속에서 몸을 웅크리고 있던 조그만 새도 날개를 살짝 부풀린 상태에서 그대로 몸이 굳었다.

완전히 멈춘 세상 속에서 이탄만이 자유롭게 움직였다. 이탄은 고개를 들어 허공에 멈춰선 빗방울을 묘한 눈으로 훑어보았다. 이어서 고개를 들어 저 높은 상공의 먹장구름을 살폈다.

시커먼 구름 속, 얼핏 산이 보였다.

'에이 설마. 내가 헛것을 보았겠지. 구름 속에 어떻게 산이 존재하겠어?'

이탄이 어이없는 상상에 머리를 가로저었다.

하지만 눈을 비비고 다시 살펴도 결과는 똑같았다. 우뚝 멈춰선 먹장구름 사이로 얼핏 보이는 물체는 분명 거대한 산이었다.

그것도 어중간한 크기의 산봉우리 하나가 아니었다. 거대한 산맥의 그림자가 하늘 동쪽 편에서 시작하여 서쪽 수평선 너머까지 광활하게 펼쳐져 있었다.

이탄이 지켜보는 가운데 하늘에 둥실 떠 있는 산맥은 점점 더 그 형체가 또렷하게 드러났다.

쿠르르릉, 푸스스스스.

산맥의 밑바닥에선 흙 부스러기가 우수수 떨어지는 중이
었다.

해괴하게도 그 부스러기들은 이탄이 서 있는 지상까지
떨어지지 않고 중간에 다시 증발하여 산맥 밑바닥으로 흡
수되었다.

이윽고 먹장구름이 흩어지면서 산맥 아래쪽 모습이 이탄
의 눈에 완전히 드러났다. 놀랍게도 벼락은 먹장구름에서
시작된 것이 아니었다. 산맥 아래쪽 어느 한 위치로부터 방
출되어 이탄의 텃밭에 심어진 세 떡잎 식물까지 길게 이어
진 모습이었다.

Chapter 3

"허어! 이거 참."

무슨 생각이 들었는지 이탄이 벼락을 손으로 잡았다.

피웃!

벼락과 접촉한 순간 이탄의 모습이 이 세상에서 신비하
게 사라졌다. 이탄은 마치 점퍼의 마법진에 올라타기라도
한 것처럼 공간을 뛰어넘어 새로운 곳으로 전송되었다.

엄밀하게 말해서 이것은 공간을 뛰어넘는 점퍼의 마법진

이 아니었다. 그것보다 훨씬 더 상위의 권능이 발현된 결과였다. 하늘을 부유하는 거대한 산맥과 이탄의 텃밭에 심어진 세 떡잎 식물이 서로 공조하면서 차원의 문을 개방한 것이다.

이탄은 그 문을 지나 새로운 차원으로 접어들었다.

이탄이 눈을 한 번 감았다 떴다. 그리곤 완전히 낯선 세상에 앉아있는 자신의 모습을 발견하고는 흠칫 놀랐다.

지금 이탄이 앉아있는 곳은 3층 목조 건물의 창문 앞이었다. 나무기둥과 서까래, 기와로 만들어진 건물의 외양은 언노운 월드 그 어느 곳에서도 찾아볼 수 없는 건축 형태였다.

하지만 이탄의 눈에는 이 독특한 건축 양식들이 눈에 익숙했다. 놀랍게도 이 건물은 간씨 세가가 지배하는 아시아의 고대 건축법에 따라 지어진 듯했다.

지금 이탄이 앉아 있는 건물 외에 다른 건물들도 모습은 모두 비슷했다. 이탄이 창문을 통해 밖을 내다보자 비슷비슷한 건물들이 좁은 골목길을 따라 즐비하게 늘어서 있었다. 기와로 뒤덮인 건물 지붕들은 마치 파도가 너울지는 것처럼 서로 연결되어 넓게 퍼져 있었다. 건물과 건물 사이에는 아시아의 옛 풍습 가운데 하나인 풍등이 걸렸고, 그 아래서 시끄러운 말소리가 들렸다.

'이게 뭐야?'

이탄이 흠칫하여 오중첩의 (진)마력순환로를 개방했다.

콰르르, 콰르르, 콰르르르, 콰르르르, 쫄쫄쫄쫄쫄.

광대하게 흐르는 음차원의 마나 네 줄기와, 상대적으로 미약한 정상 마나 한 줄기. 다행히 5개의 순환로에서 휘도는 마나는 모두 멀쩡했다. 이탄은 낯선 곳으로 점프하면서 마나가 끊길까 봐 걱정했는데, 다행히 그런 일은 없었다.

근육에 지그시 힘을 주고 마나까지 끌어올린 다음, 이탄은 한결 차분해진 눈빛으로 주변을 둘러보았다.

그때였다.

[어라? 어떻게 벌써 정신을 차리셨나요?]

낯선 음성이 이탄의 머릿속에서 울렸다.

밝고 쾌활한 여자아이의 목소리는 분명 늙은 리치 아나테마의 것은 아니었다.

'누구냐?'

이탄이 서늘한 눈빛으로 상대에게 물었다.

[히잉. 그렇게 무서운 표정을 짓지는 말아주세요. 무섭단 말이에요.]

이탄이 입은 가운 주머니에서 연록색의 조그만 동물이 고개를 쏙 내밀었다. 이탄이 내려다보자 동물이 겁먹은 표정으로 이탄의 눈치를 살폈다.

동물은 삼각형의 큰 귀를 가졌고 털 색깔은 크림색에 가까웠다. 꼬리털은 유난히 북슬북슬했는데, 마치 간씨 세가에서 사용하는 붓 같았다. 동물의 몸체는 전반적으로 크림색인데, 가슴과 앞발만 물감으로 칠한 듯 흰색이라 마치 하얀 장갑을 낀 듯 귀여웠다.

'여우인가? 아닌데. 여우라고 보기엔 주둥이가 뭉툭하잖아. 마치 강아지처럼 말이야.'

이탄이 고개를 갸웃했다.

조그만 동물이 삼각형의 큰 귀를 뒤로 접고 이탄의 눈치를 살살 살폈다.

이탄이 뇌파를 통해 상대에게 말을 걸었다.

'넌 누구지?'

[저요? 전 ……에요.]

여우를 닮은 강아지가 자신의 본명을 말했다. 한데 그 발음이 길고 어려워 뭐라고 하는지 잘 들리지 않았다.

'뭐라고?'

이탄이 되물었다.

가운 주머니에서 고개를 쏙 내민 조그만 강아지는 포옥 한숨을 내쉬더니 이탄이 발음하기 쉬운 이름을 알려주었다.

[그냥 앞으로는 저를 몽몽이라고 부르세요.]

'몽몽?'

[넹넹. 본래 제 이름은 ……인데, 그 속뜻을 풀어보면 꿈
속의 꿈이라는 뜻이거든요. 그렇다고 해서 저를 몽중몽이
라고 부르면 너무 수컷 이름 같잖아요? 저는 어엿이 암컷
인걸요. 그러니까 줄여서 몽몽이라 불러주세요.]

'그래. 몽몽.'

이탄이 조그만 강아지와 대화를 나누는 사이, 고대 아시
아 지역의 복장을 입은 소년이 다가와 뭐라고 중얼거렸다.

이탄은 소년의 말을 알아들을 수 없어 그냥 물끄러미 쳐
다보았다.

몽몽이 불쑥 끼어들었다.

[주인님, 지금 제가 앉아 있는 주머니 속을 뒤져보시면
조그만 동전이 하나 잡힐 거예요. 그 동전을 탁자에 올려놓
으세요. 그러면 저 소년이 주인님께 따뜻한 차를 한 잔 가
져다줄 거랍니다.]

몽몽은 이탄을 주인님이라고 불렀다.

'동전?'

이탄이 입고 있는 가운 속에는 원래 동전 같은 것이 들어
있지 않았다. 그러나 이탄이 주머니 속에 손을 넣었다 빼자
구리빛 동전 하나가 꺼내졌다. 동그란 형태에 가운데 네모
난 구멍이 뚫린 동전이었다.

'어라? 고대 아시아의 화폐와 유사하게 생겼잖아? 이런 게 언제 내 주머니에 들어가 있었지?'

어쨌거나 이탄은 네모난 구멍이 뚫린 동전을 테이블 위에 탁 내려놓았다.

동그란 얼굴의 소년이 이탄에게 고개를 꾸벅 숙인 다음, 동전을 가지고 아래층으로 내려갔다.

이탄은 테이블에 옆 창문 쪽으로 시선을 고정한 채 따뜻한 차가 나오기를 기다렸다. 그러면서 주머니 속의 조그만 강아지 몽몽과 대화를 계속 나누었다.

대화가 이어질수록 이탄의 눈이 휘둥그레졌다가 때때로 고개를 설레설레 내저었다. 가끔씩은 섬뜩한 빛을 내뿜기도 했다.

잠시 후, 동그란 얼굴의 소년이 차를 한 잔 내왔다. 이탄은 김이 모락모락 올라오는 따뜻한 차로 살짝 입술만 축였다. 듀라한이라는 사실이 들킬 수 있어 차를 목구멍으로 넘기지는 않았다. 그러면서 이탄은 몽몽과 계속 말을 나눴다.

하늘에 뜬 태양이 서산 너머로 저물 즈음, 비로소 이탄과 몽몽의 대화가 끝이 났다.

희한하게도 서산 너머에 걸린 태양은 이탄이 알고 있는 일반적인 태양의 모습과는 많이 달랐다. 마차의 수레바퀴, 혹은 둥그런 팔찌처럼 테두리만 남아 붉게 타오르는 태양의 모습이 참으로 이질적이게 느껴졌다.

저 태양만 보아도 지금 이탄이 앉아 있는 세상이 언노운 월드가 아님을 알 수 있었다.

Chapter 4

그렇다고 해서 여기가 오대군벌이 지배하는 세상도 아니었다. 이곳은 완전히 새로운 차원이었다.

이탄은 혼란스러운 표정으로 둥근 테두리 형태의 태양을 한 번 쳐다보았다. 그 다음 지금까지 나눈 이야기들을 쭉 정리했다.

'그러니까 이곳 세상이 바로 마르쿠제 술탑이란 말이지?'

이탄의 입에서 놀라운 이름이 튀어나왔다.

몽몽이 쾌활하게 대답했다.

[서차원 사람들은 그런 이름으로 이곳을 부르곤 하죠. 하지만 엄밀하게 말해서 그 말은 틀렸어요. 마르쿠제는 이곳의 일부만을 나타내는 단어거든요. 엄밀하게 말해서 이곳은 주인님의 세상, 즉 서차원과 대비하여 동차원이라고 표현하는 것이 더 적합하답니다.]

'동차원?'

[넹넹. 지금부터 이곳 동차원에 대해서 말씀드릴게요.]

이어지는 몽몽의 설명에 따르면, 언노운 월드가 곧 서차원이며 이곳은 동차원이라고 했다. 그리고 마르쿠제 술탑은 동차원의 여러 세력 가운데 하나일 뿐이라는 말도 덧붙였다.

또한 몽몽은 서차원과 동차원을 연결하는 일은 오로지 매개체를 통해서만 가능하다고 설명했다.

'몽몽 네가 바로 그 매개체고?'

[넹넹. 그렇죠. 제가 바로 매개체랍니다.]

몽몽이 자랑스럽게 대답했다.

몽몽과 같은 매개체를 마루쿠제 술탑에서는 령(靈)이라고 부른단다.

[저와 같은 령은 오직 한 분의 주인님만 모실 수 있거든요. 그러니까 지금부터 저는 주인님께 속한 령이랍니다. 주인님께서도 오직 저를 통해서만 동차원과 서차원을 오가실 수 있고요. 히히히.]

'그럼 지금까지 마루쿠제 술탑의 주술사라고 알려진 사람들이 모두 이곳 동차원의 사람들이란 뜻인가?'

이탄의 질문에 몽몽이 고개를 가로저었다.

[아뇨. 꼭 그렇지만은 않아요. 령을 부리는 사람들 가운

데 반드시 동차원의 술사들만 있는 것은 아니란 말이죠. 서차원의 사람들도 얼마든지 령과 연결되어 양쪽 차원을 오갈 수 있거든요. 당장 주인님만 해도 서차원 분이시잖아요.]

몽몽의 말은 잘못되었다. 엄밀하게 말해서 이탄은 서차원, 즉 언노운 월드의 주민은 아니었다. 사실 그의 영혼은 다른 차원에서 비롯되었다.

하지만 지금 그게 뭐가 중요하겠는가. 이탄은 슬쩍 말꼬리를 돌렸다.

'뭐, 그건 그렇고. 어쨌거나 동차원 사람들이 서차원을 넘나드는 이유가 바로 피사노교 때문이라고?'

이탄의 입에서 '피사노'라는 단어가 언급되자 몽몽이 부르르 몸서리를 쳤다.

[히잉. 주인님, 무서우니까 제발 그 이름을 입에 담지 마세요.]

'피사노교를 피사노교라고 부르지 그럼 뭐라고 불러?'

[그냥…… 오염된 신의 자식들이라고 부르세요. 동차원의 술사들은 다들 그런 표현을 쓰거든요.]

몽몽은 귀를 뒤로 접고 두려운 눈빛으로 이탄을 올려다보았다.

이탄이 반문했다.

'오염된 신의 자식들?'

[넹넹. 그 오염된 악마들은 이곳 동차원과는 완전히 다른 세계에 속한 자들이거든요. 서차원과도 다른 세계, 즉 부정차원이나 그릇된 차원, 혹은 음차원에서 속한 오염자들이 바로 그 악마들이라고요.]

설명을 하면서 몽몽은 털을 빳빳하게 곤두세웠다. 풍성한 꼬리는 사타구니 사이에 말아서 감췄다. 몽몽은 진심으로 피사노교를 두려워하는 것 같았다.

이탄의 머릿속에서 하나의 그림이 그려졌다.

부정차원.

그릇된 차원.

그리고 음차원.

이상 3개의 차원에 뿌리를 두고 서차원으로 침투한 피사노교.

그 피사노교와 맞서 싸우는 언노운 월드의 시시퍼 마탑과 아울 검탑.

마찬가지로 피사노교를 저지하기 위해 힘을 보태는 동차원의 주술사들.

요약하자면, 지금까지 언노운 월드의 역사는 이러한 타차원의 존재들이 서로 전쟁을 벌이면서 써내려 간 셈이었다.

이탄이 잠시 숙였던 고개를 다시 들었다.

'몽몽. 조금 전에 피사노……, 아니 오염된 신의 자식들과 동차원 술사들 사이에 본격적인 전쟁이 시작될 조짐이 보인다고 했지?'

[넹넹. 이미 국지전은 시작되었고요, 전선이 급속도로 확장될 기미를 보이고 있어요. 정말 무서운 일이에요. 히이잉.]

몽몽이 바르르 몸을 떨었다.

'그래서 동차원에서 너와 같은 령 수백 개를 서차원에 뿌렸다고 했지? 술사가 되기에 적합한 재능을 가진 사람들을 긴급히 모집하기 위해서 말이야.'

[맞아요. 주인님.]

몽몽이 곧바로 대답했다.

몽몽이 3개의 떡잎을 가진 식물 형태로 언노운 월드에 나타난 이유가 바로 이것 때문이었다. 동차원, 즉 마르쿠제 술탑이 피사노교와의 대전쟁을 앞두고 수백 개의 령들을 서차원에 뿌린 것이다. 전력을 보강하기 위해서 말이다.

오늘 낮, 몽몽은 인연의 이끌림에 따라 이탄을 선택했다.

물론 몽몽은 이탄에 대해서 눈곱만큼도 제대로 파악하지 못하였다. 사실 이탄은 음차원의 대표적 존재인 듀라한이자, 영혼 속에 고대 리치를 품고 있는 언데드 중의 언데드였다. `그와 동시에 이탄은 음차원 전체를 뱃속에 꿀꺽 삼켜서 천천히 녹여내고 있는 규격 외의 존재이기도 했다.

지금 이 순간에도 이탄의 몸 속에서는 오중첩의 (진)마력순환로를 통해 음차원의 마나가 복리로 불어나는 중이었다.

그러나 몽몽은 이러한 사실들을 전혀 파악할 수가 없었다.

심지어 몽몽은 이탄이 피사노교에 한쪽 발가락을 걸치고 있으며, 피사노교에서 전승되는 무시무시한 바이블, 즉 읽을 수 없는 문자 만자비문을 읽어내는 존재라는 사실도 알지 못했다.

몽몽은 이탄의 해맑은 눈동자 속에 사실은 그릇된 차원의 신 나라카의 권능이 깃들어 있다는 점도 몰랐다.

Chapter 5

비단 나라카의 눈만이 아니었다. 이탄은 이 끔찍한 눈알 외에도 악마사원의 삼대법보 가운데 나머지 두 가지인 아조브와 아몬의 토템을 소유한 자였다.

리치를 품은 듀라한.

음차원을 통째로 집어삼킨 규격 외의 존재.

피사노교의 혈족.

읽을 수 없는 바이블을 읽어내는 마격 그 자체.

북극의 별 마법을 스스로 깨달아낸 각성자.

그릇된 차원의 신 나라카의 눈알을 두 눈에 장착하고, 한 손엔 아조브를, 다른 손엔 아몬의 토템을 움켜쥔 고대 악마 사원의 전승자.

그러면서도 절망과 비탄과 통곡의 악마종 화이트니스를 망토처럼 온몸에 둘러서 스스로의 마격 정체성을 신성력으로 거짓 포장한 교활한 침투자.

이 모든 화려한(?) 수식어가 오로지 이탄만을 위해서 존재했다. 몽몽은 이런 점을 꿈에도 몰랐지만 말이다.

이탄의 비밀은 비단 이것이 끝이 아니었다. 이것 말고도 이탄의 비밀은 무궁무진하였다. 그는 모레툼 교단의 신관이자, 은화 반 닢 기사단의 성기사이며, 추심 기사단에도 한 발 걸쳤다.

이탄은 쿠퍼 가문의 가주이기도 했으며, 동시에 아울 검탑을 처가로 두고 있고, 시시퍼 마탑의 고위층과도 사제의 인연을 맺었다.

그런 이탄이 이번에는 마르쿠제 술탑과 인연이 닿았다.

몽몽과 대화를 나누는 중에 태양이 저물었다. 밤이 되자 둥그렇게 테두리만 남은 달이 두둥실 떠올랐다.

몽몽이 이탄을 재촉했다.

[주인님, 이제 시간이 되었네요. 해가 저물었으니 건물을 나갈 차례예요.]

'응?'

이탄은 '그게 무슨 소리냐?' 는 표정으로 주머니 속의 몽몽을 내려다보았다.

[령에 이끌려서 동차원을 처음 방문한 사람들은 시간이 되면 입관처로 가서 판정을 받아야 해요.]

'판정?'

[넹넹. 그 판정을 받아야 몇 급 주술사인지 정해지고, 그게 정해져야 본격적인 소속이 배정되거든요.]

몽몽의 설명에 따르면, 이곳 동차원은 크게 3개의 기둥으로 지탱된다고 했다.

첫째, 남명.

둘째, 북명.

셋째, 혼명.

이 기둥들 가운데 중심은 어디까지나 남명이었다.

오래 전 동차원을 탄생시킨 주신(主神)이 있어 피조물들이 그를 '콘' 이라 부르는데, 그 주신으로부터 직접 가르침을 받은 자들이 모여서 '남명' 이라는 단체를 이루었다고

한다. 그러니까 동차원에서 최초로 탄생한 세력이 바로 남명인 셈이었다.

다른 한편으로 주신인 콘은 그릇된 차원의 사악한 몬스터들을 생포하여 길들이기도 하였는데, 그렇게 콘의 이능력으로 그릇됨에서 벗어난 몬스터들이 하나로 뭉쳐서 '북명'이라는 조직을 구성했다고 한다.

콘이 자취를 감춘 이후, 남명과 북명은 경쟁하듯이 피사노교과 맞서 싸우게 되었다. 그렇게 수만 년, 수십만 년 동안 전쟁을 치르다 보니 남명과 북명만으로는 도저히 피사노교의 공세를 버티지 못하였다.

결국 남명에서는 언노운 월드에 '령'을 뿌려서 새로운 피를 수혈하게 되었다. 이렇게 언노운 월드로부터 받아들인 주술사들이 모여서 '혼명'이라는 조직을 구축했다.

이탄은 동차원을 탄생시킨 주신의 이름이 '콘'이라는 점에 우선 주목했다.

간씨 세가의 선조 가운데 한 명인 간용음은 열하고성일지를 통해 다음과 같은 글귀를 남겼다.

　　태초 이전, 빛과 어둠이 탄생하기도 전 혼돈의
　시기, 3명의 초월자와 2명의 신수가 이 세상에 내
　　려왔으니 그들은 각각 알리어스와 원, 콘, 그리고

투명 신수와 붉은 신수라 불리었다.

이 가운데 초월자 원과 투명 신수는 아주 먼 곳으로 가버렸고, 나머지 두 초월자 알리어스와 콘이 이 세상을 만들었다.

이 가운데 알리어스가 빛과 어둠, 물과 불과 흙과 바람, 그리고 얼음과 번개 등을 창조하였다. 이 초월자의 이름은 알리어스지만 사람들은 그를 본명 대신 '세계'라고 부르며 신으로 떠받들었다.

나머지 또 한 명의 초월자 콘은 영혼과 에너지를 창조하였다.

하지만 사람들은 그를 기억하지 못하고 오로지 남부 밀림의 조그만 부족만이 콘을 신으로 섬기었다.

이탄은 이 신화에 등장하는 콘이 동차원의 주신과 이름이 같은 것이 과연 우연일지 아닐지 궁금했다. 그리고 콘을 섬겼다는 남부 밀림의 부족인들이 이곳 동차원의 초기 원주민인 남명이 아닐까도 생각해보았다.

하지만 이탄은 이런 의구심들을 얼른 머릿속에서 지웠다. 간씨 세가에 대한 정보를 몽몽에게 들키기 싫어서였다.

이탄이 상황을 정리하면서 화제를 돌렸다.

'그러니까 지금까지 네가 말한 것을 정리해 보면, 남명은 콘 님이 직접 가르친 제자들, 혹은 그 제자들의 후손들이란 말이지? 북명은 콘 님에 의해서 길들여진 몬스터들이 뭉쳐서 설립한 조직이고. 혼명은 서차원으로부터 차출된 주술사들의 모임? 내 말이 맞나?'

여기까지 말한 뒤, 이탄이 선제적으로 질문을 던졌다.

'한데 말이야. 조금 전에 네가 말했잖아. 판정을 받아야 급이 정해지고, 그래야 소속이 배정된다고.'

[넹넹. 그렇게 말씀드렸죠.]

몽몽이 풍성한 꼬리를 살랑살랑 흔들며 대답했다.

'그런데 소속은 이미 정해진 것 아냐? 나는 서차원 출신이니까 남명이나 북명에는 들어갈 수 없고, 자동으로 혼명에 배정되는 것 아니냐고.'

[그 혼명 안에도 몇 개의 세력이 나뉘어 있거든요. 마찬가지로 남명과 북명도 자세히 그 속을 들여다보면 수십 개의 단체로 구성되어 있답니다.]

몽몽이 조곤조곤 설명을 이었다.

이탄은 몽몽에게 들은 세력들 가운데 굵직한 것들만 머릿속에 집어넣었다.

남명의 시작과 끝이라 불리는 음양종.

남명 최대 규모의 제련종.

남명의 대표적 선봉 무력단체인 금강수라종.

남명의 눈과 귀 역할을 맡은 천목종.

북명에서 가장 사납고 흉포하다는 하버마.

북명에서 가장 상대하기 까다롭다는 평을 받는 슑.

혼명의 대표 무력 단체인 마르쿠제.

북명과 혼명의 혼합 세력인 헤르만.

이탄은 일단 이렇게 8개의 세력들을 기억해두었다.

Chapter 6

'어쨌거나 오늘 등급 판정을 받은 뒤에는 내가 마르쿠제나 헤르만에 배정이 되겠구나?'

이탄이 다시 몽몽에게 물었다.

몽몽이 흠칫했다.

[넹? 그거는⋯⋯.]

'왜? 아니야?'

이탄의 눈이 집요하게 캐묻고 있었다.

몽몽은 두 눈을 질끈 감고 솔직하게 상황을 말해주었다.

[그게 사실은…… 그렇게 쉬운 일은 아니거든요. 마르쿠제나 헤르만은 이곳 동차원을 대표하여 오염된 신의 자식들과 직접적으로 맞서 싸우는 선봉단체들이랍니다. 그래서 아무나 구성원으로 받아들이지 않지요. 보통 처음 주술사가 된 분들은 다른 중급 규모의 단체에 배속되어서 실력을 쌓고 스승으로부터 배움도 받곤 한답니다. 그런 다음 일정 수준의 실력을 갖춰야 비로소 마르쿠제나 헤르만에서 스카웃을 해가죠.]

'아!'

이탄이 다소 실망한 듯하자 몽몽이 재빨리 말을 덧붙였다.

[물론 예외의 경우도 있답니다.]

'호오? 예외가 있다고?'

몽몽이 냉큼 예외의 경우를 설명했다.

[넹넹. 사실 오늘도 중급 단체들뿐 아니라 마르쿠제나 헤르만에서도 사람을 보내서 신입 주술사들을 관찰할 거예요. 극히 드문 일이기는 하지만 첫 판정에서 마르쿠제나 헤르만에 뽑혀간 주술사들이 전혀 없는 것은 아니거든요. 1,000년에 한두 명 정도 나올까 말까 한 천재 주술사들은 다른 조직을 거치지 않고 곧바로 마르쿠제나 헤르만에서 데려가기도 하거든요.]

'쳇. 1,000년에 고작 한두 명이라고?'

이탄은 좋았다 말았다는 표정으로 손을 휘저었다. 솔직히 말해서 이탄은 주술이라고는 익혀본 적이 없었다. 술법과 관련된 지식도 전무했다. 그러니 처음부터 높은 평가를 받아 마르쿠제나 헤르만에 배속될 가능성은 없었다.

'아니지. 차라리 잘된 일인가? 처음부터 주술사들의 주목을 받으면 오히려 골치 아플 수도 있잖아.'

이탄은 눈에 띄는 것을 싫어하는 성격이었다.

'사람들의 주목을 받지 않는 편이 더 나을 것 같구나.'

따라서 이런 마음이 들었다.

하지만 다른 한편으로는 마르쿠제 술탑이 무척 궁금했다.

'이왕 아울 검탑이나 시시퍼 마탑에 한 발 걸쳤으니 이 기회에 마르쿠제 술탑도 한번 살펴보고 싶은데.'

이것이 이탄의 정확한 속내였다.

그때 몽몽이 눈을 동그랗게 떴다.

[넹? 그게 무슨 말씀이세요? 주목을 받기 싫으시다니요?]

이탄이 황급히 상황을 마무리 지었다.

'아니. 아무것도 아니야. 그냥 엉뚱한 생각을 한번 해봤어.'

이탄은 앞으로 마음을 둘로 나눠서 몽몽에게 속마음을 들키지 않아야겠노라고 결심했다.

이탄과 몽몽은 이런 저런 대화를 나누면서 좁은 골목길을 통과했다. 그러자 갑자기 커다란 광장이 나타났다.

광장 앞에는 붉은 기둥으로 장식된 고대 아시아풍의 문이 세워져 있었다. 담장도 전혀 없이 길 한복판에 문만 우뚝 세워진 형상이었다. 붉은 문의 높이는 무려 30미터에 육박했으며, 너비도 20미터 남짓 되었다.

이 커다란 붉은 문 앞에는 검은 수도복을 입은 수도자 2명이 팔짱을 끼고 서서 사람들의 앞을 가로막았다.

두 수도자 모두 푸른 눈에 금발머리 사내였다.

이탄이 주변을 둘러보았다.

웅성웅성.

광장에 모인 사람들이 삼삼오오 모여서 수군거렸다. 다들 언노운 월드 출신들이라 그런지 복장이나 외모가 이탄의 눈에 익숙했다.

반면 이 사람들을 둘러싼 공간은 고대 아시아의 어느 한 거리를 칼로 썽둥 잘라서 옮겨 온 것 같아 이질적이었다.

이탄이 지켜보는 가운데 언노운 월드에서 뽑혀온 신입 주술사들이 한 명씩 붉은 문을 통과했다.

문을 지날 때 신입 주술사들은 검은 수도복을 입은 수도자들에게 자신의 매개체, 즉 령을 보여준 다음 문 안으로 들어갔다.

그런데 그 령들의 생김새가 완전히 딴판이었다. 어떤 주술사의 령은 고양이였다. 또 어떤 주술사는 토끼, 또 다른 주술사는 사나운 표범을 데리고 다녔다. 심지어 령들 가운데는 곤충이나 새, 악어도 보였다.

그중에서도 어깨 위에 커다란 코끼리의 령을 짊어진 사내가 이탄의 눈에 띄었다. 덩치가 크고 순박하게 생긴 사내였는데, 커다란 령을 낑낑대며 이고 가는 모습에 실소가 저절로 터졌다. 사내의 이마에서 구슬땀이 비 오듯이 흘러내렸다.

사내에게 눈길을 던진 사람은 비단 이탄만이 아니었다.

"픕."

"저것 좀 봐."

여기저기서 코끼리를 짊어진 사내를 보고 웃는 사람들이 많았다.

마침내 이탄의 차례가 되었다. 이탄은 주머니 속에서 털이 길고 조그만 강아지 한 마리를 꺼내어 보여주었다.

"통과."

이탄의 령을 확인한 수도자가 엄지로 자신의 등 뒤를 가리켰다.

'생각보다 통과 절차가 간단하네?'

이탄은 몽몽을 다시 주머니 속에 넣고 붉은 문 안으로 들어갔다.

문밖에서 보았을 때, 문 안쪽은 좁은 골목으로 연결된 인파가 북적북적한 시장통이었다. 분명히 이탄이 확인했을 때는 그렇게 보였다.

그런데 막상 이탄이 문 안으로 들어오자 풍경이 싹 바뀌었다. 복잡한 저잣거리는 오간 데 없이 사라지고 한적한 오솔길이 이탄의 눈앞에 펼쳐졌다.

길 양쪽엔 나무가 무성했다. 구릉을 향해 오른쪽으로 감겨드는 오솔길 너머엔 나무로 만든 9층 목조탑이 눈에 띄었다.

[저 목조탑으로 가시면 되어요.]

몽몽이 이탄에게 길 안내를 했다.

다른 주술사들도 각자 령의 안내를 받아 발걸음을 옮겼다. 이탄은 신입 주술사들의 틈에 섞여서 오솔길을 걸었다.

Chapter 7

9층 목조탑 앞에는 또 다른 광장이 넓게 자리했다. 광장 앞에는 'ㄷ'자 모양으로 바깥쪽을 빙 둘러서 천막이 설치되어 있었는데, 각 천막 안에는 각양각색의 수도복을 입은 수도자들이 각자의 자리를 지켰다.

이 수도자들도 모두 언노운 월드 출신으로, 우연히 령과 인연이 닿아 동차원에 접촉한 사람들이었다.

천막 안의 수도자들은 신입 주술사들을 반짝거리는 눈으로 바라보았다.

몽몽이 이탄의 뇌에 속삭였다.

[저기 저분들은 오늘 이 자리에서 뛰어난 인재를 뽑아서 자신들의 단체로 끌어들이려는 거예요. 그래서 저렇게 반짝거리는 눈으로 신입 주술사들을 살펴보는 거죠.]

'그렇군.'

이탄은 가만히 고개를 주억거렸다.

잠시 후, 정면의 단상 위에 하얀 법복을 입은 노인 한 명이 올라왔다. 노인은 눈처럼 하얀 복장을 입고, 네모나게 생긴 하얀 모자를 머리에 썼으며, 황금빛 허리띠를 둘러맨 모습이었다. 노인의 수염은 검은색이었는데, 배까지 치렁하게 늘어졌다.

이탄은 노인을 눈여겨 보았다. 단상 위의 노인은 여타 수도자들과 달리 언노운 월드인의 외모가 아니었다. 간씨 세가에서 흔히 볼 수 있는 아시아계 노인처럼 보였다.

몽몽이 다시 속삭였다.

[저분이 바로 판정관이세요.]

'판정관?'

[넹넹. 남명에 소속된 고위급 술사이신데, 신통력이 뛰어나서 한 번 감응하는 것만으로도 신입 주술사의 실력을 정확하게 판정하시거든요.]

'흐으음.'

이탄은 흥미로운 눈으로 판정관을 훑어보았다.

판정관도 이 자리에 모인 수백 명의 신입 주술사들을 눈으로 쭉 훑었다.

잠시 후, 판정관의 입에서 굵은 음성이 흘러나왔다.

언어가 서로 달라 이탄은 판정관의 말을 하나도 알아들을 수 없었다. 몽몽이 판정관의 말을 통역해주었다.

다른 신입 주술사들도 언노운 월드 출신인지라 동차원의 언어에 무지하기는 마찬가지였다. 다들 각자의 령의 도움을 받아 판정관의 말을 해석했다.

"왼쪽 앞쪽부터 시작하여 한 명씩 단상에 올라오너라."

조금 전 판정관이 한 말은 바로 이거였다.

덩치가 크고 어깨에 독수리 령을 얹은 사내가 가장 먼저 판정관 앞에 올라갔다. 독수리 령 사내는 판정관이 시키는 대로 오른손으로 자신의 령을 붙잡고 왼손을 판정관에게 내밀었다. 그러자 판정관이 검지와 중지를 붙여 사내의 손목 맥을 짚었다.

지그시 눈을 감은 판정관의 눈꺼풀이 파르르 떨렸다.

긴장한 사내가 침을 꿀꺽 삼켰다.

약 1분 뒤 판정관이 눈을 번쩍 떴다.

"으헙!"

판정관의 눈에서 뻗어 나온 안광이 어찌나 뜨거웠던지 독수리 령 사내가 뒤로 나자빠질 뻔했다.

"흘흘흘."

판정관이 희한하게 웃더니 상대의 맥을 짚었던 손가락으로 허공을 가리켰다. 이윽고 '8'이라는 숫자가 독수리 령 사내의 머리 위에 둥실 떠올랐다.

"오오오."

"처음부터 8등급이야?"

천막 여기저기서 탄성이 터졌다.

이탄이 몽몽에서 물었다.

'등급 체계가 어떻게 되지? 8등급이면 높은 건가?'

[넹넹. 8등급이면 무척 높은 편이에요. 주술사의 등급은 크게 1부터 12등급까지 나뉘거든요. 1등급이 가장 미약한 수준, 그리고 12등급이 가장 높은 수준이죠. 그런데 처음부터 8등급 판정을 받았으니 저기 저 단상 위의 신입 주술

사께서는 나중에 마르쿠제나 헤르만에 충분히 들어가실 수 있을 거예요.]

몽몽이 부러운 듯이 쳐다보았다.

이탄이 눈을 껌뻑였다.

'뭐야? 너 부러운 거야? 주술사가 수행이 깊어지면 령에게도 뭔가 좋은 일이 생기는 건가?'

[당연하죠. 저희와 같은 령들은 주인님의 등급에 기대어 살거든요. 주인님의 격이 올라갈 때마다 저희 령들의 격도 함께 상승한답니다.]

'그래? 그렇다면 나도 높은 등급을 받아야겠네.'

말은 이렇게 하였으나 사실 이탄은 높은 등급을 기대하지 않았다. 주술이나 술법에 대해서 아는 것이 없고 법력이라는 것을 쌓은 적도 없으니 0등급이나 1등급이 나와도 할 수 없다고 생각했다.

또한 등급이 높게 나와도 문제였다. 이탄은 듀라한이라는 사실이 들킬지 몰라 높은 등급을 원치 않았다. 그저 조용히 묻어가다가 마르쿠제 술탑에 대한 정보만 적당히 얻어가고 싶을 뿐이었다.

물론 이탄의 마음속 깊은 곳에는 또 다른 생각도 자리했다. 이왕에 인연이 닿은 것이라면 이탄도 높은 수준까지 술법을 익히고 마르쿠제 술탑에 대해서도 아주 깊이 있는 정보까지 알고 싶은 마음이 공존했다.

몽몽이 이런 이탄의 속마음을 자극했다. 사실 몽몽도 이탄에 대한 기대치가 아주 높지는 않은 듯했다.

[히히. 주인님이 높은 등급을 받으시면 저야 좋죠. 하지만 그런 상위 등급은 원한다고 해서 받을 수 있는 것은 아니고요, 우선은 술법에 대한 재능을 타고 태어나야 한답니다. 그 다음은 좋은 스승을 만나서 열심히 노력해야죠.]

이 말이 곧 진리였다. 이 세상에서 대부분의 결실은 재능과 노력이 조화를 이뤘을 때 이루어지는 법이었다. 둘 중 하나가 없으면 결실을 맺기 힘들었다.

이탄이 다소 복잡한 마음으로 다시 단상 위로 시선을 돌렸다.

첫 번째로 단상에 올라간 독수리 령 사내만 8등급을 찍었을 뿐, 그 뒤부터 대부분의 신입 주술사들은 4에서 5등급 사이의 판정을 받았다.

간혹 가다가 1등급이나 2등급이 나오는 경우도 존재했다. 그렇게 낮은 등급을 받은 주술사들은 어깨가 축 쳐졌다.

천막 속의 수도자들도 냉정하여 1, 2 등급의 주술사들에게는 눈길조차 주지 않았다.

한동안 8등급 이상은 등장하지 않았다. 처음 판정을 받

은 독수리 령 사내를 제외하면 가장 높은 등급은 6등급이
었다.

그러는 와중에 어깨에 코끼리를 짊어진 사내가 단상에
올라갔다. 코끼리의 무게를 견디기 힘들었는지 계단을 오
를 때 사내가 비틀거렸다. 당황한 코끼리 령 사내가 얼굴을
시뻘겋게 물들였다.

"푸흡."

"저게 뭐야?"

단풍잎처럼 얼굴을 붉히는 코끼리 령 사내의 모습에 사
람들이 또다시 웃음을 터뜨렸다.

하지만 불과 몇 분 뒤, 사람들의 얼굴에 웃음기가 싹 가
셨다. 순박해 보이는 코끼리 령 사내의 머리 위에 무려 11
이라는 숫자가 떠오른 덕분이었다.

Chapter 8

의외의 결과에 사람들이 깜짝 놀랐다.

"뭣이라? 11등급이라고?"

"헉. 그렇다면 불과 한 등급만 넘어서면 만급 최고 경지
에 도달하는 것 아냐?"

"만급 최고 경지에서 또 한 발을 더 내디디면 완급 초입이잖아? 완급 초입부터는 마르쿠제나 헤르만에 들어갈 수 있다고."

천막 여기저기서 수군거리는 소리가 들려왔다.

'만급? 완급? 그게 뭐지?'

이탄이 재빨리 몽몽을 쳐다보았다.

몽몽이 입을 열었다.

몽몽의 설명에 따르면, 신입 주술사가 1등급부터 시작해서 위로 점점 올라가 끝내 12등급에 도달하면, 법력을 꽉 채웠다는 의미로 '만(滿)'이라고 부른다고 했다.

이렇게 만급에 도달한 뒤 거기서 한 발 더 내디디게 되면, 그때부터는 완성되었다는 의미로 '완(完)'급이라고 부르는데, 완급도 1등급부터 시작해서 최종 12등급까지 나뉜다는 것이 몽몽의 설명이었다.

이탄이 물었다.

'그럼 완 12등급이 끝인가? 아니면 그 위에 또 뭐가 있어?'

[완 다음은 선(仙)이죠. 남명에서 선인이라 불리는 분들은 모두 이 선급에 올라선 수도자들이랍니다. 저 단상 위의 판정관님도 선급 술사시고요.]

'선급? 그럼 그 위는?'

이어지는 질문에 몽몽이 울상을 지었다.

[죄송해요, 주인님. 선급 위에 무엇이 존재하는지 저와 같은 하급 령들은 알 수가 없답니다. 히이잉.]

이탄도 더는 묻지 않고 단상으로 다시 시선을 돌렸다.

한동안은 일이 지루하게 흘러갔다. 독수리 령의 사내가 8등급을 받고, 코끼리 령의 사내가 11등급을 찍은 이후로 한동안 높은 등급은 나오지 않았다.

그러다 이탄의 바로 앞 차례에서 공작새의 령을 어깨에 얹은 여자가 단상 위로 올라갔다. 몸매가 늘씬하고, 밤색 머리카락을 엉덩이까지 치렁치렁하게 늘어뜨린 미녀였다.

판정관이 여자에게 손을 달라는 제스처를 취했다.

여자는 오른손으로 공작새 령을 잡고 왼손을 판정관에게 내밀었다. 판정관이 여자의 손목 맥을 짚고 지그시 눈을 감았다.

잠시 후, 판정관이 묘한 눈으로 여자를 한 번 쳐다보고는 손가락으로 허공을 가리켰다.

펑!

여자의 머리 위에 숫자가 하나 떠올랐다.

"헉! 또 11등급이잖아."

천막 속 수도자들이 웅성거렸다.

"이게 대체 어찌 된 일이야? 오늘 하루에 11등급이 두 번이나 뜨다니?"

"그러게 말이야. 최근 200년 내에는 이런 적이 없었잖아."

"잡아야 해. 저런 수재들을 우리 종파가 반드시 잡아야 한다고."

"판정이 모두 끝나면 바로 저 사람들을 우리 종파로 데려올 준비를 하세요."

천막 속의 수도자들이 군침을 꿀꺽 삼켰다. 코끼리 령 사내나 공작새 령 여자 가운데 한 명은 반드시 자신들 종파에서 쟁취해야 한다는 생각들이었다.

중앙 단상 뒤쪽, 마르쿠제와 헤르만 종파에서 파견을 나온 술사들도 호기심 어린 눈빛으로 코끼리 령 사내와 공작새 령 여자를 주목했다.

비록 지금은 두 사람이 11등급이라 마르쿠제나 헤르만에 들어갈 자격이 되지 않는다지만, 여기서 조금만 더 수련을 하여 법력을 높이면 저 둘은 마르쿠제나 헤르만의 동료가 될 가능성이 높았다.

공작새 령 여자에 이어서 다음 차례는 이탄이었다.

"드디어 내 차례군."

이탄은 어깨를 한 번 으쓱한 다음 단상 위로 발걸음을 옮겼다.

[주인님, 긴장하지 말고 잘 하세요. 화이팅!]

막상 이렇게 응원은 하였으나 사실 이탄보다도 오히려

몽몽이 더 긴장한 듯했다. 몽몽은 간절한 마음으로 이탄이 높은 등급을 받기를 기원했다.

이탄은 덤덤한 표정으로 판정관 앞에 앉았다.

어차피 이탄은 주술이나 술법이 무엇인지도 몰랐다. 당연히 제대로 된 등급을 받을 거라는 기대도 별로 없었다.

판정관이 이탄의 손목을 향해 눈짓을 보냈다.

이탄은 오른손으로 몽몽을 잡고 왼쪽 손목을 판정관에게 내밀었다.

판정관이 이탄의 손목 위에 자신의 검지와 중지를 겹쳐 얹고 눈을 감았다.

'뭐가 이렇게 차가워?'

판정관이 이탄에게 처음 받은 느낌은 바로 이거였다. 이탄의 손목은 마치 피가 흐르지 않는 사람처럼 냉랭했다.

'혹시 냉한 기운의 법력을 쌓을 체질인가?'

술법사의 세계에서 이런 특수한 체질은 일반적인 체질보다 귀히 쓰였다. 특히 남명의 여러 종파들 가운데 음양종은 이런 체질의 수도자에게 관심이 많았다. 판정관은 일말의 호기심을 품은 채 이탄의 맥 탐색에 집중하였다.

한데 웬걸?

맥이 잡히지 않는다.

분명히 그럴 리는 없건만, 이건 마치 죽은 사람의 맥을 짚는 느낌이었다. 판정관이 눈을 번쩍 떠서 이탄을 살폈다.

이탄은 멀뚱멀뚱한 눈으로 판정관을 마주 보았다.

상대의 생동감 넘치는 눈빛을 보자 판정관이 고개를 갸웃했다.

'허어, 분명 죽은 이는 아니야. 망자라면 이렇게 또렷한 눈빛을 가질 수 없지. 게다가 저 민감한 령이 망자에게 이끌릴 리는 없잖아? 그런데 왜 이 녀석의 맥이 잡히지 않지? 그것참 알 수가 없네.'

당황한 판정관이 다시 눈을 감고 온 신경을 이탄에게 집중했다. 판정관의 눈꺼풀이 파르르 떨렸다.

한데 판정관이 아무리 노력해도 여전히 이탄의 맥은 잡히지 않았다.

'죽은 자가 아닌데 맥이 없다? 세상에 이런 경우가 있나? 이건 마치 우리 남명의 금강수라종 같구나. 전신에 금강체를 이루어 심장박동도 느껴지지 않고 맥도 잡히지 않는 금강수라종의 선인들 말이야.'

판정관은 열심히 머릿속의 정보를 뒤졌다. 그러다 갑자기 두 눈을 번쩍 떴다.

'어랏? 이 녀석 설마 금강수라종에 딱 적합한 체질 아냐?'

Chapter 9

판정관은 오랜 세월 동안 다양한 체질의 주술사들 접했다. 그 가운데는 뜨거운 기운을 타고난 체질도 있고, 차가운 기운을 타고난 체질도 있었으며, 드물게는 벼락이나 독의 기운을 타고난 자들도 존재했다. 심지어 판정관은 짐승이나 혼백의 기운을 갈무리한 주술사들도 간혹 목격했다.

하지만 이탄과 같은 체질은 단연코 난생처음이었다.

판정관은 겸허하게 마음을 가다듬었다.

'내가 어찌 이 세상의 만사를 다 알겠는가! 술법의 세계는 실로 오묘하여 내가 미처 모르는 체질도 얼마든지 존재할 수 있겠지. 그 가운데는 금강수라종이 되기에 딱 적합한 체질도 충분히 있을 게야.'

판정관이 판단하기에 이탄은 분명 죽은 시체는 아니었다. 강아지를 닮은 령이 저렇게 따르는 것을 보면, 그리고 이탄의 행동이나 눈빛을 보면 분명 강시나 언데드 부류와는 거리가 멀어 보였다.

'내 예측이 맞는다면 이 녀석은 금강수라종 계열의 체질이 분명해. 하지만 혹시 모르니까 한 가지만 더 확인해 보자.'

판정관은 이탄을 자세히 뜯어보다가 느닷없이 손바닥 펼

쳤다. 판정관이 중얼중얼 주술을 읊자 그의 주름진 손바닥 앞에 노란색의 방어막이 하나 형성되었다.

"이 벽을 한번 주먹으로 후려쳐 보거라. 있는 힘껏 말이다."

[저 벽을 있는 힘껏 쳐보라고 하시네요.]

몽몽이 판정관의 말을 통역해주었다.

'왜?'

이탄이 의문을 품었다.

지금까지 다른 사람들은 판정관 앞에 손목만 내밀면 그만이었다.

'그런데 왜 나만 다르게 취급하지? 혹시 뭔가 읽었나? 혹시 내 정체가 들통난 것 아냐?'

이탄은 몽몽 몰래 살심을 일으켰다. 여차하면 이 자리에서 저 판정관을 죽여서 입을 막아야 할지도 모른다는 생각이 들었다.

반면 몽몽은 기대에 부풀었다.

[판정관님께서 주인님에게서 무언가 중요한 가능성을 보셨나 봐요. 그러니까 이런 일을 시키시는 거겠죠. 주인님, 힘껏 벽을 쳐보세요. 있는 힘껏 말이에요.]

이탄이 오른손으로 몽몽을 잡은 상태에서 왼손을 가만히 말아 쥐었다.

몽몽은 있는 힘껏 치라고 했으나, 이탄은 진짜로 그 말을 따를 생각은 없었다. 그가 작정하고 주먹을 휘두르면 도저히 감당할 수 없는 거력이 뿜어지기 때문이었다. 그런 거력을 내뿜는 와중에 이탄의 정체가 들통 나기라도 한다면 곤란했다.

'일단은 힘 조절을 해야겠지? 적당히 약하게.'

이탄은 속으로 힘을 세기를 가늠하면서 왼손으로 노란 벽을 겨눴다.

순간적으로 이탄의 눈 속에 서늘한 빛이 빨려들었다. 그 장면을 목격한 판정관은 갑자기 등골이 오싹해졌다.

"자, 잠깐."

판정관이 이탄을 저지하려고 막 입을 여는 순간, 가볍게 말아 쥔 이탄의 주먹이 어느새 공기를 찢어발기며 판정관이 만들어낸 노란 벽에 작열했다. 이탄의 왼손 주먹을 중심으로 대기가 요동쳤다.

판정관은 이탄의 주먹이 뻗어오는 경로도 제대로 보지 못했다. 그저 눈앞에서 벼락이 번쩍 내리친다 싶었다. 이어서 꽝하고 금속 깨지는 소리와 함께 판정관이 술법으로 만들어낸 방어막이 산산이 박살 났다.

거기서 그친 것이 아니었다. 이탄이 가볍게 툭 내지른 주먹은 판정관의 노란 방어막을 으깨버린 정도에 만족하지 않고 계속 파고들어 상대의 손바닥 바로 앞에서 멈춰 섰다.

이건 이탄이 의도적으로 주먹질을 멈춘 결과였다. 만약 이탄이 멈추지 않았다면 판정관의 손목 윗부분은 한 줌의 핏물로 변해서 흩어졌을 뻔했다.

그렇게 이탄이 주먹을 멈췄음에도 불구하고 판정관이 비명을 질렀다.

"끄악!"

이탄의 주먹이 만들어낸 풍압만으로도 판정관의 손바닥이 쩍쩍 갈라졌다. 손에서 핏물이 절로 터졌다. 판정관의 손가락뼈도 뒤로 세게 꺾여 하마터면 부러질 뻔했다.

깜짝 놀란 판정관이 반사적으로 다른 손을 뻗어 이탄을 공격했다. 판정관의 손끝에서 솟구친 깃털 모양의 법력이 이탄의 미간을 노리고 날아들었다.

판정관이 나쁜 의도를 품고 이탄을 공격한 것이 아니었다. 그저 손이 아프고 깜짝 놀라 반사적으로 반격을 한 것뿐이었다.

이탄도 그 점을 읽었다. 그래서 심하게 손을 쓰지는 않았다.

이탄은 어느새 왼손을 다시 회수하여 판정관의 반격, 즉 깃털 모양의 법력을 손으로 움켜잡았을 뿐이다.

30센티미터 두께의 철 덩어리도 거침없이 관통하는 것이 판정관의 법력으로 만든 깃털이었다.

그런데 이탄의 손바닥은 그 깃털을 맨손으로 잡고도 피한 방울 흐르지 않았다.

쿠왕!

오히려 판정관이 만들어낸 깃털이 이탄의 손바닥 안에서 우그러져 산산이 부서졌다.

"으헉."

깜짝 놀란 판정관이 자신도 모르게 뒤로 몸을 날려 30미터 뒤까지 후퇴했다. 단상을 지나 빈 허공에 둥실 떠오른 판정관이 놀란 눈으로 이탄을 바라보았다. 판정관의 심장이 벌렁벌렁 뛰었다. 등골이 오싹했다.

"금강체! 금강수라종의 금강체가 분명하구나."

판정관은 부들부들 떨리는 눈빛으로 이탄의 전신을 더듬었다.

반면 이탄은 후회막심이었다.

'아 씨. 힘 조절을 한다고 했는데 왜 이 모양이 되었지?'

입술을 꽉 깨문 이탄이 원망스러운 눈으로 판정관을 노려보았다.

'이게 모두 다 저 노친네가 너무 약하기 때문이야. 그 노란 방어막이 그렇게 유리처럼 손쉽게 깨질지 누가 알았겠어? 동차원에서는 왜 저런 허당 노인을 판정관으로 내세웠지? 이거 이러면 내 계획이 틀어지는데. 마르쿠제 술탑과

연결되는 것은 좋지만, 너무 눈에 띄면 곤란하다고.'

이탄은 약해 빠진(?) 판정관을 향해 혀를 찼다.

사람들이 다들 놀라서 판정관을 쳐다보았다. 판정관이 맥을 짚다 말고 갑자기 이탄에게 주먹을 휘둘러보라고 시킨 점도 이상하였고, 그 주먹질 한 방에 요란을 떨면서 단상 밖까지 튀쳐나간 점 이해가 되지 않았다. 천막 안의 수도자들은 황당하다는 눈빛으로 이탄과 판정관을 번갈아가며 살폈다.

판정관이 입술을 꾹 깨물었다.

사실 지금 판정관은 머릿속이 복잡했다.

'내가 만든 보호막을 깨뜨릴 정도면 분명히 만급은 넘어섰을 게다. 최소한 완 12등급이야. 아니지. 어쩌면 그것도 넘어서서 선급에 도달했을지도 몰라. 조금 전 저 녀석이 보인 실력은 분명 금강수라종의 선인들이나 펼칠 수 있는 수준이었어.'

결과만 놓고 보면 이렇게 판단할 수밖에 없었다. 그런데 이건 판정관의 상식으로는 도저히 불가능한 일이었다.

'동차원이 아닌 서차원의 사람이 어떻게 선도에 대한 수련도 받지 않고 선급의 경지를 밟을 수 있단 말인가? 지금까지 동차원의 역사상 그 어떤 주술사도 첫 판정에서 선급을 받은 사례가 없잖아?'

이것은 동차원의 기나긴 역사를 통틀어 사상 처음 있는
일이었다.

Chapter 10

판정관이 빠르게 머리를 굴렸다.

'내가 만약 이 녀석에게 선 1등급, 혹은 완 12등급의 판
정을 내린다면 어떻게 될꼬? 그 즉시 마르쿠제나 헤르만에
서 저 녀석을 영입하겠지?'

이탄은 서차원 출신이었다. 그러니까 마르쿠제나 헤르만
에 들어가서 혼명의 주술사가 되는 것이 마땅했다.

그런데 이탄의 가공할 만한 재능—사실은 이탄은 듀라
한의 파괴력을 내보인 것일 뿐이고 판정관이 이를 금강체
로 오해한 것이지만—을 목격한 이상 이대로 이탄을 혼명
으로 보내주기는 너무나 아까웠다.

판정관이 입술을 질끈 깨물었다.

'제기랄. 만약에 저 녀석이 동차원에서 태어나기만 했다
면 곧바로 남명으로 데려오는 것인데. 첫 판정에서 선급을
찍은 대천재라면 불과 몇백 년도 지나지 않아 금강수라종
의 모든 법술들을 익혀낼 테고, 그렇게 무럭무럭 성장한다

면 저 녀석이 3,000년 내에는 존재하지 않았던 선 9등급도 찍을 수 있을 게야.'

동차원 전체를 통틀어서 최근 3,000년 이내에는 선 9등급의 최고위급 선인이 탄생한 적이 없었다.

'실력이 떨어지는 혼명에서 저런 천재를 제대로 키워낼 수 있을까? 아니야. 그건 불가능해. 혼명의 일인자인 마르쿠제나 반인반수인 헤르만 등이 직접 가르친다고 해도 저 녀석을 선 9등급까지 키울 수 없다고. 당장 마르쿠제 대선인도 선 6등급에 간신히 올라섰을 뿐 아냐? 헤르만은 선 5등급이고. 그들에게 맡겨놓으면 분명히 저런 대천재를 망치고야 말게야.'

판정관이 갈등 어린 눈으로 이탄을 훑었다.

이탄이 인상을 찌푸렸다.

'어랍쇼? 저건 무슨 눈빛이지? 이 노친네가 갑자기 왜 이러는 거야? 판정관 노친네의 눈빛이 영 께름칙한데?'

사실 이탄도 마음이 편치 않았다. 이곳 마르쿠제 술탑, 아니 동차원에 적당히 섞여 들어가면서 궁금했던 정보만 캐내겠다는 것이 원래 이탄의 목표였다.

그런데 초장부터 계획이 틀어졌다.

아니, 틀어진 정도가 아니었다. 당장 이 자리에 있는 모든 주술사들이 이탄을 주목하기 시작했다.

"판정관님께서 대체 왜 저러시지?"

"강아지 령을 지닌 저 사내에게 뭔가가 있나?"

"아니, 왜 판정을 내리시지 않는 거야? 대체 저 강아지 령 사내의 등급이 뭐야?"

"설마 만 12등급을 찍는 것은 아니겠지?"

사람들의 웅성거림이 점점 더 증폭되었다.

판정관도 더는 판정을 미룰 수 없었다.

'마르쿠제와 헤르만이 본격적으로 저 녀석에게 관심을 갖게 되면 일은 더 복잡해지겠지? 일단은 거짓으로 판정을 내린 다음, 남명 금강수라종의 선인들과 머리를 맞대고 이 사태를 의논해보자. 여차하면 관례를 깨서라도 저 녀석을 남명으로 데려와야 해. 혼명에 그냥 두기에는 저 녀석의 천부적인 재능이 너무 아까워.'

마침내 판정관이 결심을 굳혔다. 그는 스르륵 몸을 날려 단상 위에 다시 내려섰다. 그 다음 차분한 기색으로 이탄 앞에 앉아 손가락으로 이탄의 머리 위쪽을 가리켰다.

12등급.

판정관은 고민 끝에 이런 숫자를 허공에 띄웠다.

만약 판정관이 이탄을 완급의 주술사라고 판정한다면? 만 12등급을 넘어서 완급이라고 알린다면?

그 즉시 마르쿠제나 헤르만에서 이탄을 데려갈 것이다.

'그건 안 될 말이지. 이런 희귀한 대천재를 혼명에 내줄 수는 없음이야.'

판정관은 눈앞의 보물을 빼앗기는 꼴을 두고 볼 수는 없었다.

그렇다고 완 11등급이라고 표시하는 것도 이상했다. 공작새 령 여자나 코끼리 령 남자를 판정할 때에 판정관은 그들을 무덤덤하게 처리했다. 한데 이탄에게만은 유독 요란 법석을 떨었다.

'그러니 11등급보다는 높게 쳐줘야겠지?'

완급보다는 낮게.

만 11등급보다는 높게.

이 사이에 답은 하나밖에 없었다. 판정관은 짧은 고민 끝에 이탄에게 만 12등급의 판정을 내렸다.

이것만으로도 사람들이 발칵 뒤집혔다.

"와아아아, 12등급이다."

"만급 최고가 나왔어. 만급 최고가 나왔다고."

"이게 대체 얼마 만이야? 이제 갓 입문한 주술사가 벌써부터 만급 최고를 찍는다고?"

"저 강아지 령 술사를 잡아라. 저 술사를 우리 종파로 데려오면 불과 2, 3년 만에 우리 종파에서 마르쿠제나 헤르만 술사를 배출할 수 있단 말이다."

"놓치면 안 돼요. 저 술사는 반드시 우리 종파에서 데려와야 한다고요."

천막 여기저기서 이런저런 소리들이 들렸다.

"좋겠다."

단상 아래 주술사들은 모두 부러운 눈으로 이탄을 바라보았다. 공작새 령 여자나 코끼리 령 남자도 깊은 눈빛으로 이탄을 주목했다. 단상 뒤, 마르쿠제와 헤르만 소속 주술사들도 이탄에게서 눈을 떼지 못했다.

'젠장.'

이탄은 속으로 쓴웃음을 한 번 삼킨 다음, 단상 아래로 내려왔다. 이탄이 판정을 받은 이후에도 사람들은 이탄을 힐끗힐끗 곁눈질했다.

이탄 이후로도 약 60여 명의 신입 주술사들이 자신들의 수준에 대해서 평가를 받았다. 모든 업무를 마친 뒤, 판정관은 깃털로 장식된 부채를 부쳐서 하늘 높이 날아올랐다. 자리를 뜨기 전 판정관은 이탄에게 한 번 더 눈길을 주었다.

판정관이 훨훨 날아간 뒤, 다양한 색깔의 천막 속에서 다양한 복장의 사람들이 우르르 뛰쳐나왔다. 모두 다 혼명 소속 수도자들이었다.

천막 속 수도자들이 최우선으로 관심을 보인 대상은 단연 이탄이었다. 그 다음으로 코끼리 령 사내와 공작새 령 여자 앞에도 구름처럼 인파가 집중되었다.

"우리 종파로 들어오시게. 우리 종파로 말할 것 같으면……."

"아니지. 자네와 같은 인재는 당연히 우리 종파에 와야지."

"그게 무슨 망발들이세요? 이분은 이미 우리가 찜했다고요."

"찜은 무슨 찜이야? 말도 안 되는 소리 말라고."

분위기가 금세 뜨겁게 달아올랐다.

그럴 만도 한 것이, 이탄은 무려 12등급을 찍은 초대형 신입이었다. 내부경쟁이 치열한 종파들 사이에서 이런 최고의 루키를 영입하기 위해서라면 못 할 짓이 없었다. 수도자들은 체면도 불사하고 마구 삿대질을 해댔다. 그러다 급기야 서로 욕을 하고 멱살을 잡는 사태까지 발생했다.

이탄의 등급이 기대치를 훨씬 뛰어넘었기에 일어난 사태였다.

이 치열한 경쟁을 보면서 가장 기뻐한 이는 다름 아닌 몽몽이었다.

[히히히히. 역시 내가 주인님을 잘 선택했다니까. 히히히.]

몽몽은 완전 신이 나서 크림색 꼬리를 마구 흔들었다.

제4화
멸정동부

Chapter 1

이탄이 동차원에 들어온지 어느새 10개월이 흘렀다. 한 해가 훌쩍 넘어가 새해를 맞이하게 되었다.

지난 10개월간 이탄은 혼명의 여러 단체들 가운데 하나인 트란기르에 적을 두고 주술과 술법에 대한 기초를 배웠다.

트란기르는 혼명 내에서 능히 다섯 손가락 안에 손꼽히는 뛰어난 조직이었다. 특히 트란기르는 무력보다는 교육 능력이 탁월한 곳으로 유명했다. 그 이유는 트란기르가 주로 마르쿠제나 헤르만에서 활발하게 활동하다가 나이가 들어 은퇴한 자들로 주축을 이루었기 때문이었다.

언노운 월드에는 잘 알려져 있지 않지만, 사실 이면 세계에서 피사노교와 사투를 벌이는 선봉대 가운데 하나가 바로 마르쿠제 술탑이었다.

그렇게 살벌한 선봉대에서 활약하면서 죽지 않고 무사히 나이가 들었다는 것은, 그만큼 그 술사가 노련하고 지혜롭다는 점을 의미했다.

이 노련한 술사들이 심혈을 기울여 이탄을 가르쳤다.

"무려 첫 판정에서 12등급을 찍은 천재다. 이렇게 뛰어난 제자를 키워내는 것은 우리에게도 큰 보람이지."

트란기르의 교관들은 이런 마음가짐으로 이탄의 교육에 임했다. 그들은 이탄에게 자신들이 알고 있는 모든 지식들을 쏟아부었다.

이탄은 아주 가끔씩만 언노운 월드로 돌아가서 쿠퍼 가문의 잔여 업무를 처리할 뿐, 대부분의 의식을 동차원에 집중하였다.

이것이 가능한 이유는, 서차원과 동차원의 시간이 개별적으로 흐르기 때문이었다. 다시 말해서 이탄이 동차원에서 한 달을 머물러도 언노운 월드에서는 불과 몇 분이나 몇 시간 정도만 지났을 뿐이었다.

반대의 경우도 마찬가지였다. 이탄이 언노운 월드에서 한 시간을 머물다가 돌아와도 동차원의 시간은 불과 0.1초도 지나지 않았다.

"정말 좋네. 이런 식이라면 마치 시간을 몇 배로 늘여서 사용하는 셈이잖아? 동차원에서 꼬박 일주일을 보내도 언노운 월드에서는 시간이 거의 흐르지 않고, 또 언노운 월드에서 일주일을 지내고 돌아와도 이곳 동차원의 시간은 그대로 보존되니까 말이야. 이거 수련할 시간이 몇십 배, 몇백 배는 늘어난 셈이라고. 하하하."

수련광인 이탄은 시간이 고무줄처럼 늘어난 점이 무엇보다 즐거웠다.

"마르쿠제 술탑의 주술사들이 강한 이유를 알겠어. 이렇게 시간을 길게 늘여서 쓰니까 당연히 강해지겠지."

이탄이 입술을 삐쭉거렸다.

수련시간이 늘어난 것 말고도 이탄에게는 또 다른 즐거움이 생겼다. 어찌 된 일인지 영문은 모르겠으나 이탄은 술법에 대한 천부적인 재능을 타고났다. 난생처음 술법을 배우는 것임에도 불구하고 이탄은 술법에 대한 이해도가 말도 못 하게 높았다. 법력을 쌓는 속도도 현기증이 날 정도로 눈부셨다.

"후훗, 나에게 이런 재주가 있는 줄은 또 몰랐네."

이탄이 하얗게 웃었다.

발전 속도가 빠르다 보니 술법을 배우는 재미가 더욱 크

게 느껴졌으리라. 지난 10개월간 이탄은 오로지 술법 수련
에만 미쳐 지냈다. 술법을 연마할 때면 언제나 이탄의 입가
에 미소가 그치지 않았다.

비록 이탄은 그동안 모르고 지나쳐왔지만, 어쩌면 이탄
이 술법에 재능이 넘치는 것은 미리 예견되었던 일이기도
했다. 이탄이 체질적으로 이 방면에 재능이 넘쳤기 때문에
과거에 그 지독한 마녀가 이탄을 죽여서 듀라한의 재료(?)
로 삼은 거였다. 이탄은 자신이 마녀에게 점찍힌 이유를 정
확히 몰랐지만 말이다.

또한 이탄이 술법에 대한 재능이 넘쳤기에 읽을 수 없는
문자 만자비문도 이탄을 주인으로 선택했을지 모른다.

어쨌거나 이탄은 술법에 대한 천부적인 재능을 타고났을
뿐 아니라 노력도 대단했다. 이 둘이 복합되자 그 효과는
어마어마하였다.

지난 10개월간 이탄은 물을 빨아들이는 솜처럼 선배 술
사들의 지식을 흡수했다. 그리하여 불과 10개월이 흐른 시
점에서 이탄은 트란기르의 최우수 제자 가운데 한 명으로
성장하고야 말았다.

1월 3일.

오늘은 이탄이 트란기르 교관들의 추천을 받아 마르쿠제

술탑에 입단 테스트를 받는 날이었다.

'드디어 마르쿠제 술탑과 접촉하는구나.'

이탄은 나름 기대를 품었다.

마음 한구석에는 정체가 발각날까 봐 우려되는 바도 있었으나, 이탄은 애써 그런 소극적인 마음을 다스렸다.

'움츠러들 필요 없어. 내게는 어둠의 기운을 감쪽같이 감춰주는 화이트니스가 있잖아? 어지간한 상황만 아니면 절대 발각 되지 않을 거야.'

이탄은 화이트니스를 믿어 보기로 했다.

'게다가 여차하면 힘으로 뚫고 탈출하면 그만이지.'

적양갑주를 포함한 이탄의 능력이라면 최악의 경우 동차원을 탈출하는 데는 지장이 없을 것 같았다. 이렇게 생각하자 한결 마음이 편했다.

그렇게 이탄이 마르쿠제 술탑의 입단 테스트를 기다리고 있는데, 그 전에 한 무리의 수도자들이 트란기르로 이탄을 찾아왔다.

'어라? 저 노인은!'

이탄은 방문자들 가운데 선두에 선 노인을 알아보았다.

노인은 한 손에 부채를 들고 다른 손으로는 뒷짐을 진 모습이었다. 노인의 턱에 자란 기다랗고 검은 수염은 바람에 나풀나풀 나부꼈다. 그 모습이 마치 그림 속 선인의 모습과 같아 자못 그럴듯했다.

노인의 정체는 다름 아닌 판정관이었다. 10개월 전 이탄에게 만 12등급의 판정을 내려주었던 바로 그 판정관 말이다.

판정관의 등 뒤에는 민머리에 하얀 털옷을 걸친 거구의 사내와 중키에 몸이 꼬챙이처럼 마른 중년인이 동행했다.

"남명의 선인들께서 여기까지 어쩐 일이십니까?"

트란기르의 총수가 바짝 긴장하여 물었다.

이곳 동차원의 수많은 수도자들 가운데 '선인'이라는 칭호를 받는 사람은 그리 많지 않았다. 만급을 지나고 완급마저 넘어서 그 다음 단계인 선급에 도달해야 비로소 선인이라 불리기 때문이었다.

당장 트란기르에는 선급 선인이 단 한 명도 없었으며, 트란기르의 총수만이 간신히 완 11등급에 도달했다.

한데 이탄을 찾아온 3명 모두 그 높고 고고한 선인들이란다.

Chapter 2

'이들이 모두 선급이란 말이지?'

이탄은 절로 호기심이 생겼다.

호기심을 느낀 것은 비단 이탄만이 아니었다. 이탄이 3명의 선인들에게 관심을 두는 동안 세 선인들도 이탄을 유심히 살펴보았다.

"이 아이가 바로 자네가 말하던 그 아이인가?"

"금강수라종에 최적의 재능을 타고 태어났다는 대천재가 바로 이 녀석이야?"

민머리의 거한과 쇠꼬챙이처럼 몸이 마른 중년인이 동시에 물었다.

판정관이 두 선인을 향해 공손히 답했다.

"그렇습니다. 이 아이가 바로 제가 말씀드린 그 아이입니다."

겉모습만 보면 판정관은 60대 후반에서 70대 초반 사이였다. 그에 비해서 민머리의 거구 사내와 빼빼 마른 중년인은 고작 40대로밖에 보이지 않았다.

하지만 오가는 말투는 정반대였다. 민머리와 쇠꼬챙이가 판정관보다 더 나이가 많은 듯했다.

"어디 한번 맥을 좀 볼까?"

쇠꼬챙이 중년인이 이탄에게 손을 내밀었다.

이탄은 트란기르의 총수에게 시선을 돌렸다.

'어떻게 할까요?'

이탄의 눈이 이렇게 묻고 있었다.

"선인들께서 이러시는 데는 이유가 있지 않겠느냐? 맥을 짚어 너의 실력을 살필 수 있도록 해드려야 예의일 것 같구나."

트란기르의 총수가 당연하다는 듯이 이탄에게 손을 내줄 것을 권했다. 동차원에서 남명의 권위가 그만큼 높다는 반증이었다. 반대로 말하면, 혼명이 동차원에서 그만큼 대접을 못 받고 있다는 뜻이기도 했다.

이탄은 내심 이 상황이 불쾌했다. 그러나 소란을 일으키기 싫었기에 군소리 없이 상대에게 왼쪽 손목을 내밀었다. 그와 동시에 이탄은 오른손으로 몽몽을 붙잡았다.

"어디 보자."

쇠꼬챙이 중년인이 검지와 중지를 붙여서 이탄의 손목 위에 얹고는 지그시 눈을 감았다.

몇 분 뒤, 중년인은 가느다란 눈으로 판정관을 쳐다보았다.

판정관이 거 보라는 듯이 혀를 놀렸다.

"어떻습니까? 제 말이 맞지요?"

쇠꼬챙이 중년인이 고개를 주억거렸다.

"과연 자네의 말이 맞는군. 이건 마치 사람의 손목이 아니라 금속 조각을 만진 듯이 차갑고 단단하이. 허허허. 이 정도면 이미 금강수라종의 수도자라고 해도 믿겠구먼. 허허허허허. 세상에 이런 체질이 존재할 줄이야."

"어디, 나도 확인 좀 하세."

민머리 거한이 털옷을 훌렁 벗고 이탄의 손목을 잡아끌었다.

이탄이 눈을 슬쩍 찌푸렸으나, 거부하지 않고 손목을 내주었다.

민머리 거한은 이탄의 손목에 자신의 손가락을 가져다 댄 다음, 체내의 법력을 이탄의 손목 속으로 불어 넣었다.

그리곤 깜짝 놀랐다. 강한 반탄력 때문이었다.

"크허어. 크허어어."

민머리 선인은 뭐라고 말도 못 하고 콧김만 쉭쉭 내뿜었다.

잠시 후, 남명의 세 선인은 서로 머리를 맞대고 무언가를 의논했다. 트란기르의 총수와 이탄은 한 걸음 떨어진 곳에서 선인들이 결론을 내기를 기다렸다.

3명의 선인들 가운데 쇠꼬챙이처럼 마른 중년인이 가장 먼저 이탄에게 욕심을 냈다.

"이런 체질은 난생처음 접하네. 세상에 금강수라종의 술법을 배우지 않고서도 신체가 이렇게 단단하게 단련되는 체질이 있다니, 눈으로 보지 않았으면 절대 믿지 못했을 게야. 허허허. 비록 인종이 다르다고 해도 이런 천부적인 인재를 포기할 수는 없지. 나는 저 녀석을 혼명에 내어줄 수 없다네. 아무래도 내가 저 녀석을 데려가야겠어."

민머리 선인이 곧바로 코웃음을 쳤다.

"저 녀석을 혼명에 둘 수 없다는 점은 나도 동감일세. 하지만 자네가 왜 저 녀석을 데려간단 말인가? 금강수라종의 정통 맥을 이으려면 마땅히 내가 데려가서 가르쳐야지."

그 말에 쇠꼬챙이가 발끈했다.

"이게 무슨 개 풀 뜯어 먹는 소리야? 금강수라종의 정통 맥이 왜 자네에게 있어?"

"내가 아니면, 누가 감히 금강수라종의 본맥을 자처한단 말인가? 그리고 자네 말 다했는가? 개 풀 뜯어먹는 소리라니. 새까맣게 어린 후배가 지켜보는 앞에서 낯이 뜨겁지도 않은가? 어디서 그런 천박한 말을 입에 담는가?"

"뭐? 천박? 푸흐흥."

쇠꼬챙이가 가느다란 눈을 더욱 가늘게 좁혔다. 그 실눈 속에서 섬뜩하도록 노란 빛이 솟구쳤다.

민머리 선인도 물러서지 않았다. 그는 털옷을 훌렁 벗고는 소매를 팔뚝까지 걷어붙였다. 선인의 팔뚝 근육이 울룩불룩하게 꿈틀거렸다.

두 선인이 싸울 듯 보이자 판정관이 재빨리 끼어들었다.

"두 분 어르신들께서는 그만 고정하시지요. 이럴 것을 대비하여 멸정 대선인께서 제게 당부를 하나 해두셨습니다."

멸정이라는 이름이 나오자 쇠꼬챙이와 민머리가 동시에 움찔했다.

"헉! 멸정 대선인이시라니."

"그분께서 아직도 세상사에 관여하신단 말인가?"

금강수라종 내에서 방귀깨나 뀐다는 두 선인도 멸정이라는 이름 앞에서는 즉시 꼬리를 내렸다.

판정관은 길고 검은 수염을 품위 있게 쓸어내린 다음, 천천히 고개를 주억거렸다.

"멸정 대선인께서 제게 당부하시기를, 만약 두 분께서 다투신다면 그만큼 뛰어난 후배가 들어온 것이니 즉시 그 후배를 멸정동부로 데려오라고 하셨습니다. 허허허."

"큭."

쇠꼬챙이 선인이 입술을 꽉 깨물었다.

민머리 선인도 입이 댓발이나 나왔다.

"아니, 그럼 우리는 여기까지 뭐하러 데려온 게야? 판정관 자네만 와서 저 녀석을 멸정 선인께 데려가고 말지. 크흐흠."

두 선인이 화를 내건 말건 판정관은 히죽히죽 웃기만 했다.

잔뜩 열이 받은 두 선인이 휘릭 몸을 날려 각자의 거처로 돌아갔다. 판정관은 빙그레 웃음을 짓고는 이탄에게 손짓을 했다.

그 날 이탄은 트란기르를 떠나 남명으로 터전을 옮기게 되었다. 그리곤 멸정 대선인의 막내제자가 되었다.

Chapter 3

멸정 대선인은 금강수라종의 여러 선인들 가운데 으뜸을 다투는 거물이었다. 남명 전체, 아니 동차원 전체를 통틀어도 멸정 대선인과 어깨를 나란히 할 만한 수도자는 몇 사람 되지 않았다.

그런 멸정이 무려 수백 년 만에 침묵을 깨고 다시 세상에 나와 제자를 받았다. 그것도 동차원 출신이 아닌 혼명 출신의 잡종—남명의 표현에 따르면—을 제자로 받아들였다.

"아니, 왜?"

"아무리 재능이 뛰어나다고 해도 그렇지, 혼명 출신이면 선기가 부족하여 나중에 분명히 한계가 올 것인데 왜 멸정 선인께서 그런 자를 선택하셨을꼬?"

"허어, 이거 참. 순혈의 전통이 깨어지면 곤란하거늘. 그 어르신께서 왜 이런 일을 벌이신단 말인가. 쯧쯧쯧."

일부 꼬장꼬장한 선인들은 이렇게 혀를 찼다. 이들은 남명만이 세상에서 홀로 고고하다고 믿고 있는 극도의 순혈

주의자들이었다.

한편 머리가 깨어 있는 선인들은 다른 각도에서 이번 사건을 보았다.

"분명히 어마어마한 천재일 게야."

"멸정 대선인께서 이번에 받은 제자 말인가? 당연히 천고의 대천재겠지. 그렇지 않으면 멸정 대선인께서 수백 년 만에 다시 세상사에 개입하시지 않으셨겠지."

"거참 궁금하네. 대체 어떤 녀석이기에 그런 스승 복을 타고 났을꼬?"

선인들이 이런 말을 주고받았다. 이탄이 멸정 대선인의 제자가 된 사건은 남명 전체에 큰 파문을 불러일으켰다.

판정관을 따라 남명으로 이동하면서 이탄은 몇 가지 놀라운 정보들을 듣게 되었다.

첫째. 판정관의 설명에 따르면 서차원과 동차원은 하나의 쌍이라고 했다. 이 2개의 차원은 서로 분리된 것이 아니라 동일한 공간상에 겹쳐 있다는 의미였다.

좀 더 자세하게 풀어서 설명하자면, 서차원의 피요르드 시에 대응되는 지역이 동차원에도 존재하고, 트루게이스나 퍼듐 시에 해당하는 지역도 동차원에 있다는 소리였다.

이렇게 공간적으로는 겹쳐 있지만, 서차원의 주민들은

동차원의 사람들과 만날 수 없으며 동차원의 건물과 부딪치지도 않고 그저 공기 속을 지나가는 것처럼 투과하여 돌아다닌다는 것이 판정관의 설명이었다.

마치 사람들이 유령의 존재를 보지도 못하고, 만지지도 못하며, 공기를 뚫듯이 그냥 투과하여 지나다니는 것과 마찬가지로 말이다.

이어서 판정관은 다음과 같은 이야기를 덧붙였다.

"그와 동일하게 우리 동차원의 선인들도 서차원의 건물이나 지형에 구애받지 않고 빈 허공처럼 지나가게 마련이지. 지금 우리가 날아가고 있는 이 평원도 우리 눈에는 텅 빈 목초지처럼 보이지만 서차원에서는 건물이 밀집된 도심지역일지도 모르지. 그곳을 우리는 이렇게 뚫고 지나가는 셈이고."

선뜻 믿기 힘든 이야기였다.

하지만 굳이 판정관이 이탄에게 거짓말을 할 이유도 없었다. 이탄은 이 거짓말 같은 설명을 덤덤히 받아들였다.

두 번째로 놀라운 정보는, 다름 아닌 주신에 대한 설명이었다.

대부분의 남명 선인들이 그러하듯이 판정관은 남명에 대한 자부심이 드높은 사람이었다. 이런 심리의 밑바탕에는 "남명이야말로 주신으로부터 직접 선택을 받은 선민조직이다."라는 의식이 깔려 있었다.

먼 길을 날아가는 중에 판정관은 이탄에게 다양한 이야기들을 해주었는데, 그 가운데는 동차원을 창조한 주신 콘에 대한 칭송이 가득했다.

한데 이탄이 들으면 들을수록 주신 콘은 열하고성일지 속의 초월자 콘과 동일한 존재 같았다.

'간씨 세가와 언노운 월드는 오로지 망령목으로만 이어져 있는 줄 알았는데, 그게 아니었나 보구나. 저쪽 세상의 초월자인 콘이 이곳 언노운 월드로 넘어왔다가 우연한 기회에 동차원을 창조했을까? 아니면 콘이 동차원을 만들었는데 그곳이 우연히 언노운 월드와 겹친 것일까? 일의 앞뒤가 어떻게 되는 거지?'

이탄의 눈높이에서는 아직까지도 납득하지 못한 의문점들이 많았다. 그래도 이탄은 고대의 신화에 대한 실마리 하나를 알아낸 것만으로도 만족했다.

이탄이 세 번째로 들은 놀라운 정보는, 이송법진의 존재였다.

언노원 월드에서 장거리 이동을 위해서는 점퍼들의 도움을 받는 것이 필수였다.

이곳 동차원에서는 점퍼가 존재하지 않았다. 대신 각 구역의 중심지마다 이송법진들이 깔려 있어 점퍼를 대신하였다.

먼 길을 떠나는 사람이 일단 이 이송법진에 탑승하기만 하면 동차원 어느 지역이든지 원하는 곳에 도착이 가능했다. 그것도 불과 수 초 만에 장거리를 이동해버린다.

판정관의 말을 듣자마자 이탄은 새로운 가능성을 떠올렸다.

'가만! 나는 강아지 령을 통해 동차원과 서차원을 오갈 수 있잖아? 그런데 이 2개의 차원은 마치 두 장의 종이가 맞닿은 것처럼 공간상으로 겹쳐져 있단 말이지.'

이 점을 잘만 이용하면 뭔가 굉장한 일이 가능할 것 같았다. 이탄은 머릿속으로 도식을 하나 그렸다.

첫째. 피요르드 시에서 령을 이용하여 동차원으로 이동한다. 이 경우 피요르드 시와 정확하게 매칭되는 동차원 해당 지역으로만 차원 이동이 가능하다. 이건 마치 두 장의 종이를 겹쳐놓은 뒤, 첫 번째 종이(언노운 월드)의 특정 장소가 두 번째 종이(동차원)의 대응점으로 전사되는 듯한 차원 이동이다.

둘째. 동차원에서 이송법진을 이용한다. 예를 들어서 동차원의 대륙 동북부의 어느 지점에서 출발하여 동남부의 해안가로 장거리 이동을 한다고 치자. 동차원의 이송법진의 능력이 뛰어나므로 불과 몇 초면 간단하게 이동할 수 있다.

마지막으로 셋째, 바로 그 동남부 해안가에서 다시 령을 이용하여 언노운 월드로 돌아간다. 그러면 이탄은 대륙 동북부의 피요르드 시에서 출발하여 대륙 동남부의 트루게이스 시로 단숨에 점프한 셈이 된다.

비록 이런 일을 한 번도 시도해본 적은 없지만, 이탄이 구상한 일련의 방법들은 충분히 실현 가능할 것 같았다.

만약 이 상상이 현실이 된다면 앞으로 이탄은 점퍼의 도움을 받지 않고서도 언노운 월드의 세상 곳곳을 자유롭게 돌아다닐 수 있는 셈이었다. 굳이 은화 반 닢 기사단의 도움을 받지 않고서도 아주 자유롭게. 동차원을 블랙홀(입구)과 웜홀(출구)처럼 활용하여 빠르고 정확하게.

'어쩌면 마르쿠제의 술사들은 이미 이런 방법을 쓰고 있을지도 몰라.'

이탄의 머릿속에 문득 이런 생각이 들었다.

'점퍼의 도움 없이 장거리 이동이 가능해진다면! 이것 하나만으로도 동차원에 접촉하기 잘한 거지. 충분히 가치가 있어.'

이탄의 입가에 환한 미소가 걸렸다.

불과 몇 분 뒤, 이탄은 실제로 이송법진을 경험하게 되었다. 사방 3미터 크기의 사각형의 법진 안에서는 동차원 특유의 문자들이 허공에 둥실 떠올라 나선형으로 빙글빙글 회전하는 중이었다.

법진 주변은 혼명의 술사들이 철저하게 경비를 섰다.

Chapter 4

법진을 지키던 혼명의 술사들이 판정관을 보자마자 꾸벅 목례를 했다.

"선인님, 어서 오십시오."

"오냐."

판정관이 먼저 법진 안으로 들어가 이탄에게 손짓했다.

"이리 들어오너라."

"네."

이탄이 이송법진에 들어가고 잠시 후, 푸화아악! 환한 광채가 폭발하듯이 분출하여 법진을 집어삼켰다.

푸쉬쉬쉬식.

빛이 꺼진 뒤 법진 안에는 아무도 남지 않았다. 이탄과 판정관은 이미 이송법진을 타고 머나먼 남쪽 남명을 향해 출발한 뒤였다.

숲이 우거지고 산새가 지저귀는 푸르른 숲 속 깊은 곳. 그 안에 한 폭의 그림과도 같은 계곡이 숨어 있었다.

굽이굽이 흐르는 계곡물은 오색암석의 영향을 받아 수많은 색깔을 품고 또 내뿜었다. 그 계곡물이 고여서 찰랑찰랑한 호수를 이루고, 그 호숫물이 다시 한 단계 아래로 떨어져서 또 다른 호수를 만들었다. 수십 개의 호수들이 이렇게 층층이 쌓여 말로 형언할 수 없는 비경을 빚어내었다.

호수와 호수 사이, 폭포수처럼 흐르는 물줄기 안쪽에 글씨가 하나 새겨져 있었다.

<<멸정동부(滅頂洞府)>>

이곳이 바로 멸정 대선인이 머무는 거처였다.

멸정은 금강수라종에서 수위를 다투는 강력한 선인이었다. 그런 만큼 멸정이 머무는 거처도 평범하지 않았다.

멸정은 인근 수십 킬로미터 내에서 경치가 가장 아름다운 지역을 자신의 터전으로 선포한 뒤, 주변에 강력한 방어법진을 깔고 그 둘레에 금강수라종을 상징하는 명패를 내걸었다. 그런 다음 폭포수 뒤쪽 자연 동굴을 개조하여 그 안에 수련실과 단약실, 침실, 창고, 손님맞이방, 서재, 다실, 제자들이 머무는 공간 등을 골고루 만들어 놓았다.

말이 동굴이지 그 내부는 화려하기 이를 데 없었다. 유리 천장을 통해 호수 밑바닥을 올려다볼 수 있는 수족관방도 있었고, 온갖 꽃과 풀이 피어 있는 정원도 있었으며, 연못과 조그만 가산(감상용으로 만들어진 조그마한 가짜 산)까지 구비되었다.

판정관은 이탄을 멸정동부 안쪽 세 번째 응접실로 데려 갔다. 그리곤 "대선인의 거처에 오래 머물 수 없다."며 자리를 비켜주었다.

잠시 후, 멸정이 수련을 잠시 멈추고 위로 올라와 이탄을 접견했다.

"네가 쿠퍼더냐?"

"그렇습니다."

이탄이 공손히 대답했다.

이탄의 눈에 비친 멸정은 둥글둥글한 외모에 마음씨가 좋은 동네 할아버지처럼 보였다.

하지만 이건 겉보기 모습일 뿐, 실제로 멸정은 가늠하기 힘들 정도로 법력을 쌓은 절대자였다. 이탄은 상대의 유리 알 같은 눈이 자신의 뇌 속으로 파고들어 모든 것을 샅샅이 훑어보는 듯한 충격을 받았다.

스르릉!

이탄의 의식 속에서 붉은 금속, 즉 적양갑주가 반사적으로 일어나 멸정의 시선을 차단했다. 그에 앞서 화이트니스가 한 겹 장막을 깔아 이탄의 정체를 감춰주었다.

"흠?"

멸정의 눈에 이채가 감돌았다.

"특이한 것을 몸에 두르고 다니는구나."

그 나직한 중얼거림에 이탄이 침을 꿀꺽 삼켰다.

보아하니 멸정은 화이트니스의 존재를 눈치챈 것 같았다. 화이트니스가 부정 세계의 악마종이라는 것까지는 아직 파악하지 못한 것 같았으나, 일단 법력이 높은 대선인에게 의심을 샀으니 이탄의 정체가 발각되는 것은 시간문제였다.

'젠장.'

이탄이 남몰래 손가락 끝을 구부렸다.

맹수의 발톱처럼 꽈악.

이탄은 여차하면 멸정에게 광정을 때려박고, 어쓰퀘이크로 시선을 빼앗은 다음, 붉은 금속과 괴력을 사용하여 상대의 심장을 으스러뜨릴 요량이었다.

'그것만으로는 부족하려나?'

이탄은 응접실 내부의 모든 금속들을 지휘할 태세까지 마쳤다.

그때 멸정이 말을 바꿨다.

"안 되겠다. 마음 같아서는 네 녀석이 몸에 한 겹 두른 것이 무엇인지 한번 살펴봐야겠지만, 내 급한 일이 있어 다음으로 미뤄야겠도다."

'하아. 다행이다.'

이탄은 겨우 안도의 한숨을 내쉬었다. 그러면서도 한 가닥의 의심이 남아 경계를 풀지는 않았다.

멸정이 말을 이었다.

"네가 궁금한 것이 많을 것이다. 내가 왜 너를 제자로 삼으려고 하는지부터가 의문이겠지."

"그렇습니다."

"내 솔직히 말하마. 꽤 오래 전, 내가 체내의 법력을 압축하며 한 단계 높은 도약을 이루려다가 그만 그 반동으로 인하여 큰 부상을 입었구나. 그리하여 세상의 모든 일에 관심을 끊고 다시 몸을 추스르기를 수백 년. 요 근래 다시 벽을 뛰어넘을 도전을 하느라 너를 가르칠 시간이 없구나."

"하오시면 왜 저를 제자로 받으셨습니까?"

이탄이 다소 어눌한 동차원의 발음으로 물었다.

멸정은 희미한 미소와 함께 속사정을 밝혔다.

"내 비록 신체를 금강석처럼 단련하고 육체를 수라처럼 맹렬하게 쓰는 일에만 올곧이 매진하는 수도자이나, 다른 몇 가지 비술들도 어깨너머로 배웠느니라. 그 가운데는 천목종이 주로 연마하는 점괘술도 있지."

"점괘술이요?"

의외의 대답에 이탄이 고개를 갸웃했다.

멸정은 순순히 전후사정을 말해 주었다.

"그러하다. 점괘술이라는 것은 몇 가지 괘를 이용하여 미래의 일을 점치는 것인데, 그 점괘에 너와의 인연이 나오더구나. 너로 인하여 내 수련의 마지막 고비를 넘기게 될 거라는 점괘였지."

점괘 때문인지 이탄을 바라보는 멸정 대선인의 눈빛은 우호적이었다.

반면 이탄은 얼떨떨했다.

Chapter 5

"제가 대선인님, 아니 스승님의 수련 고비를 돕게 된다고요? 점괘라는 것이 그런 일도 알려줍니까?"

이탄이 어리둥절하여 물었다.

멸정이 부드럽게 자신의 수염을 쓰다듬었다.

"나도 선뜻 믿어지지 않는다만, 천목종의 점괘술이 신통하니 한번 믿어볼 수밖에. 하여 내가 지금 다른 곳에 한눈

을 팔 상황이 아님에도 불구하고 너를 이곳까지 데려와 제
자로 삼은 것이다. 어떠냐? 점괘에 나온 대로 네가 나의 귀
인이 되어주겠느냐?"

멸정이 온화한 표정을 지었다.

비록 멸정의 표정이나 말투는 부드러웠으나, 멸정의 눈
에는 "나의 말을 거부하면 안 될 것이야."라는 의지가 또렷
하게 드러나 있었다.

'이게 도대체 뭔 상황이래?'

이탄은 잠시 앞뒤 상황을 쟀다.

상대가 답을 머뭇거리자 멸정이 바로 뒷말을 붙였다.

"나도 네가 나의 수련에 어떤 도움을 주게 될 것인지는
알 수가 없구나. 점괘에는 그런 세세한 정보까지는 나오지
않으니까 말이다."

여기서 말을 한 번 끊은 뒤, 멸정은 확신에 찬 눈으로 이
탄을 설득했다.

"하지만 내가 단지 도움만 바라고 너를 제자로 들이는
것은 아니니라. 일단 제자로 들인 이후에는 너에게 적합한
비술들을 아낌없이 알려줄 것이고, 금강수라종의 정통맥도
전수할 것이니라. 그 밖에도 내가 수련의 고비를 넘긴 이후
에는 스승의 역할을 진실되게 할 것이니 그렇게 우려할 것
없도다. 네가 나의 제자가 되는 것은 비록 내게도 도움이

되겠으나, 네게도 나쁜 일은 아닐 것이야. 이곳 남명에서 멸정이라는 이름이 그리 가볍지는 않음이니. 허허험."

말투 속에서 멸정의 자부심이 강하게 묻어났다.

이탄은 빠르게 머리를 굴렸다. 일단 멸정의 제자가 되고 나면 다음과 같은 장점들이 약속되었다.

첫 번째 장점, 이탄은 대선인의 제자가 된 것이니 앞으로 남명의 핵심 인물로 성장할 수 있다.

두 번째 장점, 남명의 뛰어난 술법들을 자유롭게 배울 수 있다.

세 번째 장점, 일반 술사들에게는 잘 알려지지 않은 비사들, 이를테면 동차원의 창조주인 콘에 대한 비밀들을 파악할 가능성이 높다.

네 번째 장점, 피사노교에 대해서도 좀 더 자세하게 파악할 수 있다.

세상에 항상 좋은 점이 있을 수는 없는 법. 반대급부로 한두 가지 단점들도 이탄의 눈에 띄었다.

첫 번째 단점, 멸정이 수련을 마치고 시간적 여유를 갖게 되면 그 즉시 이탄의 정체가 발각될 가능성이 다분했다.

두 번째 단점, 앞으로 이탄은 한동안 멸정동부에서 지내야 할 터이니 행동의 자유가 제한될 것이다.

'그래도 단점보다는 장점이 더 많네.'

마침내 이탄이 판단을 내렸다.

"스승님. 제자의 인사를 받으십시오."

이탄이 간씨 세가의 방식으로 멸정에게 절을 했다.

멸정이 눈을 동그랗게 떴다.

"허어어! 그런 인사법은 어디서 배웠느냐? 서차원에서는 쓰지 않는 예법인데? 그리고 이곳 동차원에서도 오랜 옛날에나 쓰던 고풍스러운 예법이로구나."

"트란기르의 수도자들로부터 배웠습니다."

이탄이 적당히 둘러대었다.

"허어. 혼명에서 그런 고대 인사법을 아는 수도자가 있었어?"

멸정은 다소 감탄한 듯했다.

하지만 길게 이야기를 나눌 시간이 없었기에 멸정은 호기심을 접어두고 다시 수련실로 돌아가 버렸다.

자리를 뜨기 전, 멸정은 이탄에게 자신의 령을 남겨주었다. 그리곤 이탄에게 한 마디를 남겼다.

"내가 수련에 매진할 동안 나의 령이 너에게 필요한 것들을 제공해줄 것이니라."

"알겠습니다, 스승님."

이탄이 공손히 말을 받았다.

멸정이 자리를 뜬 뒤, 이탄은 스승이 남겨둔 령을 가만히 쳐다보았다.

령의 덩치는 다 큰 황소만 했다. 령의 목 윗부분은 동양의 용을 닮았는데, 비늘은 찬란한 황금빛으로 빛났고, 뿔은 5개였다. 심지어 수염도 황금색이었다.

그러나 목 아래쪽은 용의 모습과는 거리가 멀어, 몸체는 사자의 그것과 같았으며, 등에는 한 쌍의 날개가 펄럭거렸다. 령의 몸체에는 황금색 털이 빼곡했고, 날개는 흰색이었다. 좌우로 살랑거리는 꼬리는 세 가닥이나 되었다.

위엄이 가득한 령의 모습은 마치 령이 아니라 전설 속의 신수(神獸)를 보는 듯했다.

이탄이 반짝반짝한 눈으로 멸정의 령을 살펴보는 동안, 이탄의 호주머니 속 강아지 령은 바들바들 떨면서 기를 펴지 못했다.

이탄이 강아지 령에게 물었다.

'왜 그러는데? 스승님의 령이 그렇게 무서우냐?'

[무섭고말고요. 저와 같은 하급 령은 감히 올려다볼 수도 없는 상계의 령이잖아요. 무려 수천 년 동안 도력을 축적해 온 상계의 령 앞에서 저 같은 것이 감히 깝죽거렸다가는 단숨에 소멸당하고야 말 거예요.]

'그래?'

이탄은 령들 사이에 이토록 강력한 위계질서가 존재하는

지 처음 알았다.

어쨌거나 멸정의 령을 두려워하는 것은 강아지 령이지 이탄은 아니었다. 이탄은 눈앞에서 위엄을 뽐내는 령이 눈곱만큼도 무섭지 않았다.

이탄이 시큰둥하게 쳐다보자 멸정의 령이 지그시 이탄을 노려보았다.

'남명의 선인도 아니고, 서차원의 하찮은 녀석이 왜 이렇게 뻣뻣해?'

용과 사자를 합쳐놓은 듯한 령은 마치 이런 생각을 품은 듯했다. 그러나 멸정의 신신당부를 염두에 둔 듯, 이탄에게 막 대하지는 않았다.

[주인님의 제자가 된 것을 축하합니다. 우선 이곳 동부부터 안내하죠.]

령이 앞발을 쿵 굴렀다.

그러자 작게 축소된 멸정동부의 내부 모습이 이탄의 눈앞에 환상처럼 펼쳐졌다. 령은 발톱 하나를 뻗어 멸정동부를 설명했다.

[지금 쿠퍼 공자께서 있는 곳이 여기입니다. 주인님이 설계하신 세 번째 응접실이죠. 그 다음 이곳이 멸정동부의 입구고요. 지금부터 이 동부 안에서 쿠퍼 공자가 자유롭게 돌아다닐 수 있는 곳과 금지된 곳을 구분하여 말씀드리겠습

니다.]

멸정 대선인의 수련실, 침실, 전용 명상방, 특수단약실, 상고법보 창고, 특별 서고 등은 이탄에게는 출입 금지 구역이었다.

그 밖에 나머지 장소들은 언제든지 출입이 자유로웠다.

Chapter 6

'서고에서 내가 원하는 책들도 마음껏 볼 수 있나요?'

이탄은 멸정의 령에게 적당히 높임말을 써주었다.

그 점이 령을 기분 좋게 만들었다. 기분이 상쾌해진 멸정의 령은 이탄을 호의적으로 대했다.

[물론입니다. 공자께서 원하시는 서적을 마음껏 보셔도 됩니다. 당장 그 서고 안에는 남명의 수도자들이 눈에 불을 켜고 찾아다니는 상고의 법술서들로 가득하지요. 주인님께서는 금강수라종의 비전뿐 아니라 음양종이나 제련종, 천목종의 법술서와 다양한 방면의 희귀본 서적들을 이 서고에 모아놓으셨답니다.]

'조금 전 스승님께서 제게 말씀하시기를, 저에게 금강수라종의 정통 맥을 전하신다 하셨습니다.'

[그 이야기는 저도 주인님께 들었습니다.]

'나중에 스승님께 정식으로 다시 배우기는 하겠지만, 그 전에 미리 관련된 책들을 읽어두는 것이 낫겠지요? 제가 서고에서 어떤 책들을 읽으면 도움이 될까요?'

이탄이 책의 추천을 의뢰했다.

령이 빙그레 웃었다.

[좋은 생각이십니다. 마침 주인님께서 제자분들을 위해서 만들어둔 목록이 있습니다. 금강수라종의 정통 맥을 이을 때 필요한 기초 서적부터 시작하여 중상급 서적에 이르기까지 그 목록이 여기에 적혀 있지요.]

용과 사자를 섞어 놓은 듯한 령이 이탄에게 두루마리 하나를 건넸다. 령이 앞발을 휘젓자 두루마리가 허공에 둥실 떠서 날아오더니 이탄의 손바닥 위에 착 안착했다. 령이 설명을 덧붙였다.

[두루마리 안에는 서적 목록이 적혀있답니다. 그곳에 적힌 순서대로 책을 읽어두시면 나중에 공자에게 큰 도움이 될 겁니다. 또한 멸정동부의 일반 단약실도 공자께서 자유로이 이용하실 수 있습니다. 원하시는 단약을 마음껏 드실 수 있다는 뜻이죠.]

이 말만 믿고 아무 약이나 먹는 것은 바보짓이었다. 이탄은 그런 바보가 아니었다.

'당연히 복용 방법도 알려주시겠죠?'

[당연하지요.]

이탄의 질문에 령이 두 번째 두루마리를 내주었다. 이 두루마리도 허공에 둥둥 떠서 날아와 이탄의 손에 안착했다.

[주인님께서는 공자께 필요할 만한 단약들의 이름과 그 복용법을 두루마리에 남기셨습니다. 거기에 적힌 대로 복용하시면 앞으로 공자께서 수련을 하는 데 큰 도움이 될 겁니다.]

이어서 령은 발톱 끝으로 법보 창고를 지목했다.

[또한 공자를 위해서 법보 창고도 준비되어 있습니다.]

'법보 창고라고요?'

이탄이 눈을 들어 령을 바라보았다.

[네. 법보 창고 말입니다. 그 창고 안에는 주인님께서 수집하신 법보들로 가득 차 있습니다. 물론 창고 속 법보들은 주인님의 진짜 보물들과는 비교할 수 없지만, 이 법보들 가운데 단 하나만 유출되더라도 남명 전체가 발칵 뒤집힐 겁니다. 그만큼 귀하고 강력한 법보들이지요.]

'혹시 스승님께서 법보 목록도 남기셨나요? 이를테면 법보들의 순위라든가, 특징이라든가…….'

령이 고개를 가로저었다.

[아니요. 서적이나 단약과 달리 법보는 따로 말씀이 없으셨습니다. 어차피 법보라는 것은 이것저것 욕심을 부려봤

자 소용이 없답니다. 자신에게 가장 적합한 법보 한두 개, 아니면 서너 개만 선택한 다음 그 법보와 익숙해질 때까지 수련하는 것이 더 중요하지요. 제가 만약 공자라면, 법보 창고에서 강한 이끌림이 느껴지는 법보 하나만을 고른 다음, 그것을 깊이 있게 수련하겠습니다.]

'그렇군요. 좋은 조언 감사합니다.'

이탄이 정중하게 감사 인사를 건넸다.

멸정의 령은 기분이 더욱 좋아져서 이것저것 부연설명을 해주었다. 위엄이 넘치는 외모와 달리 이 령은 의외로 입이 가벼웠다. 이탄이 슬쩍슬쩍 추켜 세워주자 더더욱 신이 나서 온갖 이야기들을 떠들어댔다.

무려 수천 년이 넘게 살아온 령이었다. 당연히 아는 이야기도 많고 지식도 풍부했다. 이탄은 귀찮아하지 않고 령의 말을 주의 깊게 들었다.

령의 주인인 멸정은 최근 수백 년간 오로지 수련에만 몰두했다. 그 탓에 령은 대화 상대가 없어 좀이 쑤시던 참이었다. 그런데 이탄이 사근사근 말을 잘 받아주자 령의 입이 귀에 걸렸다.

하루가 꼬박 지났다.

이튿날에도 령의 수다는 계속되었다. 이탄은 절대로 상대의 말을 끊지 않았다. 별로 중요해 보이지 않는 소소한 일상사까지도 귀를 기울였다.

이탄이 멸정동부에 들어온 지 사흘째 되는 날, 드디어 령의 수다가 끝났다.

'좋은 이야기를 많이 해줘서 고맙군요.'

이탄은 끝까지 정중하게 인사를 한 다음, 비로소 자리를 털고 일어났다.

멸정의 령이 안절부절못하다가 툭 말을 던졌다.

[나도 수련을 하느라 무척 바쁘답니다. 하지만 주인님께서 거두신 제자분께 내가 어찌 냉정하게 굴겠어요? 서적을 읽다가 잘 이해가 되지 않는 부분이 있으면 언제든지 물으러 오세요. 주인님과 비교할 수는 없지만 나도 들은 풍월이 만만치 않으니 제법 도움이 될 겁니다. 물론 나도 나름 바빠서 일일이 답을 다 해줄 수는 없겠지만요.]

시크한 척 이렇게 말을 내뱉었으나, 사실 멸정의 령은 이탄이 또 찾아와주기를 바라는 눈치였다.

이렇게 수다 떨기를 좋아하는 령이 무려 수백 년간이나 대화 상대가 없었으니 그 답답한 심정이 절로 이해가 되었다.

이탄이 빙그레 웃었다.

'도움을 준다면야 나야 고맙지요. 뭐든 궁금하면 찾아오겠습니다.'

[흥. 쿠퍼 공자, 너무 자주 찾아오지는 마세요. 나도 바쁘다니까요.]

령은 시큰둥하게 말을 던졌다가 갑자기 표정이 변했다. 이러다 이탄이 진짜로 찾아오지 않을까 봐 걱정이 되는 모양이었다.

[뭐, 그렇다고 또 너무 망설이지는 마세요. 띄엄띄엄 찾아오려고 애쓸 필요는 없어요. 주인님의 제자신데 아무리 내가 바쁘더라도 시간을 좀 내드려야죠. 호홍홍홍홍.]

이것이 령의 진짜 속마음이었다.

이탄은 피식 새어나오려는 웃음을 속으로 삼켰다.

또 한 가지 이탄이 깨달은 사실 하나.

조금 전 요망한(?) 웃음소리를 통해 느낀 것인데, 강아지 령과 마찬가지로 멸정의 령 또한 암컷이었다.

Chapter 7

이탄은 배정받은 숙소에 짐부터 풀었다.

짐이라고 해봤자 옷가지 몇 벌, 트란기르에서 받은 술법 책 몇 권이 전부였다.

트란기르의 총수는 이탄에게 초급 법보도 선물하려 했으

나 이탄이 완곡하게 거절했다. 이탄은 무기보다는 맨손을 즐겨 사용했다.

이탄의 이런 성향은 멸정동부에서도 계속되었다. 이탄은 술법서에는 지극한 관심을 두었으나 단약이나 법보에 대해서는 큰 기대가 없었다.

이탄은 고대 악마사원의 삼대법보에도 시큰둥한 참이다. 그러니 어지간한 수준의 법보가 눈에 찰 리 없었다.

"내 손가락 하나보다도 더 물렁한 것이 무슨 무기야."

이탄이 이렇게 중얼거렸다.

아공간 속 아조브가 부르르 진동했다. 자존심이 상해도 단단히 상한 모양이었다.

하지만 아조브는 감히 항의를 하지 못했다. 이탄의 말이 엄연한 사실이기 때문이었다.

숙소에 짐을 휙 던져놓은 뒤, 이탄은 서고부터 찾았다.

서고로 향하는 중간에 이탄은 멸정 대선인이 만든 영천샘을 방문하여 그곳에 강아지 령을 풀어주었다.

[와아, 와아아아. 주인님, 여긴 극락이에요. 히히히. 너무 좋아요.]

강아지 령은 샘물 근처에 도착하자마자 반색을 하며 기뻐했는데, 그 이유는 이 샘물을 통해 령의 실력이 쑥쑥 자라나기 때문이었다.

'여기서 잘 놀고 있어.'

령에게 손을 흔들어준 다음, 이탄은 서고를 향해 발걸음을 옮겼다.

드르륵.

이탄이 가까이 다가서자 서고의 두꺼운 돌문이 저절로 열렸다.

아무에게 이렇게 문을 열어주는 것이 아니었다. 멸정의 령이 이탄의 얼굴을 동굴 내부 법진에 인식시켜 놓았기에 문이 개방된 것이었다.

서고 안쪽의 풍경은 이탄이 예상했던 것과 다를 바 없었다. 수십 개의 나무책장이 줄을 지어 늘어서 있었고, 책장 칸칸마다 온갖 종류의 서책들이 빼곡했다.

"어디 보자."

이탄이 첫 번째 두루마리를 펼쳤다. 그 안에서 목록을 확인한 다음, 이탄은 금강수라종의 법술 기초가 되는 책부터 먼저 찾았다.

"여기 이 책인가?"

이탄이 찾은 것은 전혀 책처럼 보이지 않는 철판 묶음이었다. 굵은 고리로 연결된 황금색 철판 위에는 동차원의 문자가 세로로 음각되어 있었다.

"이 책도 세로로 쓰여 있네. 게다가 오른쪽에서 왼쪽으로 읽는단 말이지? 아시아의 고대 서적들과 기술 방식이 완전 똑같잖아."

이런 점만 보아도 동차원의 주신인 콘이 저쪽 간씨 세가의 세상에서 이쪽으로 넘어온 초월자가 분명해 보였다.

이탄은 철판에 새겨진 문자를 하나하나 손가락으로 짚으면서 머릿속에 새겼다.

책이라는 것은, 선조의 가르침을 뼈대만 추려서 후대에 전하는 도구였다. 따라서 이 뼈대만 가지고는 선조의 가르침 전체를 온전히 체득하기란 불가능했다. 만약 책만으로 지식 전수가 100퍼센트 가능하다면 세상에 스승이라는 존재는 필요치 않을 것이다. 다들 스승 대신 책만 있으면 될 테니까.

하지만 간혹가다 탄생하는 일부 천재들은 이러한 범주를 벗어나곤 하였다. 그들은 문자만 읽고도 고대의 가르침을 체득해낼 뿐 아니라, 그 가르침을 뛰어넘기도 했다.

이탄의 경우가 바로 그러했다.

마법을 배울 때는 영 젬병이던 이탄이―물론 금속 계열의 애니마 마법은 예외지만― 법술 서적을 읽자 척척 이해가 되었다.

"흐으음. 결국 법력을 차곡차곡 쌓은 뒤 그것을 피부로 보내 피부를 단련시키라는 것 아냐? 별로 어려울 것은 없어 보이는데?"

문제는 이 법력이라는 것이 마나와는 조금 다른 성질을
지녔다는 점이었다. 마나가 에너지에 가까운 성질이라면,
법력은 그것보다는 깨달음에 좀 더 근접했다.

에너지 VS 깨달음.

이탄은 이 난해한 개념을 단숨에 납득했다.

"간용음이 작성한 열하고성일지를 보면 이런 글귀가 나
오지. 초월자인 콘은 영혼과 에너지를 창조했다는 글귀 말
이야. 이 가운데 마나가 에너지의 밑바탕이라면, 영혼이 깨
달음의 밑바탕 아닐까?"

다행히 이탄은 이미 영혼에 대한 이해도가 높았다.

당장 이탄 본인부터가 망령 출신(?)이었다. 그 스스로가
신체를 잃고 혼만 남아 차원을 건너온 경험이 있기에, 이탄
은 어떤 식으로 영혼을 쥐어짜야 힘을 발휘할 수 있는지를
잘 알았다.

게다가 이탄은 피사노교의 바이블을 읽어내는 만자비문
의 전승자였다. 그리고 이 만자비문 안에는 적의 혼백과 마
나, 생명력을 갈취하여 흡수하는 권능, 즉 북극의 별 마법
이 담겨 있었다.

"타인의 혼백을 흡수하여 차곡차곡 내부에 쌓은 다음,
그 힘을 피부로 보내서 신체를 단련할 수도 있겠구나. 혹은

내 영혼으로부터 법력을 끌어내어 신체를 강화할 수도 있을 테고."

법력을 쌓는 원리를 깨달은 이상 실행이 어려울 리 없었다. 이탄이 의지를 일으키자 단숨에 일정 분량의 법력이 이탄의 뇌 속에 차올랐다.

"마나와는 또 다르네. 법력이라는 것이 마나와 달리 뇌에 쌓이는구나."

뇌에 모은 법력을 피부로 투영하는 방법도 그리 어렵지 않았다. 이탄은 이미 피부 위에 (진)마력순환로를 그려서 마나를 순환하는 법을 체득하고 있었다.

"법력이라고 다를 것은 없지. 마나 순환과 비슷할 거야."

이탄이 의지를 일으키자 뇌에 쌓인 법력이 피부로 흘러들어 갔다.

"그런데 굳이 이런 식으로 피부를 강화할 필요가 있을까? 내 피부는 이미 충분히 질기고 단단한데."

문득 이런 생각이 이탄의 뇌리를 스쳤다.

하지만 이론으로 배운 것을 실제로 써먹어 보지 않으면 그 진가를 알 수 없는 법. 이탄은 호기심 삼아 책에 적힌 방법대로 펼쳐보았다.

법력이 스며들면서 이탄의 피부에 한 겹의 탄력층이 형

성되었다. 피부의 강도가 증가한 것은 잘 모르겠으되, 반탄력이 조금은 올라간 듯싶었다.

"어라? 이게 끝이야?"

금강수라종의 가장 밑바탕이 되는 기초 술법. 법력을 모아 피부를 강화하는 비술이 이탄의 시도 한 방에 성공했다.

그것도 그냥 성공한 것이 아니었다. 이탄은 법력을 얇게 편 다음, 그것으로 피부의 모공 하나까지 빼놓지 않고 완벽하게 감쌌다. 이는 금강수라종 기초연공법을 완벽히 끝마친 수준이었다.

이탄은 단숨에 비전 술법 하나를 완성해버렸다.

"뭐가 이렇게 간단해? 이거 진짜로 비전 술법 맞아?"

이탄이 찜찜한 듯 이맛살을 찌푸렸다.

하지만 술법의 완성도를 의심할 수는 없었다. 이탄이 펼쳐낸 술법이 기초연공법 책에 적힌 내용과 완벽히 일치하는 까닭이었다.

Chapter 8

"에라 모르겠다. 다음 책으로 넘어가자."

이탄은 내친 김에 두 번째 책도 꺼내들었다.

온몸의 피부에 법력을 빽빽하게 두르는 것이 금강수라종의 기초연공법이라면, 그 법력을 지극히 얇게 압축해서 강도를 올리는 것이 응용연공법이었다.

"뭐야? 이건 그냥 의지만 일으키면 되는 거잖아?"

이탄은 피부에 두른 법력을 극도로 얇게 압축했다. 그러면서 피부의 반탄력이 한층 강화되었다. 동시에 피부의 강도도 올라갔다.

원래 이 응용연공법은 이렇게 쉽게 성공할 수 없었다. 지금 이 시간에도 금강수라종의 수많은 수도자들이 법력의 층을 압축하기 위해서 비지땀을 흘리는 중이었다.

그런 수도자들과 달리 이탄은 손쉽게 압축에 성공했는데, 그 연유는 이탄이 쥬신 대제국의 비법인 광정을 수련하면서 에너지를 아주 작은 한 점에 꽉꽉 눌러 담아 작게 압축하는 작업에 익숙했기 때문이었다.

어쨌거나 이탄은 연공법이 너무 쉬워서 오히려 어리둥절했다.

"설마 이게 끝은 아니겠지? 이 위에 한 층을 더 입혀야 하나?"

이탄이 눈썹을 한 번 꿈틀했다.

콸콸콸콸콸~.

그 즉시 이탄의 뇌 속에 새로운 법력이 차올랐다.

원래 법력이라는 것은 이렇게 쉽게 차오르는 것이 아니었다. 제아무리 이탄이 이 계통의 대천재라고 해도 이렇게 빨리 법력을 보충할 수는 없었다.

그러나 이탄에게는 음차원이 있었다. 무한 에너지의 보고인 음차원 말이다.

음차원이라는 것이 대체 무엇인가?

마이너스 에너지가 모여서 하나의 거대한 차원을 이룬 것이 바로 음차원이었다. 삶과 반대되는 죽음, 긍정과 반대되는 부정, 밝음에 대비되는 어둠. 이런 것들이 음차원의 고유한 성질이었다.

당연히 음차원의 구성 요소 가운데는 억울하게 죽은 혼백이나 원혼들이 득실득실하였다.

그 마이너스의 기운들이 이탄의 부름에 호응했다. 이탄이 의지를 일으키기 무섭게 법력이 다시 차오른 이유는 바로 이런 까닭이었다.

이탄은 음차원에서 새로 퍼올린 법력을 피부로 보냈다. 우선 법력을 피부에 골고루 두른 다음, 그 법력을 꽉 압축하였다.

마치 피부 위를 한 겹 코팅하는 것처럼 싸악!

"쉬운데? 별 것 아닌데?"

이탄은 내친김에 또 한 번 법력을 모았다.

콸콸콸콸.

단숨에 차오른 법력을 넓게 편 다음, 그것으로 피부를 한 바퀴 감싸고 압축하고. 이러한 코팅이 무려 수십 번 이상 반복되었다. 이탄은 코팅하고 또 코팅했다. 그러다 보니 어느새 이탄의 피부에는 눈에 보이지 않는 법력 층이 무려 100층이나 쌓였다. 그러면서 피부의 반탄력이 점점 증가하는 듯한 느낌이 들었다.

"줄 잡아 100층은 코팅한 것 같은데? 어디 이걸 한 번 통째로 압축해 볼까?"

꽈드드드득.

이탄이 의지를 일으키자 그의 피부 위에서 난리가 났다. 극한으로 압축된 법력의 코팅 층을 또 다시 눌러서 압축하자 그 반발력이 어마어마했다. 코팅 층과 코팅 층 사이에서 뼈가 으스러지는 듯한 소리가 들렸다. 철판이 우그러지는 듯한 느낌도 들었다.

만약 이탄의 피부가 평범한 사람의 것이라면 이 극한의 압력을 버티지 못하고 찢어졌을 것이다.

하지만 이탄은 듀라한이었다. 그의 피부는 드래곤의 비늘보다 더 질기고 단단했다.

꽈드득!

마침내 100겹의 코팅 층이 납작하게 압축되어 한 개의 층처럼 변했다.

이탄이 만들어낸 이 한 개의 겹코팅 층은 무려 100개의 코팅 층을 다 합친 것보다 열 배는 더 강도가 높았다. 반탄력도 열 배 이상 족히 증가했다.

"시간도 남는데 좀 더 해볼까?"

이탄은 새로 덧씌운 코팅 층 위에 또다시 법력을 쏟아부어 새로운 코팅 층을 올렸다.

이렇게 만든 코팅 층이 100개에 이르자 이탄은 다시 그 전체를 압축하여 두 번째 겹코팅 층을 형성했다.

하루, 이틀, 사흘, 나흘…….

시간은 잘도 흘렀다.

이탄이 음차원의 혼백을 자꾸 끌어다 썼다. 덕분에 이탄의 뱃속에 뭉친 음차원 덩어리가 아주 조금씩 줄어들었다.

물론 눈에 보이지도 않을 정도로 미약하게 줄었을 뿐이다.

배가 홀쭉해지는 것이 싫은 듯, 만자비문이 저절로 튀어나와서 이탄의 (진)마력순환로를 미친 듯이 가속했다.

이탄이 소비하는 만큼의 음차원 에너지가 사중첩의 (진)마력순환로 속에서 새로 생겨나 이탄의 뱃속에 차곡차곡 쌓였다.

눈곱만큼의 손실도 참지 못하는 만자비문의 행동은, 평

소 이탄의 성격을 쏙 빼닮아 있었다.

여하튼 이탄은 음차원의 힘을 끊임없이 끌어내어 법력으로 전환했다. 그 법력이 층을 이루어 이탄의 피부를 강화시켰다. 그렇게 쌓인 층이 100겹이 되고 나면, 이탄은 그 100겹 전체를 무지막지한 압력으로 짓눌러서 하나의 층으로 바꿔버렸다. 강하게 짓눌린 겹코팅 층이 쌓이고 또 쌓여서 다시 새로운 100층을 이루었다.

100겹씩 100층.

이탄이 멸정동부에 들어온 지 열흘째 되는 날, 이탄은 무려 1만 층의 법력을 피부에 쌓았다.

"하아, 이만하면 되었나? 아시아에서는 10,000이라는 숫자를 완성이라고 보는데, 이쯤하면 금강수라종의 응용연공법을 다 연마한 것일 테지?"

이탄이 응용연공법의 마지막 페이지를 샅샅이 살폈다.

책의 그 어디에도 코팅 층을 몇 겹이나 쌓아야 한다는 문구는 없었다.

"괜히 불안해지네. 1만 층이 아니라 그보다 더 쌓아야 하나?"

이탄은 대범함과 소심함을 함께 지닌 성격이었다.

이탄이 소심하게 된 것은 간씨 세가의 교관들 때문이었다. 그들은 어린 이탄을 혹독하게 다루었을 뿐 아니라, 이탄 앞에서는 칭찬을 거의 해주지 않았다. 덕분에 이탄은 스스로를 과소평가하는 경향이 생겼다.

게다가 이탄은 간씨 세가에서 한 번, 언노운 월드에서 한 번, 총 두 번이나 죽임을 당했다. 이 점도 이탄을 조심스럽게 만드는 데 한몫했다.

다른 한편으로 이탄은 대범함을 넘어서 과격함까지 갖추었다. 특히 전투에 몰입할 때 이런 과격한 성격이 튀어나오곤 했다.

이탄은 전투를 벌이기 전까지는 상대방과 자신 사이의 강약을 추측하면서 신중하게 접근하지만, 막상 전투가 시작되면 일체의 소심함을 버리고 깜짝 놀랄 만큼 과감한 공격을 퍼부어서 적을 갈아버렸다.

예를 들어서 날아오는 칼날 사이에 손을 불쑥 집어넣는다든가, 활활 타오르는 용암 속으로 뛰어든다든가.

Chapter 9

전투가 벌어지기 전까지는 최대한 자세를 낮추고 신중하게.

일단 전투가 시작되면 무모할 정도로 과감하게.

다시 말해서 이탄은 모 아니면 도. 중간은 없는 성격이었다.

이탄의 이러한 양면성이 이번에도 발휘되었다. 이탄은 1만 층의 법력 코팅을 한 것으로도 부족하여 전전긍긍했다.

"어쩌면 겹코팅 층이 기본일지도 몰라. 그렇다면 나는 1만 층을 쌓은 것이 아니라 이제 고작 100층을 올렸을 뿐이라고."

이탄은 겹코팅 층으로 1만 층을 쌓아볼까 고민했다. 겹코팅 한 층이 일반 코팅 100층에 해당하므로, 총 백만 층이나 피부 위에 올리는 셈이었다.

"아니지. 피부 위로 이렇게 두껍게 쌓으면 몸이 둔탁해지겠지? 옷을 여러 겹 겹쳐 입은 느낌일 거야."

그건 곤란했다.

"그렇게 두꺼운 옷을 입고서 어떻게 제대로 적과 싸우겠어? 아무래도 코팅 층을 쌓을 때 피부 위가 아니라 피부 속으로 쌓으면서 내려가야 할 것 같아."

이탄은 서고에 자리를 잡고 앉아서 숙식도 멀리한 채 오로지 법력 층을 쌓는 일에만 매진했다.

열흘, 한 달, 두 달, 석 달······.

이제는 하루 단위로 시간이 흐르는 것이 아니었다. 한 달 단위의 시간이 휙휙 지나갔다.

이탄이 겹코팅 층을 100번 올리는 데 걸린 시간이 열흘이었다. 이 겹코팅 층을 1만 번 올리려면 열흘 곱하기 100, 즉 1,000일이 필요했다.

이탄도 엉덩이를 무겁게 깔고 1,000일쯤 노력할 생각이었다. 언노운 월드는 잠시 잊고 미친 듯이 수련해보고자 마음먹었다.

한데 웬걸?

날이 갈수록 겹코팅 층을 형성하는 시간이 줄어드는 것이 아닌가.

그동안 이탄은 음차원의 에너지를 계속해서 법력으로 바꾸어 사용했다. 그러다 보니 자연스럽게 이탄의 뇌 속 허용 용량이 증가했다. 한 번에 퍼올리는 법력도 점차 증가하여 처음 수련할 때보다 수백 배로 늘었다.

이탄은 이렇게 증가한 법력을 정교하게 컨트롤했다. 그리곤 한꺼번에 100겹 단위의 법력 코팅 층을 뭉텅이로 깔기 시작했다.

이러한 대량 작업이 한번 익숙해지자 그 다음은 일사천리였다.

"휴우! 이제 1만 층을 다 쌓았구나."

수련을 시작한 지 4개월째 되는 날, 이탄은 이마에 맺힌 땀을 소매로 닦는 시늉을 했다.

사실은 땀도 나지 않았다. 무려 1만 개나 되는 겹코팅 층이 이탄의 피부 속 아주 깊숙한 곳까지 점령하다 보니 이탄의 신체에 큰 변화가 일어났다.

그렇지 않아도 이탄은 듀라한이 되면서 땀샘 등이 거의 사라졌다.

그런데 금강수라종의 응용연공법을 수련하면서 일부 남은 땀샘마저 완전히 없어졌다. 모공 속 털들도 자취를 감추었다. 도자기처럼 매끈해진 이탄의 피부로부터 은은하게 광채가 피어올랐다.

"코팅 층의 두께가 얼마나 될까?"

이탄이 감각으로 더듬어보니, 1만 개의 겹코팅 층은 이탄의 피부 속 10센티미터 깊이까지 거뜬히 내려갔다.

그렇다고 해서 이탄이 몸이 퉁퉁 불은 것은 아니었다.

예를 들어서, 이탄의 손가락 두께는 불과 2센티미터도 되지 않았다. 이런 부위에 10센티미터의 코팅 층이 깔리면 손가락만 20센티미터가 되어야 하리라.

하지만 실제로 그런 일은 벌어지지 않았다. 손가락 부위의 코팅 층이 더욱 강하게 압축되면서 이탄의 원래 손가락 두께를 그대로 유지하였다.

몸통 부위는 손가락과 달랐다. 이탄의 몸통은 20센티미터가 넘었기에, 추가적인 압축 없이 피부 속 10센티미터 깊이까지 모두 코팅 층으로 바뀌었다.

갈비뼈 부위는 또 달랐다. 이탄의 갈비뼈는 겹코팅 층으로 뚫고 내려가기에는 너무나도 단단했다.

겹코팅 층은 이탄의 두개골도 뚫지 못했다.

만약 이것이 이탄의 두개골을 뚫었다면, 이탄의 뇌세포가 사라지고 뇌 조직이 모두 다 법력 코팅 층으로 바뀌었을 것이다.

"아우, 이제 한계인가 보다. 법술을 연마하는 것이 생각보다 꽤 힘드네."

이탄은 4개월하고도 10일 만에 자리를 털고 일어났다. 그 다음 길게 기지개를 켰다.

하지만 기지개만 한 번 켰을 뿐, 휴식을 취하지는 않았다. 이탄은 목록에 적힌 세 번째 책을 찾아 손에 잡았다.

책 제목은 응용연공법 2단계였다.

잠시 후, 이탄의 얼굴이 험악하게 구겨졌다.

"이게 뭐야?"

이탄이 목록 속 네 번째 책을 펼쳤다.

"아니, 이게 뭐냐고?"

이탄은 목록 속 네 번째 책, 즉 〈금강수라종 응용연공법 3단계〉를 소리 나게 탁 덮은 뒤, 땅이 꺼져라 한숨을 내쉬었다.

"하아아. 이런 낭패가 있나. 응용연공법 1단계가 법력을 압축하여 2개의 층을 만드는 것이라고? 그리고 그 다음 응용연공법 2단계가 고작 10개의 층을 융해하여 새로운 층으로 재탄생 시키는 것이란 말이지? 3단계는 그 겹층을 열 번 쌓는 것이고?"

금강수라종의 연공 방법을 쉽게 풀어 쓰면 다음과 같았다.

서적 목록1. 기초연공법: 피부 위에 법력 코팅 층 하나 올리기.

서적 목록2. 응용연공법 1단계: 피부 위에 2개의 법력 코팅 층 올리기

서적 목록3. 응용연공법 2단계: 피부 위에 법력 코팅 층을 열 겹으로 쌓은 다음, 그 열 겹의 층을 융해하여 새로운 층으로 재탄생 시키기.

서적 목록4. 응용연공법 3단계: 2단계에서 형성한 겹층을 총 10회 반복하기.

금강수라종의 선인들은 이렇게 열 겹씩 10층을 쌓으면 이를 응용단계 연공법의 완성으로 보았다.

이탄은 아무런 생각도 없이 100겹씩 1만 층을 쌓았다. 금강수로종 선인들보다 무려 만 배나 더 법력을 투입한 셈

이었다.

단순히 층 수로만 비교했을 때 만 배일 뿐이다. 10겹짜리 겹층과 100겹짜리 겹층은 그 강도나 질기기가 비교도되지 않았다.

따라서 지금 이탄이 도달한 경지는 기존 금강수라종의 수도자들 입장에서는 감히 상상할 수도 없었다.

Chapter 10

당장 법력부터가 문제였다.

남명의 수도자들이 제아무리 단약을 밥처럼 삼시 세끼 처먹고 영약을 대접으로 들이켠다고 하더라도 이 만큼의 법력을 피부 강화에 투자하는 것은 불가능했다.

이것은 차원 하나를 통째로 집어삼킨 '법력 졸부' 이탄이 아니라면 도저히 시도조차 해볼 수 없는 방법이었다.

"망했네. 망했어. 내가 지금 뭔 짓을 한 거야?"

이탄이 서둘러 다섯 번째 책을 펼쳤다.

기초연공법과 응용연공법 3단계 시리즈가 피부 강화에 대한 술법이라면, 목록에 적힌 다섯 번째 서적은 내장의 강화에 주안점을 두었다.

"또 실수를 하기 전에 미리 책부터 보자."

이탄은 바보가 아니었다. 그는 목록을 훑어 다섯 번째 책부터 여덟 번째 책까지 모두 책장에서 꺼냈다.

서적 목록5. 연단법 1단계: 내장 속에 법력 코팅 층 하나 깔기.

서적 목록6. 연단법 2단계: 내장 속에 2개의 법력 코팅 층 깔기

서적 목록7. 연단법 3단계: 내장 속에 법력 코팅 층을 열 겹으로 쌓은 다음, 그 열 겹의 층을 융해하여 새로운 층으로 재탄생 시키기.

서적 목록8. 연단법 4단계: 3단계에서 형성한 겹층을 총 10회 반복하기.

"똑같네. 똑같아. 책 제목이 연단법으로 바뀌었고, 코팅을 올리는 부위가 피부가 아니라 내장이라는 점만 달라졌을 뿐, 앞의 책들과 반복되는 내용이잖아."

다만 주의할 점 한 가지.

연단법 4단계 서적의 끝에 적힌 문구가 이탄의 마음에 걸렸다.

피부와 내장은 종이의 앞면과 뒷면이라 서로 균형이 맞아야 한다. 응용연공법에서 100층을 쌓은 수도자는 연단법에서도 100층을 쌓고, 법력이 부족하여 피부에 50층만 쌓은 수도자는 내장에도 50층만 올리는 것이 좋으리라.

선배 수도자가 적어놓은 이 글귀가 이탄을 멍하게 만들었다.

"아, 젠장. 나는 피부에 백만 층이나 올렸는데."

이탄은 책을 확 던져버리고 싶은 충동이 치밀었다.

"가만. 이 책에 적힌 내용을 꼭 따르라는 법은 없잖아? 경고 문구를 무시하고는 그냥 내 방식대로 연마해볼까? 뭐, 별일이야 있겠어?"

이탄의 뇌리에 문득 이런 생각이 들었다.

하지만 이탄은 곧 이 생각을 털어버렸다.

"아니야. 세상만사는 균형이 중요한 법이지. 다른 경고라면 모를까, 균형을 깨뜨리는 것은 좋지 않아. 아이고, 내 팔자야."

크게 한숨을 한 번 내쉰 뒤, 이탄은 제자리에 앉아서 연단법 수련에 들어갔다.

이제 이탄이 법력을 채우는 속도는 눈이 부실 정도였다.

군이 비교해서 말하자면, 처음에 우물물처럼 쫄쫄쫄 차오르던 법력이 이제는 호수 전체를 단숨에 채워버리는 것과 같았다.

이탄이 일단 마음만 먹으면 텅 비어버린 법력 저장 공간에 법력이 눈 깜짝할 사이에 만땅으로 차올랐다. 이 정도 분량의 법력이라면 100층 이상의 코팅 층도 한꺼번에 올릴 수 있는 수준이었다.

이탄이 피부 전체를 코팅하는 데 130일가량이 소요되었다. 내장 전체를 코팅하는 데는 그의 절반에도 못 미치는 60일이 걸렸다.

7월 중순 무렵이 되자 이탄은 내장에도 법력의 겹코팅을 무려 1만 층이나 쌓는 데 성공했다. 순수하게 층수를 따지면 내장에도 1백만 층을 올린 셈이었다.

"내가 멸정동부에 들어온 지도 벌써 7개월이 넘었구나. 내친김에 스승님이 주신 목록을 끝까지 돌파할까?"

멸정 대선인은 이탄에게 총 열두 권의 서적을 적어주었다. 물론 이 서적들을 이탄이 독파할 것이라 기대하지는 않았다.

'나중에 차근차근 가르치려면 그 전에 책을 미리 읽어두는 것이 좋겠지?'

이것이 멸정의 생각이었다.

이탄은 이를 뛰어넘어 여덟 권의 서적을 독파했을 뿐 아니라, 수련까지 완벽하게 끝냈다. 아니, 책에서 제시한 기준을 1만 배나 더 뛰어넘어 버렸다.

이탄이 남은 서적 목록을 살펴보았다.

서적 목록9. 연골법 1단계: 뼈에 법력 코팅 층 하나 깔기.

서적 목록10. 연골법 2단계: 뼈에 2개의 법력 코팅 층 깔기

서적 목록11. 연골법 3단계: 뼈에 법력 코팅 층을 열 겹으로 쌓은 다음, 그 열 겹의 층을 융해하여 새로운 층으로 재탄생시키기.

서적 목록12. 연골법 4단계: 3단계에서 형성한 겹층을 총 10회 반복하기.

아홉 번째 책부터 시작해서 열두 번째 책에 이르기까지, 책의 제목은 조금 달라졌지만 책의 내용은 동일하게 반복되었다. 연단법이 연골법으로 바뀌었고, 법력을 쌓아서 강화할 부위가 내장에서 뼈로 바뀌었을 뿐이다.

Chapter 11

"설마 뼈에도 균형이 중요할까?"

이탄은 마지막 책인 〈금강수라종 연골법 4단계〉의 맨 뒷페이지를 펼쳐보았다.

아니나 다를까, 앞에서와 비슷한 경고가 이곳에도 남아 있었다.

"쳇. 또 백만 층을 쌓아야 해?"

겉으로는 이렇게 투덜거렸으나, 그렇다고 실행을 미룰 이탄이 아니었다. 이탄은 책상다리를 하고 앉아 곧바로 연골법에 돌입했다.

연골법의 완성은 시간이 더 단축되었다. 불과 1개월 뒤, 이탄의 몸속 모든 뼈가 1만 층의 법력으로 겹코팅 되어 무지막지한 강도를 가지게 되었다.

금강수라종의 수도자들은 완 1급일 때 기초연공법을 처음 접하는 것이 일반적이었다. 그 다음 응용연공법까지 완성하여 피부에 100층의 법력을 두르면 이를 완 4급으로 평가받곤 했다.

이어서 수도자가 연단법 한 단계 한 단계를 돌파할 때마다 급이 하나씩 올라갔다.

연단법 1단계를 돌파하면 완 5급, 2단계를 돌파하면 완

6급, 3단계를 돌파하면 완 7급. 점점 더 수련이 깊어져서 마침내 연단법 4단계까지 모두 마치면 그 수도자는 비로소 완 8급으로 인정을 받게 되었다.

여기서 한발 더 나아가 연골법을 한 단계씩 돌파하면 급이 또 상승했다.

연골법 1단계를 마치면 완 9급, 2단계까지 뚫으면 완 10급, 3단계면 완 11급, 끝끝내 연골법 4단계까지 모두 완료하면 그 수도자는 완 12급으로 올라서는 셈이었다.

이탄은 자신의 현재 레벨을 유추해보았다.

"지금 내가 완 12급쯤 되었나? 비록 100층이 아니라 그보다 만 배는 더 어렵게 수련했지만, 어쨌거나 연골법 4단계에 겨우 도달했을 뿐이니 내 레벨은 완 12급이겠지? 내셈법이 맞을 거야."

그럭저럭 완급의 끝자락에 도달했으니 이탄이 여기서 한 스텝만 더 밟고 올라서면 선급의 경지였다. 동차원의 모든 수도자들이 우러러보는 '선인'이 되는 셈이었다.

"한데 방법을 모르겠네. 여기서 뭘 더 연마해야 선인이 되는지 알 수가 없다고. 에효오오~."

이탄은 땅이 꺼져라 한숨을 내쉬었다.

지금 이탄이 머물고 있는 서고 안에는 책이 산더미였다. 그러나 이 가운데 과연 어떤 책을 읽어야 선인의 경지로 도

약할 수 있는지 감이 잡히지 않았다.

이탄은 일단 현 수준에서 한 번 쉬어 가기로 마음먹었다.

"벌써 여름도 다 지났구나. 이 안에서 혼자 낑낑거리지 말고 이제 서고를 나가자. 스승님의 령에게 물어보면 선인이 되기 위한 실마리를 엿들을 수 있겠지."

한여름의 뙤약볕이 서서히 약해지기 시작하는 8월 14일.

마침내 이탄이 서고에서 나왔다. 이탄이 처음 서고에 들어온 지 8개월이 훌쩍 넘은 시점이었다.

이 무렵 이탄에게는 미친 짓거리가 하나 더 생겼다.

이탄이 연골법을 완성할 즈음엔 소모된 법력을 채우는 속도가 무시무시해져서, 일단 이탄이 마음만 먹으면 뱃속에 똘똘 뭉친 음차원 전체에서 영혼의 에너지가 한 꺼풀 벗겨져서 이탄의 뇌로 치밀어 올라왔다.

이건 마치 예리한 칼로 사과 껍질을 벗겨내는 듯한 현상이었다.

이탄은 뱃속 음차원 코어에서 한 겹의 껍질을 벗겨낸 다음, 그것을 법력으로 바꾸었다. 이탄이 이러한 일을 반복할 때마다 음차원 코어는 조금씩 줄어들게 되었는데, 이제는 그 감소량이 눈에 살짝 보일 정도가 되었다.

만자비문은 손실을 메꾸기 위해 미친 듯이 사중첩의 (진) 마력순환로를 돌렸다. 그리곤 어떻게든 줄어든 음차원 코어를 다시 원상복귀 시키려고 노력했다.

하지만 만자비문이 아무리 애를 써도 이제는 도저히 감당이 되지 않았다. 사중첩의 (진)마력순환로를 제아무리 가속하여 돌리더라도 이탄이 끌어다 쓰는 법력의 양이 워낙 많아 그것을 모두 보충하기란 불가능했다. 결국 음차원 코어의 부피는 나날이 조금씩 줄어들 수밖에 없었다.

이러다 언젠가 이탄이 음차원 전체를 법력으로 전환해버린다면?

그럼 이탄의 볼록한 배가 다시 홀쭉하게 들어가고 식스팩 복근이 다시 선명하게 드러날 것이다.

한데 만자비문은 이런 상실감을 도저히 참지 못했다. 이탄이 음차원의 힘을 자꾸 가져다 쓰자 만자비문은 어떻게든 그 손실을 메꿔야 한다는 위기감이 발동했다.

어차피 이탄의 피부에 새겨진 오중첩의 (진)마력순환로 가운데 4개의 순환로는 만자비문이 통제하던 중이었다. 그리고 남은 하나의 순환로에는 정상적인 마나가 흘렀다.

만자비문은 4개의 순환로를 활활 불타오를 정도로 빠르게 돌려서 음차원의 마나를 보충하였다.

그러다 그것만으로는 도저히 수지타산이 맞지 않자 미친 짓을 저질러버렸다.

이탄의 피부 속에 형성된 1만 개 겹코팅 층.

이 겹코팅 한 층 한 층이 보는 각도에 따라서는 피부나 다를 바 없었다. 마치 간씨 세가 사람들이 즐겨 먹는 크로와상 빵의 겹층처럼, 이 한 층 한 층도 분명 물리적으로 실체가 있는 층들이었다.

때마침 만자비문은 줄어드는 음차원을 어떻게 보충하려고 발악을 하던 참이었다. 그런 만자비문이 이탄의 피부 속 새로운 층들을 발견했다.

부와악!

홱까닥 돌아버린 만자비문이 이탄의 피부 속 겹층 표면에 (진)마력순환로 4개를 그대로 복사해버렸다.

이탄의 동의도 받지 않고 느닷없이.

이탄이 생각하지도 못한 방법으로 뚝딱.

Chapter 12

"뭐, 뭐야?"

이 엄청난 사태에 이탄이 눈을 끔뻑거렸다.

만자비문이 슬쩍 적양갑주의 눈치를 보았다.

세상에 그 무엇도 두려울 것 없는 만자비문이건만, 이탄의 의식 속에 잠재되어 있는 붉은 금속만큼은 두려워했다.

다행히 적양갑주는 반응하지 않았다. (진)마력순환로를 복사하는 것이 이탄에게 해가 되지 않는다고 판단한 것이다.

이탄의 피부 위에선 오중첩의 (진)마력순환로가 쉴 새 없이 돌아가는 중이었다. 한데 그 피부의 한 층 아래에 (진)마력순환로 4개가 새로 생겨났다. 만자비문이 복제해서 만든 사중첩의 순환로였다.

만자비문이 새 순환로 네 곳에 음차원의 마나를 집어넣었다. 그 마나들이 세차게 순환로 속을 돌아 다시 이탄의 뱃속으로 돌아왔다. 복리로 불어난 마나를 신고서 개선장군처럼 보무도 당당하게.

"커헝! 미친!"

이탄이 콧김을 강하게 뿜었다.

이게 돌파구다 싶었나 보다. 만자비문은 이탄의 피부 속 두 번째 층에도 사중첩의 (진)마력순환로를 복제했다.

이어서 세 번째 층에도, 그리고 네 번째 층에도.

이탄의 피부가 1만 개의 법력 겹코팅 층으로 늘어났으니, (진)마력순환로를 새길 공간도 그만큼 증가한 셈이었다.

마치 한 겹짜리 빵을 먹다가 1만겹의 크로와상을 먹는 기분이라고나 할까?

여하튼 만자비문은 신이 났다. 미친 듯이 사중첩의 (진)마력순환로를 복제하여 무려 4만 개의 순환 고리를 만들어 버렸다. 그 4만 개의 순환로가 이탄의 뱃속 음차원 코어를 빨아들여 화악 순환시켰다가 다시 뱃속으로 돌려보내 주었다. 그렇게 한 바퀴 돌 때마다 음차원의 마나는 복리로 불어났다.

"이런 미친!"

이탄이 한 번 더 거칠게 콧김을 내뿜었다.

이제 균형이 다시 맞았다. 이탄이 법력으로 전환하여 줄어든 음차원이 무려 사만 중첩의 (진)마력순환로 덕분에 다시 제자리로 돌아왔다.

"커헉, 젠장. 이러면 안 되잖아. 만약에 내가 음차원의 힘을 법력으로 전환하지 않으면? 그럼 내 배는 산달을 맞은 임산부처럼 점점 더 크게 부풀어 오를 것 아냐?"

이탄이 버럭 소리를 질렀다.

만자비문이 찔끔하여 음차원 코어 속으로 숨어버렸다.

"아 놔, 이런."

머리카락을 벅벅 긁은 뒤, 이탄은 사만중첩의 (진)마력순환로가 복리로 불린 음차원의 마나만큼을 법력으로 전환했다.

그러자 이탄의 뇌가 무한대에 가까운 법력으로 넘쳐났다.

"와! 진짜 미치겠네. 넘치는 법력들을 어디에다 소모하지?"

이탄이 복에 겨워 짜증을 부렸다.

이제 이탄은 법력 졸부를 넘어서 법력 재벌을 지나 법력의 만수르, 아니 법력의 신이라 불려도 좋을 듯했다.

그 와중에 이탄의 (진)마력순환로 가운데 하나가 소심하게 자신의 존재감을 피력했다.

쪼르르르르~.

이곳은 이탄의 순환로 가운데 유일하게 정상적인 마나가 흐르는 장소였다.

"그래. 너도 있었지. 엄밀하게 말해서 4만 중첩이 아니라 40,001 중첩의 (진)마력순환로구나."

그러다 생각이 바뀌었다.

"아니지. 이 순환로도 1만 개의 겹코팅 층에 모두 복제할 수 있잖아?"

이왕 내친 걸음이었다. 이탄은 순환로 속을 흐르던 정상적인 마나를 거둬들인 다음, 그 속에 음차원의 마나를 집어넣었다. 그리곤 만자비문을 불러내어 이 통로도 1만 개의 층에 복사할 것을 명했다.

만자비문이 이탄의 명을 따랐다.

이제 이탄은 5만 중첩의 (진)마력순환로를 가진 셈이었다.

이 가운데 4만 개의 순환로에는 음차원의 마나가 흘렀다. 나머지 1만 개의 순환로는 미약하나마 정상적인 마나를 불어넣어 순환시켰다.

이탄의 마나 총량이 미친 듯이 불어났다.

"이러다 내가 뭐가 되려나? 에라 모르겠다. 뭐, 별일이야 있겠어? 에헤라디야~."

이탄은 자포자기하는 심정으로 서고 바닥에 벌렁 드러누웠다.

제5화
백팔수라

Chapter 1

[흐응.]

이탄을 바라보는 령의 눈빛이 영 요상했다.

용의 머리에 사자의 몸, 독수리의 날개를 매단 멸정의 령은 마치 도도한 아가씨가 불한당을 퇴짜 놓는 것처럼 굴었다. 게다가 세 가닥의 꼬리로 바닥을 탁탁 때리는 모습이 심기가 불편한 티가 팍팍 났다.

이탄이 했던 말을 반복했다.

'잘 모르시나 보네요? 완 12급에 도달한 수도자가 벽을 뛰어넘을 때 읽어야 할 술법서에 대해서 말입니다.'

[흥. 모르긴 뭘 몰라요? 당연히 알죠.]

령이 콧방귀를 뀌었다.

'그런데 왜 답을 주지 않는 겁니까?'

[그런 술법서가 있다고 치죠. 하지만 내가 그걸 쿠퍼 공자님께 알려드려야 할 의무가 있나요?]

'음?'

[또한 그런 상급의 술법서가 공자에게 왜 필요한 거죠? 공자께서 완 12급에 도달하시려면 아직 멀었을 텐데요?]

멸정의 령이 부루퉁하게 몽니를 부렸다.

이탄은 이런 령의 행동이 내심 괘씸하였으나, 한 번 더 정중하게 부탁했다. 지금 아쉬운 것은 이탄이지 령이 아니었다.

'하하하. 그러지 말고 좀 도와주시죠. 내가 선급의 경지에 대해서 호기심도 많고, 또 나중에 벽을 뛰어넘을 때를 대비하고자 함이니 미리 알면 좋지 않겠습니까?'

[흥. 흥. 술법서가 그렇게 궁금하시면 진즉에 찾아오시지 그랬어요? 무려 8개월 동안이나 어디 구석에 처박혀서 얼굴도 비치지 않더니 이제 와서 도와달라고요? 흥!]

'아!'

이탄은 령의 말을 듣자 짚이는 바가 있었다. 멸정의 령은 그동안 무척 심심했던 것이다. 주인이 수백 년 동안 수련에만 매진하는 바람에 령이 홀로 남겨져 외로웠는데, 그 와중에 이탄이 멸정동부의 새 식구로 들어왔다.

비록 표현은 잘 하지 않았지만 령은 나름 이탄이 반갑고 기뻤을 터. 그런데 말동무가 되어줄 것으로 생각했던 이탄이 무려 8개월 동안이나 서고에 처박혀서 코빼기도 보이지 않는다. 멸정의 령은 이탄이 찾아올 때만을 기다리다가 그 기다림이 길어지자 삐뚤어진 듯했다.

이탄은 상대의 속내를 파악하고는 빙그레 웃었다.

'이런. 이런. 내가 진즉에 찾아올 걸 그랬네. 솔직히 말해서 그동안 물어보고 싶은 것이 많았거든요. 하지만 혹시라도 수련에 방해가 될까 봐 꾹 참고 있었는걸요.'

[흐응, 진짜예요?]

령이 꼬리로 바닥을 탁탁탁 때리다가 이탄을 슬쩍 떠보았다.

이탄이 진심 어린 표정으로 고개를 주억거렸다.

'당연히 진짜이고말고요.'

[거짓말하는 거 아니죠? 아니, 공자는 뭐가 그리 궁금한 게 많아요?]

'여러 가지가 궁금한데요. 이를테면······.'

이탄은 즉석에서 생각나는 것들 몇 가지를 꺼냈다.

그리 어렵지 않은 질문들이라 령이 척척 대답해주었다. 처음에는 다소 도도하게 답하던 령도 시간이 갈수록 신이

나서 이탄이 묻지 않은 것까지 마구 떠들어대었다. 역시 이령은 위엄이 넘치는 외모와 달리 수다쟁이 떠벌이가 분명했다.

술법서 분야에서 시작한 둘의 대화는, 이윽고 단약과 법보로 옮겨갔다. 그러다 급기야 이탄은 령의 성장 방법에 대해서도 물었다.

'나랑 계약한 강아지 령도 스승님의 령처럼 멋지게 성장하면 근사할 텐데.'

이탄은 나름 이런 희망을 품었다.

그렇게 꼬박 반나절 동안 말을 섞자 비로소 멸정의 령도 만족했다. 이탄은 그제야 자리를 털고 일어났다.

'어휴우, 내가 시간을 너무 많이 빼앗았네요. 오늘 좋은 조언을 많이 듣고 갑니다.'

[흥. 뭐, 내가 바쁘긴 하지만 그래도 주인님의 제자인데 어떡하겠어요? 내 힘이 닿는 한에서는 도와드릴 수밖에요. 뭐, 또 공자가 수련을 하다가 궁금한 것이 있으면 나를 찾아오세요. 반드시 시간을 내드릴 수 있다고는 약속할 수 없지만, 그래도 쬐끔은 도와드릴게요. 흥. 흥. 흥.]

멸정의 령은 끝까지 도도한 척 굴었다.

'아이고, 고맙네요. 말만 들어도 든든합니다.'

이탄이 상대의 마음에 쏙 드는 소리만 골라서 했다.

[흥. 흥. 뭐 이런 정도야 서로 돕고 살아야죠.]

령이 어떻게든 시크한 척하였으나, 이탄은 그런 령의 입꼬리가 기분 좋게 씰룩거리는 모습을 똑똑히 보았다.

생각보다 참 다루기 쉬운 령이었다.

령을 만나기 전, 이탄은 단약실에 관심을 두었었다.

'금강수라종의 기초연공법과 응용연공법, 연단법, 연골법을 차례로 수련했으니까 그 다음은 단약에 대해서 좀 알아볼까?'

이것이 이탄의 원래 생각이었다.

령에게 귀띔을 들은 이후 이탄의 생각이 바뀌었다.

[주인님께서 공자에게 주신 서적 목록은 금강수라종의 수도자들이 금강체를 이루기 위해서 배우는 비술들이거든요. 하지만 금강체가 되었다고 해서 금강수라종의 정통 맥을 이었다고 볼 수는 없죠. 금강체뿐 아니라 수라체까지 함께 완성해야 비로소 금강수라종인 거죠.]

멸정의 령은 이탄에게 이렇게 충고했다.

'수라체? 그 비술을 배우려면 또 어떤 책들을 봐야 합니까?'

[호호홍. 공자는 정말 성격도 급하시네요. 금강체를 이루려면 적어도 100년 이상의 노력이 필요해요. 그것도 최

소한일 뿐이고, 만약 제대로 완성하려면 최소한 수백 년
은 수련실에 처박혀서 공을 들여야 하거든요. 한데 공자의
머릿속은 이미 금강체를 건너뛰고 그 다음 단계에 가 있네
요.]

'아, 뭐. 내가 워낙 호기심이 많거든요.'

이탄은 적당히 얼버무렸다.

멸정의 령이 묘한 눈으로 이탄을 응시하다가 한숨을 포
옥 내쉬었다.

[하아, 그렇게 수라체가 궁금합니까? 어차피 때가 되면
주인님께서 다 알려주실 것인데 그렇게 미리 책을 찾아본
다고 수행에 도움이 되는 것은 아니거든요.]

말은 이렇게 하였으나 멸정의 령은 수라체에 관련된 책
제목들을 알려주었다.

이탄은 그 목록을 받아들자마자 다시 서고로 달려갔다.

특이하게도 수라체 관련 술법은 목판 위에 양각으로 새
겨져 있었다. 금강체와 관련된 술법들이 황금색 철판에 음
각으로 새겨져 있는 것과 대비되었다.

다만 수라체의 술법서를 읽을 때 오른쪽에서 시작하여
왼쪽으로 읽어가는 방식은 금강체 술법서와 동일했다.

Chapter 2

"어디 보자. 백팔수라 제1식이라고 했겠다?"

금강체 계열의 술법들은 기초연공법부터 시작하여 응용연공법, 연단법, 연골법으로 한 계단 한 계단 올라가는 방식이었다.

반면 수라체 계열의 술법은 딱 한 가지뿐이었다.

〈백팔수라(百八修羅)〉

이와 같은 제목으로 제1식부터 시작하여 제6식까지 총 6개의 식을 엮어서 만든 것이 바로 수라체의 정통 맥이었다.

백팔수라의 각 식들은 다시 18개의 편으로 나뉘었다. 제1식의 1편부터 18편까지 모두 연마하여 하나의 연결 동작으로 펼쳐낼 수 있으면 그것이 바로 백팔수라 제1식을 완성한 셈이었다.

제2식도 마찬가지로 1편부터 18편까지 총 18개의 목판으로 구성되었다.

제3식이나 제4식, 제5식과 제6식까지도 각각 같은 구성을 가졌다.

18편씩 6식이 있으니까 18 곱하기 6는 108. 그리하여 이 비술의 이름이 "백팔수라"라고 불리는 것이다.

이탄은 서고를 뒤져서 백팔수라 제1식부터 제3식까지 총 54개의 목판을 찾아내었다.

"쳇! 제4식부터 제6식까지는 스승님이 따로 보관 중이란 말이지?"

이탄은 내친김에 백팔수라 제6식까지 모두 연마하고 싶었다. 당장 익히는 것이 어렵다면 머릿속에라도 전부 담아 두기를 희망했다.

하지만 안타깝게도 지금 이탄에게 허용된 것은 제3식까지였다. 백팔수라의 전반부만 열람이 가능한 셈이었다. 이탄이 백팔수라의 후반부를 보고 싶다면 스승인 멸정에게 특별한 허락을 받아야 하리라.

"뒷일은 나중에 생각하고 우선 제1식부터 시작하자."

이탄이 서고 바닥에 털썩 주저앉았다. 그리곤 백팔수라 제1식의 첫 번째 목판을 손에 들었다.

백팔수라의 비술은 금강체 비술보다 수백 배는 더 난해했다.

금강체의 연공법들은 법력을 쌓아서 신체를 단련하는 것이라 이해력만 있으면 적당히 따라 하는 것이 가능했다.

반면 백팔수라는 직접 몸을 움직여서 적을 공격하고 또 방어하는 수법들인지라 정확한 동작이 선행되어야 했다.

따라서 목판에 적힌 글만 보고서는 이것이 어떤 동작인지 명확하게 알 길이 없는 셈이었다.

"다시 말해서 이 목판들은 그저 상징적인 의미만 있을 뿐이구나. 스승의 시범 동작을 직접 눈으로 보고 배우지 않으면 백팔수라는 그림 속의 떡이야."

이탄이 입술을 삐쭉거렸다.

사실은 스승의 시범을 보는 것만으로도 부족했다. 백팔수라는 단순한 체술이 아니었다. 주신 콘이 뼈대를 가다듬고 금강수라종의 역대 선조들이 심혈을 기울여서 보완한 술법이 바로 이 백팔수라였다.

따라서 백팔수라 술법을 온전하게 펼치기 위해서는 동작하나하나를 구현하면서 그 동작에 상응하는 법력을 근육 곳곳에 불어넣어 주어야 했다. 그리곤 그 법력이 몸짓과 융화하여 권능으로 발현될 때 비로소 수라의 진체를 이끌어 낼 수 있었다.

멸정도 이러한 한계를 알고 있었기에 이탄에게 백팔수라를 알려주지 않았다. 오직 금강체 연마에 도움이 될 술법서만 적어주었다.

"그렇다고 여기서 포기할 수는 없지."

이탄이 마음을 다잡고 목판을 들여다보았다.

"이게 이런 동작인가?"

이탄은 백팔수라 제1식 1편에 기술된 동작을 어설프게 따라 했다.

왼쪽 주먹을 옆구리에 붙이고 오른 주먹을 눈높이로 구부려 뻗으면서 한 발을 내디디는 듯한 동작이었다.

"어라? 이건 뭔가 이상한데? 팔근육을 이런 각도로 뻗으면 힘을 100퍼센트 전달할 수 없는데? 이렇게 약간 각도를 틀어야 하는 것 아닌가?"

1편의 동작을 펼칠 때 취해야 할 자세한 팔의 각도까지는 목판에 적혀 있지 않았다. 이탄은 목판에 없는 내용을 본능적으로 짜맞춰 가며 동작을 교정했다.

그렇게 몇 차례 주먹 휘두르기를 반복하자 이탄의 마음에 흡족한 동작이 나왔다.

"역시 이런 동작이겠지? 하하하."

이탄이 빙그레 웃었다.

만약 멸정이 이탄의 동작을 보았다면 눈알이 번쩍 튀어나왔을 것이다.

지금 이탄이 펼친 동작은 금강수라종의 수도자들이 스승으로부터 정확한 동작을 배운 다음 수천 번, 수만 번 반복 연습해야 비로소 구현 가능한 수준이었다. 이탄이 뻗어낸 팔의 각도 하나, 다리의 벌림 하나, 심지어 머리의 방향에 이르기까지, 그 어느 한 구석도 그릇됨이 없었다. 놀라울 정도로 완벽했다.

하나의 동작을 마친 뒤, 이탄은 제1식 2편의 동작으로 넘어갔다.

"2편은 이런 동작인가?"

한쪽 다리를 학처럼 접고 두 팔을 벌려 새들이 홰를 치는 듯한 몸짓이 이탄의 신체를 통해 구현되었다.

이탄은 처음에 대여섯 번 고개를 갸웃거린 다음, 조금씩 팔의 각도와 손가락의 자세, 척추의 휨 등을 미세하게 고쳐 나갔다. 그렇게 스무 번가량 자세를 교정하자 이탄의 마음에 쏙 드는 동작이 나왔다.

"이게 제일 좋아 보이네. 이런 동작이라면 단 한 방울의 힘도 헛되이 낭비하지 않고 신체 깊은 곳에서 쥐어짠 파괴력을 적에게 집중하여 터뜨릴 수 있을 것 같아."

이탄은 모르고 있겠지만, 지금 그가 펼친 백팔수라 제1식 2편의 동작도 완벽했다.

금강수라종의 웬만한 선급 선인들도 이탄처럼 완벽하고 아름답게 백팔수라 제1식을 시범 보이기는 힘들었다. 인간인 이상 특정한 동작을 각도 하나 틀리지 않고 매번 완벽하게 펼쳐내는 것은 불가능하기 때문이었다.

이탄은 제1식의 3편으로 넘어갔다.

이번 동작은 오른발을 크게 앞으로 내디디면서 상체를

옆으로 90도 비틀고 두 주먹을 동시에 뻗어 적을 때려야 했다.

이탄은 약 40차례의 수정 끝에 마음에 드는 동작을 찾아냈다.

"어휴. 뒤로 갈수록 제대로 된 동작을 찾아내는 것이 점점 더 힘들어지네."

이탄은 짐짓 엄살을 부린 뒤, 제1식 4편을 연마하기 시작했다.

몸의 자세를 납작하게 낮추고 정수리와 발끝을 축으로 삼아 뱅글뱅글 회전하는 것이 4편이었다.

이번에는 마음에 드는 완벽한 자세를 찾아내기까지 무려 60번이나 동작 수정이 필요했다. 동작이 어려워질수록 이탄은 더 큰 보람과 쾌감을 느꼈다.

Chapter 3

이탄이 제1식 1편부터 시작하여 마지막 18편까지 관통하는 데 걸린 시간이 꼬박 사흘이었다.

마지막 18편의 경우는 이탄이 무려 하루를 고민한 끝에 겨우 마음에 드는 동작을 찾아낼 수 있었다.

"이제 동작을 모두 찾아내었으니 그 다음으로 이 18개의 동작을 동시에 펼쳐내는 일만 남았구나. 그런데 사람이 손이 2개에 발이 2개뿐인데 어떻게 18개의 동작을 동시에 구현할 수 있지?"

백팔수라의 제1식을 제대로 완성하려면 각각의 편을 연마하는 것만으로는 부족했다. 18편의 동작을 동시에 펼쳐내야만 했다.

여기서 하나의 비틀림이 발생했다.

처음에 이탄은 '제1식은 1편부터 18편까지 18개의 동작을 하나로 엮어서 연결 동작으로 펼쳐내면 된다.' 라는 생각을 했다. 1편 앞부분에 연결 동작이라는 설명이 있기에 이렇게 생각할 수밖에 없었다.

그런데 열여덟 번째 목판, 즉 제1식 18편에 끝자락에 적힌 문자가 이탄의 생각을 바꿔놓았다.

"여기 마지막 문구가 좀 이상한데? 이건 아무리 해석해도 1편부터 18편까지 18개의 동작을 동시에 펼치라는 뜻 같은데?"

이탄의 해석이 옳았다. 18편 끝자락에 새겨진 문자의 의미는 분명 '동시구현' 이었다.

그러나 금강수라종의 역대 그 어떤 선인도 이 문자에 의미를 부여하지 않았다. 사람이 18개의 동작을 동시에 펼치는 것은 물리적으로 불가능하기 때문이었다.

단지 동작만이 문제가 아니었다. 백팔수라 제1식은 18개의 동작과 18개의 법력 분포로 구성되었다. 사람이 18개의 동작을 동시에 펼치는 것도 불가능하지만, 체내의 법력을 18개의 분포로 동시에 뻗어내는 것은 더더욱 불가능했다.

자고로 법력이라는 것은 뇌에서 출발하여 특정한 분포도에 따라 신체를 한 바퀴 순환한 다음, 다시 뇌로 돌아와야 했다.

그런데 만약 어떤 수도자가 미친 척하고 18개의 법력 분포도를 동시에 구현했다고 치자. 그 즉시 수도자의 몸속에서 법력끼리 서로 충돌하고 꼬여서 수도자는 당장에 피를 토하며 죽을 것이 뻔했다.

만약 지금 이탄의 옆에 멸정이 있었다면, 분명히 이렇게 조언했을 것이다.

"제1식 앞쪽에 분명히 연결 동작이라고 적혀 있지 않느냐? 1편부터 18편까지 네가 연마한 동작들을 서로 연결하여 순차적으로 펼쳐 보거라."

이 말을 들은 이탄은 '동시구현'을 머릿속에서 지운 다음, 스승이 가르쳐준 대로 백팔수라 제1식을 완성했을 것이다.

그런데 스승 없이 독학을 하다 보니 무언가가 뒤틀렸다.

이탄은 18편의 마지막 문자 하나에 꽂혀서 동시구현에 집착했다.

이탄이 끙끙거리며 몇 날 며칠을 고민해도 답은 나오지 않았다.

이렇게 답이 보이지 않을 때는 무식하게 실행해보는 것이 최선이라고 이탄은 생각했다.

"에라 모르겠다."

이탄은 뇌속에 찰랑찰랑 차 있는 법력을 조금만 움직였다. 1편의 분포도에 따라 체내에 법력을 한 바퀴 돌리고, 2편에 맞춰서 또 돌리고. 그렇게 1편부터 시작한 법력의 흐름이 착착 진행되어 마지막 18편까지 돌았다.

이탄은 여기서 숨을 한 번 크게 내쉬었다.

"이제 속도를 올려볼까?"

슈우우우우우우와앙—.

1편부터 18편까지, 18개의 법력 흐름이 연쇄적으로 일어났다. 그 속도가 섬뜩할 정도로 빨랐다.

일반적인 수도자가 만약 이런 속도로 법력을 바꿔가며 운기하였다면, 아마도 근육이나 혈관이 그 힘을 견디지 못하고 찢어졌을 뻔했다.

하지만 이탄은 끄떡도 안 했다. 무려 1만 개의 겹코팅 층으로 탈바꿈된 신체이기에 이 정도 압박은 우스웠다.

이탄이 법력 흐르는 속도를 좀 더 올렸다.

슈우우우와앙—.

몇 배는 더 빨라진 속도에 이탄의 몸이 덜덜 떨렸다.

"법력의 분포가 조금 정교하지 못했어. 그래서 몸이 안정되지 않고 떨림이 발생한 거야."

이탄은 그릇된 점을 바로잡아 다시 법력을 운기했다.

이번에는 떨림이 없었다. 아주 매끄러웠다.

이탄은 한층 더 속도를 높였다.

슈우와앙—.

거기서 몇 배 더 가속했다.

슈왕—.

18개의 법력 분포가 순차적으로 바뀌기는 했는데, 그 전환 속도가 워낙 빠르다 보니 순간적으로 18개의 법력 분포가 이탄의 체내에 동시에 구현된 것처럼 느껴졌다.

중간에 법력끼리 충돌이 날 뻔한 위기가 수백 차례나 있었으나, 이탄은 눈 하나 깜짝 않고 그런 위험천만한 일을 감행했다.

"아직도 동시구현이라고 보기는 어렵지. 더 빨라야 해. 훨씬 더."

이탄이 이를 악물었다.

법력 충돌의 위험 때문에 이빨을 깨문 것이 아니었다. 인간이라면 도저히 구현할 수 없는 속도, 듀라한에게도 불가능한 속도, 즉 무한 속력으로 법력 분포를 바꾸려다 보니 그만큼 힘이 들었다.

그 극한의 극한의 극한의 극한 끝에 마침내 법력이 회전하는 속도가 무한대에 가까워졌다.

쏴!

정말로 번개가 한 번 내리치는 것보다도 더 빠른 시간 안에 18개의 법력 분포가 이탄의 체내에서 동시에 구현되었다.

당연히 법력끼리 서로 충돌했다.

법력과 법력이 얽히면서 그 거친 파괴력이 이탄의 혈관과 근육을 찢어발기려고 들었다.

1만 개의 겹코팅 층이라면 충분히 이 파괴력을 감당할 만했다. 체내에서 이 정도 폭발이 일어나는 것쯤은 이탄에게는 눈곱만큼의 위해도 끼치지 못했다.

다만 이렇게 법력끼리 충돌하여 폭발하고 나면, 백팔수라 제1식의 구현은 물 건너간 셈이었다. 법력이 분포를 제대로 이루어야 비로소 백팔수라의 권능이 발현되는데, 중간에 충돌로 인해 법력이 끊겼으니 이탄은 헛수고만 한 셈이었다.

바로 그 실패의 순간, 적양갑주가 일어났다. 법력까지 충돌하려는 찰나에 적양갑주가 무섭게 일어나 법력들을 꾸짖었다.

Chapter 4

부정 세계의 인과율이나 다름없는 존재가 바로 만자비문이었다.

신격 존재의 대칭점에 있는 것이 마격 존재라고 한다면, 오로지 그 마격 존재에게만 허용된 언령이 만자비문이었다.

그러한 만자비문도 붉은 금속은 두려워했다. 하물며 법력 따위가 적양갑주에게 비벼본다는 것은 말도 되지 않았다.

콰드득!

적양갑주에게 단숨에 진압당한 법력들이 알아서 기었다.

분명히 이탄의 체내에서 법력과 법력이 서로 맞부딪쳤는데, 희한하게도 충돌은 일어나지 않았다. 적양갑주의 진압을 두려워한 법력들이 수만 가닥의 실처럼 변하더니 다른 법력들과 정면으로 부딪치는 대신 한 올 한 올 단위로 서로 엇갈려서 스쳐 지나갔다. 실들이 모여서 천을 만들 때 씨줄과 날줄이 서로 교차하여 지나가는 것처럼 사라락~.

그러면서 이탄의 몸 안 18개의 법력 분포를 동시에 이루어 내었다.

"어럽쇼? 이게 되네?"

이탄도 이게 될 줄은 몰랐다. 그저 단단한 몸뚱어리만 믿고서 미친 척하고 한 번 시도해봤을 뿐이었다.

그런데 그 미친 시도가 정말로 성공했다.

"이게 된다면 이제 동작 구현만 남았잖아?"

이탄은 자리에서 벌떡 일어나 백팔수라 제1식 1편의 동작을 펼쳤다.

왼 주먹을 옆구리에 붙이고 오른 주먹을 눈높이로 구부려 뻗으면서 한 발을 내디디고. 이어서 2편의 동작으로 연계하여 다리 하나를 접고 양팔을 좌우로 벌리고. 다시 3편으로 넘어가 발 하나를 앞으로 내디디면서 상체를 뒤틀어 두 주먹을 떨쳐내고.

이탄은 이와 같은 방식으로 1편부터 18편까지의 한 동작 한 동작을 정확하게 구현했다.

"후우, 이제 가볼까?"

예열을 마쳤으니 이제 본 시동을 걸 차례였다.

이탄은 백팔수라 제1식의 1편부터 18편까지 전 동작을 하나의 흐름으로 엮어서 연쇄적으로 펼쳤다. 서고에 강한 풍압이 몰아쳤다.

"이크. 여기서 연습하면 안 되겠다."

이탄은 서고 안쪽 텅 빈 공간으로 자리를 옮겨 다시 한 번 동작들을 반복했다. 그것만으로는 안심이 되지 않았는지, 이탄은 주변에 붉은 금속을 빙 둘러서 혹시라도 서고가 무너지는 일을 방지하였다.

시간이 꽤 흘렀다. 이탄이 서고 안쪽에 붉은 금속으로 울타리를 두르고, 그 속에 처박힌 지도 벌써 몇 주가 지났다.

동작을 반복하면 할수록 이탄의 몸놀림은 더욱 빨라졌다. 1편부터 18편까지 18개의 동작을 펼치는데 처음에 18초가 걸렸다면, 얼마 지나지 않아 1.8초로 줄어들었고, 조금 더 시간이 흐른 뒤에는 0.18초까지 단축되었다.

여기까지는 비교적 쉬웠다.

바로 여기서부터가 문제였다. 이탄이 아무리 애를 써도 0.1초 이내로는 18개의 동작이 제대로 구현되지 않았다.

그렇다고 팔의 자세나 발의 각도 등을 얼버무려 대충 동작을 펼칠 수는 없었다. 이탄은 정확한 동작은 유지하되, 그러면서도 속도를 단축하기 위해서 비지땀을 흘렸다. 듀라한인지라 실제로 땀이 흐르지는 않았으나, 그만큼 이를 악물고 노력했다.

0.09초, 0.08초, 0.07초……

아주 조금씩 시간이 단축되었다.

하지만 0.05초부터는 더 이상 진전이 없었다. 법력의 운기는 깨달음의 영역이라 무한대에 가까운 가속이 가능하였으나, 동작은 물리의 영역인지라 이탄이 아무리 애를 써도 한계가 존재했다.

"에라, 모르겠다."

마침내 이탄이 최후의 수단을 써보았다.

지금까지 이탄은 18개의 동작을 펼칠 때 법력은 운기하지 않고 동작만 취했다. 그런데 어느 한계 이하로 뚫고 내려가지 못하자 홧김에 법력 운기까지 동시에 해보기로 한 것이다.

쉣!

이탄의 체내에서 18개의 법력 분포가 한순간에 이루어졌다.

이탄은 그 상태에서 전력을 다해 18개의 동작을 돌파했다.

"큭."

법력과 동작이 서로 일치하지 않자 반동이 왔다. 이탄이 이를 꽉 물었다. 붉은 금속이 진노하여 법력을 꾸짖었다.

놀란 법력이 뼈와 근육을 움직였다.

백팔수라 제1식을 수련할 때 이탄은 스스로의 의지로 근육과 뼈를 움직여 18개의 동작을 펼쳐내었다.

그런데 지금은 이탄의 의지가 아니었다. 법력이 먼저 움직이고, 그 법력이 이탄의 뼈와 근육을 최적의 위치에 가져다 놓았다.

18개의 법력 분포가 원하는 동작은 제각기 서로 달랐다. 18개의 법력들은 붉은 금속의 압박에 기함하여 어떻게든 자신들이 원하는 동작을 만들기 위해 최선을 다했다.

이탄은 그러한 법력의 흐름에 신체를 맡겼다. 이탄이 한 일이라고는 몸에 힘을 최대한 빼고 슬쩍 거들어준 것뿐.

그런데 이탄의 뇌가 척수와 신경다발을 통해 몸을 통제하는 것보다 체내의 법력이 몸을 통제하는 속도가 훨씬 더 빨랐다.

아니, 이건 속도라는 개념으로 표현할 수 없었다. 법력이 원하는 순간, 이탄의 신체는 이미 그곳에 가 있었다.

18개의 법력 분포가 무한대의 속도로 구현되었다가 다시 사라졌다.

이탄의 신체가 그에 반응하여 같은 속도로 구현되었다가 다시 제자리로 돌아왔다.

순간적으로 이탄이 18개의 분신으로 늘어나 18개의 동작을 동시에 펼친 것처럼 보였다. 그것도 18개의 분신이 한 자리에 겹쳐져서 18개의 동작을 펼친 것 같았다.

단순히 눈으로만 그렇게 보인 것이 아니었다. 실제로 동일한 시간에 18개의 동작이 동시에 구현되었다.

목판 끝에 개념으로만 적혀 있던 한 개의 문자. 동시구현의 의미를 지니고 있는 그 문자가 비로소 힘을 얻었다.

이 하나의 문자가 정상 세계를 지배하는 인과율, 혹은 신격 존재에게만 허용된 신의 문자라는 사실을 이탄은 전혀 알지 못하였다.

만자비문이 부정 세계의 뼈대를 이룬다면, 정상 세계에도 세계의 뼈대를 이루는 문자들이 엄연히 존재했다.

지금 이 순간, 그 문자들 가운데 하나가 이탄에게로 와서 이탄의 것이 되었다.

쉥!

법력의 바람이 몰아쳤다.

Chapter 5

백팔수라 제1식 수라초현(修羅初現).

금강수라종의 수만 가지 비술 가운데 공격력 최강을 자랑하는 백팔수라의 첫 번째 빗장이 드디어 풀렸다. 꽉 닫혀 있던 문이 열리고 전쟁의 신 수라가 뛰쳐나와 18개의 동작을 동시에 떨쳐내었다.

이탄이 만들어낸 수라는 기존의 금강수라종 선인들이 펼쳐내는 수라와는 결을 달리했다.

기존의 금강수라종 선인들은 18개의 동작을 연속으로 펼치면서 적을 공격하였는데, 그러면 허공에 수라의 그림자가 뿌연 안개처럼 얼핏얼핏 드러났다가 다시 물거품처럼 사라지곤 했다.

이것만으로도 위력이 어마어마하여 피사노교의 악마들은 수라를 만나면 기겁하며 후퇴하였다.

한데 이탄의 수라는 안개처럼 모호하지 않았다. 금빛과 푸른빛이 뒤섞인 수라는 눈에도 잘 보일 뿐 아니라 손으로도 만져졌다. 마치 청동을 주조하여 만들어낸 조각상처럼 뚜렷하게 실체가 드러났다.

그 수라가 18개의 동작을 동시에 펼쳤다.

쿠콰콰콰콰—!

수라가 지닌 36개의 팔이 온 사방을 휩쓸었다. 붉은 금속 내부에 광풍이 몰아쳤다. 법력이 와르르 폭발했다.

36개의 수라 눈에서 터져 나오는 일직선의 광선 36줄기는 온 사방을 가로 세로로 자르며 마구 난도질했다. 수라가 지닌 18개의 입은 열여덟 종류의 서로 다른 천둥을 터뜨렸다. 그 천둥들이 중첩하여 파괴력을 극도로 끌어올렸다.

꽈릉! 꽈과광!

범종이 깨지는 꽝음과 함께 천지가 진동했다.

물론 이런 정도로는 붉은 금속에게 해를 입힐 수 없었다. 붉은 금속은 눈곱만큼의 흠집도 없이 수라초현의 파괴력을 온전히 감당해내었다.

수라초현을 시연해본 뒤, 이탄이 가만히 서서 자신의 손바닥을 내려다보았다.

"와우, 좋네."

수라초현의 위력이 어찌나 강력했던지 이탄의 입에서 감탄사가 절로 나왔다.

"어쓰퀘이크와는 비교도 되지 않는데?"

어쓰퀘이크만 해도 도시 하나를 붕괴시킬 가공할 에너지를 그 안에 내포하였다. 한데 수라초현의 파괴력은 어쓰퀘이크와는 비교도 할 수 없을 만큼 무지막지했다.

단순히 파괴력만 비교하자면 수라초현이 광정보다도 훨씬 더 뛰어났다. 다만 광정은 수라초현보다 속도가 더 빨랐다. 게다가 눈에 보이지도 않는 빛의 씨앗을 쏘아내는 것이라 은밀한 암습이 가능하다는 것도 큰 장점이었다.

이러한 장점에도 불구하고 만약에 누군가가 이탄에게 "수라초현과 광정 가운데 하나만 고른다면 어느 것을 선택할래?"라고 묻는다면, 이탄은 조금의 망설임도 없이 수라초현을 고를 것 같았다.

이탄은 그만큼 수라초현이 마음에 들었다.

이탄이 붉은 금속을 거둬들인 뒤, 다시 책장 앞으로 돌아와 목판을 펼쳤다. 이제는 제1식에 대한 수련이 모두 끝났으니 백팔수라 제2식 1편을 볼 차례였다.

이탄은 목판에 기술된 동작들을 하나하나 찾아내었다. 그리곤 그 동작들에 상응하는 법력 분포도 머릿속에 담았다.

처음에 이탄이 백팔수라 제1식을 익힐 때만 해도 시행착오를 여러 번 겪었다.

제2식의 경우는 달랐다. 비록 개별적인 동작들은 제2식이 제1식보다 어려웠으나, 이탄의 습득능력이 그 이상으로 상승했다.

이탄은 한 번 지나갔던 길을 다시 되풀이해서 걷는 기분으로 백팔수라 제2식의 1편부터 18편까지 차례로 독파하였다.

백팔수라의 제1식이 주먹과 손을 사용해서 공격하는 동작이 많았다면, 백팔수라의 제2식은 그보다는 두 다리를 이용한 공격이 주였다.

물론 상체와 하체는 서로 연동되어 있기에 백팔수라 제1식에서도 주먹만큼이나 발의 자세가 중요했다. 마찬가지로 백팔수라 제2식에서도 발이 힘을 받으려면 상체의 자세가 정확해야만 했다.

이탄은 제2식의 한 동작 한 동작을 정확하게 찾아낸 다음, 그것들을 모아서 한꺼번에 펼쳐낼 수 있도록 수련했다.

이탄은 우선 법력의 분포 18개를 잘 선별하여 동시에 구현한 다음, 신체의 움직임과 법력의 분포를 하나하나 맺어 주었다.

그 다음 이것들을 동시에 펼쳐내었다.

무한대에 다다른 속도로 한꺼번에, 18개의 동작을 열여덟 명의 분신이 펼치는 것처럼 동시에.

이번에도 이탄의 뇌 대신 법력이 이탄의 몸을 이끌었다. 법력 분포에 맞춰서 이탄의 손과 발이 이미 그 공간에 도착해 있었다.

붉은 금속으로 둘러싸인 밀실 안에서 청동으로 빚은 듯한 수라가 일어섰다. 이탄이 구현해낸 수라는 눈 깜짝할 사이에 36개로 불어난 다리를 휘저어 공간을 찌그러뜨렸다.

쿠르르르릉!

좁은 공간 안에서 뇌성벽력이 몰아쳤다. 청동빛 수라가 만들어낸 36개의 발그림자가 온 공간을 뒤덮었다.

그 발이 현란하게 움직여 구름을 일으켰다. 그 구름 속에서 청동빛 수라는 모든 위치에 다 존재했다. 순간적으로 수라가 수십, 수백으로 불어난 듯했다.

그러는 와중에 수라의 눈에서 광선도 쏘아졌다. 일직선의 광선 36줄기가 온 사방을 가로 세로로 쪼갰다. 18개의 입은 강렬한 음파를 토해서 서로 중첩시켰다.

꽈꽈꽈꽝!

백팔수라 제2식 수라군림(修羅君臨) 작렬.

온 세상을 수라의 그림자로 뒤덮는다는 그 무시무시한 법술이 멸정동부 내부에서 펼쳐졌다.

이번에도 이탄이 만들어낸 수라군림은 다른 수도자들의 수라군림과는 결을 달리했다.

금강수라종의 다른 수도자들이 수라군림을 펼치면, 희미한 아수라의 환영이 수백 개로 불어나면서 구름을 타고 날아다니는 듯한 환상을 만들어내었다.

이탄의 수라군림은 이와는 사뭇 달랐다. 이탄이 만들어낸 수라는 희미한 환영이 아니라 뚜렷하게 실체가 있는 청동빛 수라였다.

그 수라가 수백 개의 복제 수라들을 만들어내었다. 복제 수라 하나하나가 청동빛 조각상처럼 실체가 분명했다.

그 많은 수라들이 발아래 구름을 일으키며 온 공간을 장악했다.

이탄은 자신이 펼친 수라군림이 다른 수도자들의 것과는 다르다는 점을 알지 못했다. 그저 백팔수라의 제2식을 완성한 것이 기분 좋을 뿐이었다.

"하하하하. 이제 다음으로 넘어가자."

이탄은 내친김에 제3식에도 도전했다.

백팔수라 제3식에 해당하는 목판 열여덟 장을 서고 바닥에 쭉 늘어놓은 다음, 이탄은 그 한 동작 한 동작을 세심하게 깨우쳤다.

동작에 대응되는 법력의 분포도도 꼼꼼하게 외웠다.

Chapter 6

일반적인 수도자들은 백팔수라의 제1식을 연마할 때보다 제2식을 연마할 때 서너 배는 더 오랜 시간이 걸렸다. 제3식을 익힐 때는 제2식을 연마할 때보다 다섯 배는 더 공을 들여야 했다.

이탄의 경우는 정반대였다.

이탄은 백팔수라 제1식을 완성하는데 40일 남짓 걸렸다. 백팔수라 제2식은 20일이 고작이었다. 마지막 제3식은 불과 15일 만에 돌파해내었다.

이처럼 갈수록 속도가 빨라진 이유는, 이탄이 법력을 컨트롤하는 능력이 워낙 뛰어나기 때문이었다.

백팔수라 제1식이 수라의 진체를 이끌어내어 36개의 주먹으로 천지를 때려부수는 동작이라면, 제2식은 수라의 다리와 발을 사용하여 온 사방을 수라의 진체로 두덮는 법술이었다. 전반부의 마지막 식인 백팔수라 제3식은, 손과 발 이외에도 어깨와 팔꿈치, 무릎, 심지어 박치기까지 사용하여 적을 거꾸러뜨리는 동작들로 가득했다.

이렇게 온몸을 사용하는 만큼 동작들이 기괴하고 까다롭기 이를 데 없었다.

이탄은 그 희한한 동작들을 척척 펼쳐내다가 급기야 이 18개의 동작을 동시에 구현하였다.

꾸와아아앙!

붉은 금속으로 둘러싸인 협소한 공간 안에서 하늘과 땅이 뒤집히는 듯한 굉음이 울렸다. 그 안에서 법력이 폭발하여 공간 전체를 찢어발겼다.

백팔수라 제3식 수라멸세(修羅滅世) 발현!

만약 이탄의 몸이 어마어마하게 튼튼하지 않았다면, 공간이 찢어졌을 때 이탄의 몸에도 큰 상처가 남았을 것이다.

하지만 이탄은 이미 금강체를 이룬 상태였다. 설령 금강체가 아니더라도 이탄의 신체는 이 정도 파괴력은 능히 감당할 만했다.

"휴우우, 이제 다 익힌 것인가?"

이탄이 손가락으로 관자놀이를 긁적였다. 그리곤 지금까지 익힌 것들을 쭉 정리해보았다.

백팔수라 제1식 수라초현.

백팔수라 제2식 수라군림.

백팔수라 제3식 수라멸세.

수라를 처음 불러내고(수라초현) 그 수라로 모든 공간을 지배하고(수라군림) 마침내 수라의 파괴력으로 온 세상을 멸망(수라멸세)시키기까지, 이탄이 독학으로 익혀낸 백팔수라의 술법은 정말 그 위력이 어마어마했다.

"고생한 보람이 있네. 제법 쓸 만한 수법을 손에 넣었어."

이탄이 흡족하게 손뼉을 쳤다.

사실 금강체나 백팔수라는 '제법 쓸 만하다.' 라는 표현을 붙이기엔 너무나도 어마어마한 술법들이었다. 아마도 다른 수도자들이 이탄의 중얼거림을 들었다면 뒷목을 붙잡고 쓰러졌을 것이다.

"금강체와 백팔수라의 기본기를 모두 익혔으니 나도 어엿한 수도자 노릇을 할 수 있겠지? 이제 단약실로 가봐야겠다."

이탄이 백팔수라 술법을 처음 손에 잡은 것이 늦여름, 즉 8월 17일의 일이었다. 그리고 백팔수라 전반부에 대한 모든 수련을 끝내고 서고를 나선 시점이 11월 13일 저녁 무렵이었다.

이탄은 현재 자신의 수준을 완 12급으로 알고 있었으나, 동차원이 개벽한 이래 그 어떤 선인도 이탄과 같은 방식으로 1만 개의 겹코팅 층, 즉 백만 층을 올려 금강체를 연마한 사례는 없었다. 백팔수라의 18개 동작들을 동시에 떨쳐내어 수라의 진체를 조각상처럼 선명하게 끌어내었던 사례 또한 전무했다.

서고에서 나온 뒤, 이탄은 멸정의 령부터 찾아갔다.

용의 머리에 사자의 몸체를 지닌 령이 불만스러운 듯 세 가닥의 꼬리로 바닥을 탁탁 때렸다.

[흐응. 이번엔 3개월이 걸리셨네요. 엉덩이가 아주 무거우세요.]

비꼬는 듯한 령의 말투에 이탄이 뒤통수를 긁었다.

'하하, 일전에 알려주신 책들이 재미있어 시간 가는 줄 몰랐거든요.'

[아이고, 그러셨어요? 그렇게 재미가 있으면 서적만 계속 파시지 여기는 또 왜 찾아오셨대요?]

'하하하, 당연히 이야기 상대가 필요해서 찾아왔지요. 전에 그리 말하지 않았습니까? 언제라도 도와주겠다고요.'

[뭐, 내가 그런 말을 하기는 했죠. 그래서 이번에는 또 어떤 도움이 필요한데요?]

령이 톡 쏘아붙였다.

이탄이 요구사항을 말했다.

'책을 읽다 보니 단약이 궁금하더라고요. 수도자들은 스승님으로부터 법술을 배우기도 하고, 또 책을 보며 깨달음을 얻기도 한다면서요? 하지만 그 깨달음을 실현하려면 법력이 필요한데, 법력을 쌓는 데는 시간이 아주 오래 걸리는 것 아닙니까?'

[당연하죠. 법력이 하루아침에 뚝딱 쌓이는 줄 아셨어요?]

령의 말투에는 여전히 가시가 돋쳤다.

이탄이 쓴웃음과 함께 말을 계속 걸었다.

'그런데 단약이야말로 수련 시간을 단축하고 빠르게 법력을 쌓도록 도와주는 것이 아닙니까?'

[공자의 말이 맞아요. 하지만 아무 단약이나 마구 먹었다가는 오히려 법력이 폭주하여 한순간에 모든 수련의 성과를 다 잃어버릴 위험도 크죠.]

'그래서 부탁드리는 겁니다. 스승님께서 두루마리를 남겨주시기는 했으나, 그것만 보고는 이해가 잘되지 않더군요. 나를 좀 도와주면 안 될까요?'

이탄이 공손하게 나오자 령도 더는 매정하게 끊지 못했다.

[공자, 뭘 어떻게 도와드릴까요?]

이탄은 속으로 웃음을 삼킨 뒤, 단약에 대해서 이것저것 질문했다.

령은 틱틱 튕기면서도 이탄의 질문에 꼬박꼬박 답을 해 주었다. 그렇게 이틀을 내리 떠들고 나자 령도 비로소 만족한 표정을 지었다.

'어이쿠, 이번에도 내가 시간을 많이 빼앗았네요. 그럼 이만 단약실로 가보겠습니다. 다음에 궁금한 것이 있으면 또 찾아오죠.'

[핏. 말만 그렇게 하는 거 다 알아요. 이번에도 단약실에 한번 처박히면 석 달은 꿈쩍도 않겠죠?]

'하하. 그런가요?'

이탄이 멋쩍게 웃었다.

그런 이탄을 보면서 령은 연신 입을 삐쭉거렸다.

Chapter 7

멸정동부 안쪽에 마련된 단약실은 서고보다도 더 넓었

다. 또한 내부 온도가 다소 서늘했다. 약재가 상하면 곤란하기 때문에 낮은 온도를 유지하는 것이었다.

이탄은 멸정으로부터 받은 두루마리를 쫙 펼쳤다. 그 다음 령에게 들은 정보를 머릿속에 되새기며 단약실을 크게 한 바퀴 둘러보았다.

사실 이탄은 단약에 대해서 큰 기대가 없었다.

'듀라한인 내가 약을 먹어서 뭐하겠어? 언데드인 나에게 무슨 약발이 받겠느냐고.'

그럼에도 불구하고 이탄이 단약실을 찾은 이유는 한 가지였다.

'어쨌거나 단약을 먹은 척은 해야 해. 단약도 먹지 않고 법력을 쌓았다고 하면 누가 믿겠어? 스승님도 분명 이상하다고 느끼고 나를 의심할 거야.'

이탄은 순전히 의심을 피할 목적으로 단약실을 찾은 거였다.

"어디 보자. 이것부터 챙겨야 하나?"

이탄은 두루마리에 적힌 순서대로 몇 가지 단약을 찾아내었다. 이어서 그 단약들을 들고 옥으로 만든 좌대에 올랐다.

옥좌대는 따스했다. 이탄이 그 위에 앉자 은은하게 온기가 느껴졌다.

이탄은 책상다리를 하고 앉아서 첫 번째 단약병을 열었다.

퀴퀴하고 고약한 냄새가 났다.

이탄은 단약 한 알을 꺼내 조용히 손에 쥐었다.

듀라한인 이탄은 음식을 제대로 삼킬 수가 없었다.

'정상적인 방법으로는 이 단약을 먹을 수가 없지.'

그렇다고 단약을 녹여서 마시는 것도 힘들었다.

'그런 짓을 했다가는 목에서 줄줄 새겠지?'

결국 이탄이 찾은 방법은 먹지 않고 단약의 약성만 체내로 흡수하는 것이었다.

'이 단약은 사악한 힘이나 죽음의 힘이 깃들어 있지 않아 북극의 별 마법으로는 흡수가 불가능해.'

이탄이 손가락으로 단약을 들고 곰곰이 고민했다.

'대신 그와 비슷한 방법을 한 번 써볼 수는 있겠지?'

이탄의 몸에는 무수히 많은 마력순환로가 새겨져 있는데, 그중 일부는 정상적인 마나가 흐르는 길이었다.

이탄은 그 길목 가운데 한 곳, 즉 볼록한 배 위에 단약을 올려놓았다. 그 다음 (진)마력순환로 속을 흐르던 정상적인 마나를 갑자기 가속시켰다.

휙휙휙휙휙—.

쫄쫄쫄 흐르던 마나가 점점 더 빠르게 가속했다. 그 빠른 흐름이 희미하게나마 흡력을 만들어내었다.

이탄이 좀 더 속도를 높이자 (진)마력순환로를 흐르던 정상적인 마나가 주변의 기운을 약간 더 강하게 끌어당겼다.

이탄의 배 위에 올려진 단약도 강한 기운을 내뿜는 물체 가운데 하나였다. 단약 속에 담긴 기운이 (진)마력순환로가 만들어낸 흡력에 이끌려 조금씩 아주 조금씩 이탄에게로 빨려 들어왔다.

푸스스스―.

눈에는 잘 보이지는 않으나, 이탄의 배 위에 얹힌 단약으로부터 푸른 기운이 연기처럼 일어나 이탄의 피부 속으로 스며들었다. 눈이 예민한 사람이 자세히 보면 희미하게나마 그 장면을 확인할 수 있었다.

이러한 흡력은 시간이 갈수록 조금씩 더 강해졌다. 그 결과 이탄이 마나 순환을 시작한 지 12시간 만에 이탄의 배 위에 올려놓았던 단약이 모두 이탄에게 흡수되었다. 이제 이탄의 몸에서 은은하게 약의 향이 풍겼다.

이탄이 바라던 바였다.

'이렇게 체내에 약 기운이 들어왔으니 스승님에게 의심을 살 이유는 없겠지? 내 몸에서 약의 향기가 은근하게 풍기니까 내가 단약을 복용한 것으로 알 거야.'

이탄은 약병에서 단약을 하나 더 꺼내서 밀납을 벗기고

둥그런 약을 배 위에 올려놓았다.

두 번째 단약은 처음 것보다 두 배는 더 빠르게 흡수되었다. 세 번째 단약은 불과 세 시간 만에 흡수를 끝냈다.

"푸른 단약을 3개 흡수했으니 이제 충분해. 다음은 까만 단약을 먹을 차례야."

이탄은 두 번째 병에서 둥그런 약을 하나 꺼냈다. 두 번째 약병을 열자마자 알싸하면서도 싱그러운 향기가 이탄의 코로 스며들었다.

이탄은 푸른 단약과 동일한 방법으로 까만 단약도 흡수했다.

까만 단약이 좀 더 커서 그런지 흡수하는 데 걸리는 시간도 두 배는 족히 들었다. 이탄은 꾸준한 노력 끝에 까만 단약 일곱 알을 흡수했다.

이어서 세 번째 약병 속에는 납작한 절편이 가득했다. 이탄은 인삼을 말린 듯한 절편을 배 위에 올려놓고 같은 방법으로 흡수했다.

절편 3개 흡수 완료.

하얀 단약 4개 흡수 완료.

보라색 액체 다섯 방울 흡수 완료.

무색의 액체 3분의 1병 흡수 완료.

이탄이 두루마리 목록에 적힌 약들을 모두 다 먹어치우

는 데 걸린 시간이 약 20일이었다.

"이 정도면 되었겠지? 스승님이 시키는 대로 모두 복용한 셈이니 딱히 의심받을 일은 없을 거야.

이탄은 단약실을 나와 스승의 령을 한 번 더 찾았다.

[한 달도 되지 않았는데 어쩐 일이에요?]

이번에는 령이 반갑게 이탄을 맞았다. 이탄이 예상보다 빨리 찾아오자 말동무가 생겨서 기쁜 모양이었다.

'스승님께서 적어주신 복용법 대로 단약을 먹었거든요. 내가 맞게 복용했겠지요?'

이탄이 자못 걱정된다는 표정으로 물었다.

령은 기다란 목을 꾸불텅 뻗어서 이탄 가까이 얼굴을 가져왔다.

킁킁킁.

령이 냄새를 맡을 동안 이탄은 얌전히 기다렸다.

령이 다시 목을 움츠렸다.

'어떤가요?'

[주인님께서 지도해주신 방법대로 아주 잘 복용했네요. 게다가 약효의 흡수율도 아주 높은 것 같아요. 보통의 수도자들은 단약을 먹고도 3분의 1에서 절반 정도의 약효만 보게 마련인데, 공자는 거의 대부분의 약효를 흡수한 것 같군요. 역시 주인님께서 제자로 거둘 만하세요. 호호홍홍.]

령의 말은 사실이었다. 보통의 수도자들은 단약을 입으로 삼켜 위에서 녹인 다음, 위벽과 장에서 그 약효를 흡수하곤 했다. 이 과정에서 약효의 절반 정도가 법력으로 전환되지 않고 몸에서 빠져나가게 마련이었다.

반면 이탄은 (진)마력순환로 속으로 강제로 약기운을 흡수했으니 효율이 훨씬 더 높을 수밖에 없었다.

'그렇습니까? 스승님을 실망시켜 드리지 않게 되어서 다행이군요.'

이탄의 겸손한 말이 령의 마음에 들었다. 령이 이탄에게 호의를 베풀었다.

[어떤가요? 공자는 단약이 아주 잘 받는 체질인가 본데, 제가 다른 단약들도 좀 알려드릴까요? 뭐, 공자가 필요 없다면 말고요. 흥.]

'아이고, 당연히 필요하죠. 정말 큰 도움이 될 겁니다.'

이탄이 령에게 장단을 맞춰주었다.

사실은 이탄에게는 단약이 별로 필요가 없었다. 단약을 통해 정상적인 마나를 북돋아 주면 좋을 텐데, 이탄은 단약의 약효를 마나에 투자하기보다는 법력을 늘이는 데 집중했다. 나중에 멸정에게 의심을 받지 않기 위해서였다.

하지만 이것이야말로 이탄에게는 쓸데없는 짓이었다. 이탄은 지금 법력이 마구 늘어나서 처치곤란이었다. 그러니 단약으로 법력을 늘일 필요는 없는 것이다.

Chapter 8

물론 이탄은 령 앞에서 그런 내색을 보이지는 않았다.

령이 신이 나서 이 단약 저 단약 설명해주었다.

이탄은 그것들을 기억해둔 다음, 다시 단약실로 돌아왔다.

"추가 단약들의 약효까지 법력으로 전환할 필요는 없겠지? 이번 단약들은 정상적인 마나를 북돋는 데 쓰자. 음차원의 마나에 비해서 정상적인 마나가 너무 부족해."

멸정의 령이 이탄에게 귀띔해준 단약이 총 일곱 종이었다. 이탄은 이 일곱 종류의 단약을 모두 흡수하여 마나를 10퍼센트 정도 증가시킬 계획이었다.

한데 단약의 약효가 이탄의 예상보다 더 뛰어났다. 단약의 흡수를 모두 마쳤을 때 이탄의 마나는 10퍼센트가 아니라 15퍼센트 이상 증가했다.

"히야아. 이 방법도 나름 괜찮네. 앞으로 조금씩 단약을 흡수하여 정상적인 마나도 좀 강화해 놓아야지. 후훗."

이탄은 현 상황이 상당히 만족스러웠다.

멸정 대선인은 이탄에게 법보를 자유롭게 선택할 기회도 열어주었다. 심지어 법보의 개수에 제한도 두지 않았다. 이탄이 원하기만 한다면 멸정동부의 창고 안에서 마음껏 원하는 보물들을 챙겨도 무방했다.

하지만 이탄은 무기에 대한 욕심이 별로 없었다.

멸정의 령도 이탄에게 권하기를 [무리하게 욕심을 부리기보다는 한두 개, 많아도 서너 개의 법보만 선택한 다음, 그 법보와 한 몸이 되는 것이 더 중요하지요.]라고 했다.

이탄도 령의 의견에 동의했다.

"법보가 많으면 귀찮기만 하지."

이탄은 적당히 한 번 창고를 둘러본 다음 내키는 것이 없으면 법보 수령은 생략할 요량이었다. 하여 별 기대 없이 법보 창고에 들어갔다.

어차피 최상위 품질의 법보들은 멸정 대선인만 출입할 수 있는 특수 법보 창고에 보관되었을 것이고, 이탄에게 허락된 일반 창고 안에는 최상위 법보들은 없었다.

그렇다고 해서 멸정이 이탄에게 질이 낮은 법보들만 내준 것은 또 아니었다. 멸정이 수집한 법보들 하나하나가 다른 수도자들에게는 큰 보물이나 다름없었다.

다만 이 정도로는 멸정 대선인의 눈에 차지 않아서 특수 법보 창고에 보관하지 않고 일반 법보 창고에 둘 뿐이었다.

"호오? 제법 크네?"

창고 입구에서 이탄이 눈을 살짝 빛냈다.

법보 창고는 단약 창고보다도 서너 배는 더 넓었다. 지하 동굴을 복층으로 깎아서 만든 창고 안에는 검, 창, 칼과 같은 무기형 법보부터 시작해서 부적형 법보, 부채형 법보에 이르기까지 온갖 종류의 물건들이 가득했다.

이탄은 무기형 법보 코너는 그냥 지나쳤다.

"내 손가락보다 더 약한 무기는 필요 없지. 그런 게 무슨 무기야."

이러한 기준에 따르면, 세상에 그 어떤 무기도 이탄에게는 쓸모없는 고물 덩어리에 불과했다.

이탄은 부채나 붓, 보자기, 의복, 모자와 같은 생활용품형 법보에도 별다른 관심을 두지 않았다. 북이나 종, 피리와 같은 악기형 법보도 관심 밖이었다.

"잡스러운 것들로 괜히 짐만 늘일 필요는 없어."

그렇게 여러 가지 법보들을 척척 지나쳐서 이탄이 도착한 코너는, 다름 아닌 부적형 법보 들을 모아놓은 곳이었다.

"간씨 세가가 다스리는 아시아에도 부적 같은 것들이 있지. 하지만 그쪽 부적들은 큰 힘을 발휘하지는 못해. 그런데 이곳의 부적들은 좀 다를까?"

이탄이 멸정의 령에게 들은 바에 따르면, 부적형 법보들은 일회용으로 사용되는 경우가 많다고 했다.

예를 들어서 부적을 날리면 그 부적이 맹수로 돌변해 적을 공격한다든가, 혹은 부적으로부터 화염이 쏟아진다든가, 강물이 콸콸 넘쳐서 적들을 쓸어버린다든가, 부적 병사들을 소환한다든가.

경우에 따라서는 부적을 날리는 순간, 부적 주인의 몸에 방어막을 씌워주는 것도 있다고 했다.

또 어떤 부적은 부적 주인을 100미터 밖으로 순간이동시켜 위험에서 벗어나게 해준다는 설명이었다.

동차원의 수도자들 사이에서는 이러한 방어용 부적이나 탈출용 부적이 인기가 좋았다. 이런 부적을 하나 가지고 있으면 위기의 상황에서 목숨을 한 번 건질 수도 있기 때문이었다.

"다른 법보는 별 관심이 없지만 탈출용 부적은 좀 탐이 나네."

이탄은 부적 상자 앞에 적힌 설명서를 주의 깊게 살폈다.

"불을 뿜는 부적, 물을 쏟아내는 부적, 전기를 방전시키는 부적, 독사 떼를 방출하는 부적, 벌집을 통째로 담아둔 부적, 해독 부적, 유령이나 언데드들을 물리치는 부적."

부적의 종류만 해도 수천 가지였다. 이탄은 이 많은 부적들 가운데 멸정의 령이 추천해준 부적들을 우선적으로 살펴보았다.

이탄이 찾은 부적들 가운데 초록색 부적은 사용 즉시 부적의 주인을 100미터 후방으로 순간 이동시켜 주는 기능이 담겼다.

"이 초록색 부적이 바로 탈출용이란 말이지? 인기가 좋아서 그런가? 상자 안에 딸랑 세 장만 들어 있네?"

이탄의 말 대로였다. 탈출용 부적 상자 안에는 부적이 고작 3개만 남았다. 이탄은 그 세 장을 모두 챙겨 주머니 속에 찔러 넣었다.

이어서 이탄은 하얀색 종이에 그려진 '안개 부적'을 찾았다.

"이 부적을 허공에 던지면 갑자기 찐득찐득한 안개가 쏟아져서 부적의 주인을 둘러싼다고 했겠다?"

만약 이탄의 정체가 발각 날 위기가 찾아온다면?

그때는 이 안개 부적이 꽤 유용하게 쓰일 것 같았다. 이탄은 상자 속의 안개 부적을 싹쓸이하듯이 챙겼다.

그래 봤자 부적의 개수는 고작 열한 장이 있었다.

마지막으로 이탄이 관심을 둔 부적은 '섬광 부적'이었다.

이 부적은 갑자기 강렬한 빛을 폭발시키는 것이 특징이었는데, 이탄은 안개 부적과 같은 이유에서 섬광 부적을 쓸어 담았다.

다행히 섬광 부적 상자 속에는 부적이 가득했다.

"대충 셈해도 100장은 넘겠네? 후후훗."

탈출용 부적, 안개 부적, 섬광 부적.

이탄은 세 종류의 부적을 품에 넣은 뒤, 법보 창고를 나와서 영천샘을 방문했다.

올해 초 이탄은 이 영천샘에 강아지 령을 풀어놓았다. 그리곤 수련에 푹 빠지는 바람에 지난 11개월 동안 단 한 차례도 강아지 령을 찾지 않았다.

이 기간 동안 이탄은 금강체와 백팔수라를 연마하고 단약도 여러 종류를 복용했다. 부적도 좀 챙겼다.

그러는 사이 강아지 령도 영천샘에서 퐁퐁 솟구치는 샘물을 마시며 무럭무럭 영기를 키웠다. 그 결과 이탄의 강아지 령은 삼각형의 귀가 좀 더 커졌고, 꼬리털이 1.5배는 더 풍성해졌으며, 크림색 털에 윤기가 자르르 흘렀다.

'팔자가 좋아 보이는구나.'

샘물 옆에서 뒹굴거리던 강아지 령이 이탄의 목소리에 벌떡 일어났다.

[앗! 주인님.]

강아지 령은 앙증맞은 두 발로 모아 뛰기를 하며 단숨에 달려오더니, 그대로 점프하여 이탄의 품에 뛰어들었다.

'하하하, 내가 그렇게 반가우냐?'

이탄은 반가워서 어쩔 줄 모르는 강아지 령을 품에 안고서는 손가락으로 털을 슥슥 쓸어주었다. 강아지 령이 기분이 좋은 듯 그르릉 그르릉 소리를 내었다. 꼬리도 좌우로 살랑살랑 흔들었다.

'하하하하.'

이탄은 강아지 령의 엉덩이를 손바닥으로 툭툭 두드려준 뒤, 11개월 만에 회포를 본격적으로 풀기 시작했다.

알고 봤더니 이탄의 강아지 령도 멸정의 령 못지않게 수다쟁이였다.

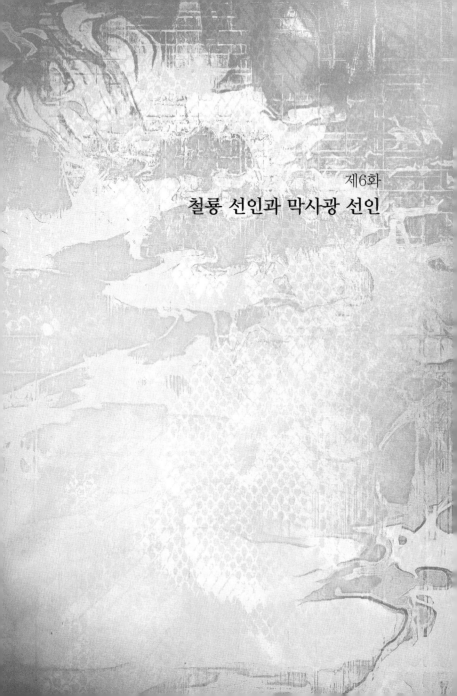

제6화
철룡 선인과 막사광 선인

Chapter 1

멸정 대선인은 헤아릴 수 없이 긴 세월을 살아오면서 총 11명의 제자를 가르쳤다.

이 가운데 5명은 이미 오래 전에 피사노교의 악마들과 싸우다 죽었고, 한 명은 무리하게 수련을 하다가 사망하였으며, 2명은 피사노교의 근원이라고 할 수 있는 부정 차원을 탐색하러 들어갔다가 영영 돌아오지 못했다.

따라서 지금 동차원에 남은 멸정의 제자는 총 3명이었다.

철룡.

막사광.

이탄.

이상 3명이 전부였다.

이들 각각을 좀 더 자세히 살펴보면, 멸정이 세 번째로 거둔 제자이자 남은 제자들 가운데 맏이가 바로 철룡 선사였다.

철룡은 금강수라종 내에서도 금강체를 가장 탄탄하게 이룬 수도자로 명성이 자자했다. 철룡의 실력이 어찌나 뛰어났던지, 오래 전 대전쟁 당시 그는 피사노교의 악마들 사이에 홀로 고립된 상황에서도 죽지 않고 생환하여 동차원의 동료 선인들을 깜짝 놀라게 만들었다. 또한 철룡은 모두가 진저리치는 악마의 성역, 즉 부정 차원에도 두 차례나 탐사를 다녀올 정도로 정의감과 용기가 투철했다.

뛰어난 실력이 마음도 굳건하다 보니 주변의 여러 수도자들이 철룡 선인을 따랐다. 그리하여 지금 철룡 선인은 금강수라종의 차석 종주의 자리에 추대되었다.

차석 종주란, 종주가 죽은 뒤 그 자리를 물려받을 사람을 의미했다. 금강수라종의 여러 수도자들 가운데 법력을 기준으로 줄을 세우면 멸정 대선인이 으뜸을 다투지만, 전반적인 영향력을 따지면 멸정의 제자인 철룡이 오히려 스승을 능가한다는 평을 받았다. 철룡 선인은 그만큼 대단한 사람이었다.

멸정 대선인이 가르친 여섯 번째 제자이자 남은 제자들 가운데 둘째가 바로 막사광 선사였다.

철룡이 금강체를 깊이 있게 수련하였다면, 막사광은 금강체보다는 백팔수라에 좀 더 정통했다. 막사광은 멸정의 제자들 가운데 가장 성격이 급하고 전투를 선호했다. 피사노교와 전쟁이 벌어지면 가장 앞에 나서서 싸우는 선인도 바로 막사광이었다.

오래 전 멸정은 이런 막사광의 성격을 우려하여 다음과 같은 말을 남겼다.

"내가 여러 제자들을 가르쳤으나 그들 가운데 상당수가 오염된 악마들과 싸우다가 죽어 마음이 아리는구나. 그런데 여섯째가 싸움을 밥 먹는 것보다 좋아하여 제 사형들의 뒤를 따를까 봐 걱정이다."

이 말을 들은 막사광은 스승에게 걱정을 끼치지 않으려 한동안 전투가 벌어져도 선봉에 나서기를 자제했다.

하지만 타고난 성격을 버리지 못하고 언젠가부터 다시 막사광 선인이 전쟁터를 떠돌아다닌다는 소문이 돌았다.

마지막으로 멸정이 거둔 열한 번째 제자가 바로 이탄이었다. 지금까지 생존해 있는 제자들만 셈하면 이탄은 철룡 선사와 막사광 선사에 이어서 세 번째 제자였다. 그리고 아마도 이탄이 멸정 대선인의 막내 제자가 될 가능성이 다분했다.

오늘은 1년에 한 번 멸정의 제자들이 스승을 찾아오는 날이었다. 멸정의 첫 번째 제자, 즉 대사형이 피사노교와 맞서 싸우다가 죽은 기일이기도 했다.

멸정의 령은 귀한 손님들을 맞이하기 위해 아침부터 분주했다. 넓디넓은 멸정동부를 반짝반짝하게 청소하고, 음식도 준비하고.

드디어 손님맞이 준비가 끝날 즈음, 하늘 저편에서 오색구름이 날아 내렸다. 빨강, 파랑, 노랑, 보라, 초록이 뒤섞인 구름은 마치 비행체처럼 빠르게 호수 사이로 날아와 세차게 쏟아지는 폭포수 속으로 그대로 뛰어들었다.

멸정동부에 설치된 방어 법진도 오색구름을 막지는 않았다.

[앗! 철룡 공자님.]

멸정의 령이 강아지처럼 폴짝폴짝 뛰어가 오색구름 속 사람에게 안겼다. 머리카락을 위로 틀어올려 관모를 쓰고 검은 수염을 단정하게 기른 사내가 손을 휘저어 오색구름을 흩어버린 다음, 용의 머리를 한 령을 쓱쓱 쓰다듬었다.

이 사내가 바로 금강수라종의 차석 종주인 철룡 선사였다.

멸정의 령은 이탄에게는 도도한 척 굴었으나, 철룡에게는 마치 애완동물처럼 애교를 피웠다. 철룡 선사도 그런 령을 귀엽다는 듯이 대했다.

이탄이 잠시 시간을 두었다가 철룡에게 인사했다.

"안녕하십니까? 스승님께서 최근에 거두신 제자 쿠퍼라고 합니다."

이제 이탄의 발음은 처음 동차원에 들어왔을 때보다 많이 좋아졌다.

철룡이 활짝 웃는 얼굴로 이탄에게 다가왔다.

"오! 자네가 바로 막내사제구먼. 스승님께서 올해 초에 막내를 거두셨다는 이야기는 들었네. 허허허."

철룡의 부리부리한 눈이 이탄을 위아래로 훑었다. 철룡의 눈빛은 비록 멸정 대선사의 눈빛보다는 약하였으나, 사람을 잡아끄는 카리스마는 오히려 멸정을 뛰어넘었다.

'마치 시시퍼 마탑의 라웅고 부탑주를 보는 것 같구나.'

인간과 드래곤 사이의 혼혈인 라웅고 부탑주는 지금까지 이탄이 만났던 대상들 가운데 가장 상대하기 까다롭게 느껴졌다.

단순히 무력만 따지면 라웅고가 멸정만 못할 것이나, 라웅고에게는 멸정이 가지지 못한 위압감이 넘쳤다.

한데 지금 이탄의 눈앞에 서있는 철룡 선사도 라웅고에 못지않은 압도적인 카리스마를 풍겼다.

'굳이 표현을 하자면 지배자의 위엄이라고 불러야 할까?

라웅고 부탁주나 철룡 차석종주에게는 그런 힘이 있어.'

이탄이 이런 판단을 할 때였다.

"허허허, 이거 내 손이 민망하구먼."

"네? 앗! 죄송합니다."

이탄이 깜짝 놀라서 내려다보니 철룡이 이탄을 향해 손을 내밀고 있었다. 이탄은 당황하여 두 손으로 철룡의 손을 공손히 맞잡았다.

"그래. 반갑네. 허허허."

철룡은 이탄과 악수를 하면서 흠칫 놀랐다. 이탄의 손이 생각보다 훨씬 더 차갑고 강한 반탄력이 느껴졌기 때문이었다.

'스승님께서 막내를 거두신 것이 올해 초라고 했는데? 벌써 금강체를 어느 정도 수련했단 말인가?'

철룡은 이탄의 성취에 대해서 좀 더 자세히 알아보고 싶었으나, 하필 그때 막사광 선인이 들이닥쳤다.

막사광은 둥그런 원반을 타고 폭포수로 뛰어든 다음, 철룡 앞에 척 뛰어내렸다.

"아하하하, 사형."

철룡이 관모를 쓰고 수염을 정갈하게 다듬은 차림이라면, 막사광은 야생에서 막 뛰쳐나온 야만인 같았다. 막사광은 머리카락을 위로 쓸어 올려서 끈으로 질끈 묶었고, 옷은 남루했다. 막사광의 허리에는 재질을 알 수 없는 방망이 2개가 양쪽으로 매달려 막사광이 몸을 움직일 때마다 덜렁거렸다.

"이런, 사제의 모습은 언제나 똑같구먼. 허허허."

철룡이 두 팔을 벌려 막사광을 얼싸안았다.

막사광도 철룡을 힘차게 안고 활짝 웃었다.

'사형제들이 무척 사이가 좋은가 보구나.'

이탄이 두 사형제의 모습을 물끄러미 바라보았다.

Chapter 2

멸정동부 깊은 곳.

8개의 위패가 모셔진 단상 옆에서 향이 몽글몽글 타올랐다.

철룡 선사는 둥글게 늘어진 옷소매를 손으로 거둬 짧게 움켜잡고는, 향을 하나 들어 청동향로에 꽂았다. 그 다음 위패를 향해 절을 세 번 한 다음, 한 발 뒤로 물러나 두 눈을 지그시 감았다.

이어서 막사광 선인이 앞으로 나서서 향을 피웠다.

막사광이 눈짓을 하자 이탄이 같은 일을 반복했다.

8개의 위패는 멸정의 제자들, 즉 철룡 선사나 막사광 선사의 사형제들을 기리기 위한 것이었다.

멸정이 "스승보다 일찍 죽은 불효불충한 것들이니 제를 간단히 하라."고 명한 탓에 제례는 길지 않았다. 대사형이 죽은 기일을 맞아 사형제들끼리 멸정동부에 모여서 간단하게 향을 피우고 묵념을 하는 것으로 모든 제례 절차를 갈음하였다.

제를 마친 뒤, 철룡과 막사광, 이탄은 둥근 탁자에 둘러앉았다.

"그래, 우리 막내는 어떤 사람안가?"

막사광이 이탄에게 눈을 던졌다.

막사광의 노란 눈빛은 마치 야수의 그것을 보는 듯 사나웠다. 어지간한 수도자들도 그 흉포한 눈빛을 접하면 부르르 몸서리를 치게 마련이었다.

하지만 이탄은 막사광의 흉험한 눈빛을 대하고도 무덤덤했다.

"외모를 보셔서 아시겠지만, 저는 서차원에서 왔습니다. 작년 3월에 령과 인연을 맺어 동차원이라는 곳을 처음 접하게 되었고, 그 후에는 혼명의 트란기르에서 수행을 쌓았습니다. 그러다 올해 초에 판정관님께서 저를 멸정동부로 데려오셨습니다. 어찌 보면 정말 운이 좋아 스승님을 모시게 된 셈입니다."

이탄이 겸손하게 말했다.

철룡이 빙그레 웃었다.

"운이 아니지. 그만큼 막내의 재질이 뛰어났기 때문이겠지. 스승님께서는 아무나 제자로 받지 않으신다네. 우리 막내가 계속 운이 좋았다고 이야기하면, 그것은 여기에 있는 나와 막사광 사제를 욕보이는 셈이야. 허허허."

"앗, 죄송합니다."

이탄이 철룡을 향해 꾸벅 고개를 숙였다.

철룡이 그런 이탄을 물끄러미 보았다.

그 따가운 눈빛에 이탄이 뒤통수를 긁었다.

"왜 그러십니까?"

"아니, 좀 희한해서. 막내는 분명 서차원의 사람이거늘 어째서 동차원의 분위기가 풍길까? 조금 전 제례를 지내는 모습도 어딘지 모르게 익숙해 보였고."

철룡의 눈은 매의 그것처럼 날카로웠다.

이탄은 간씨 세가를 언급할 수는 없었기에 그냥 모르는 척 뭉개고 넘어갔다.

"그렇게 보셨다면 고맙습니다. 높으신 사형들 앞에서 실수를 할까 봐 두려워 사형들께서 향을 피우시는 모습을 유심히 기억해두었습니다."

"허허허. 그런가? 막내가 눈썰미가 좋구먼. 허허허."

철룡은 깊게 파고들지는 않았다.

이번에는 막사광이 궁금한 점을 물었다.

"그래서 우리 막내는 원래 뭐하던 사람이었어? 이곳에 오기 전, 서차원에서 말이야."

"저는 원래 상인이었습니다. 쿠퍼라는 가문 이름도 그 뿌리를 찾아보면 돈과 관련이 있습니다. 서차원에서는 구리로 동전을 만드는데, 쿠퍼가 곧 구리를 뜻합니다."

"오오, 상인?"

"상인인 동시에 종교단체에도 교적을 두었습니다. 부끄럽지만 나름 신관 서품도 받았는데, 이곳 동차원에 빗대어 말씀드리자면 정식으로 도관에 입교하거나 출가하여 승적에 이름을 올렸다고 보시면 됩니다."

이탄은 솔직하게 밝혔다.

막사광 때문이 아니라 철룡 때문이었다. 철룡처럼 눈이 깊고 노련한 수도자 앞에서는 함부로 거짓말을 하거나 과거를 숨기면 오히려 해가 될 가능성이 높았다.

그 판단이 옳았다. 이탄의 말이 떨어지기 무섭게 철룡이 고개를 주억거렸다.

"그래서 막내의 몸 깊은 곳에서 그런 향기가 풍겨졌구먼. 마르쿠제의 수도자들이 신성력이라 부르는 기운 말이야."

철룡의 말을 듣자 이탄은 가슴이 철렁했다. 혹시 몰라서 사실대로 말한 것인데, 역시 철룡의 눈은 매서웠다.

반면 막사광은 철룡과 달랐다.

"향기? 사형, 막내에게서 무슨 냄새가 나오? 나는 스승님께서 만드신 단약 냄새밖에 맡지 못하겠는데?"

막사광이 이탄에게 상체를 기울여 코를 쿵쿵거렸다.

사제의 익살스러운 모습에 철룡이 껄껄 소리 내어 웃었다.

"허허허. 역시 막사광 사제는 못 당하겠구먼. 그래. 사제의 말이 맞아. 우리 막내에게서 풍기는 향기는 단약 냄새지. 우리 사형제들이 공통으로 가질 수밖에 없는 스승님의 단약 향기 말일세. 우리 셋은 그 향기를 통해 하나로 묶인 게야. 비록 태어난 배는 다르지만 우리 셋이 한 형제나 마찬가지지. 그 속에서 굳이 다른 향기를 찾으려 한 내가 못났네. 우리 막내가 과거에 어떤 기운을 익혔건 그게 무슨 상관인가? 이제는 우리 식구가 되었거늘."

철룡이 자책했다.

막사광이 곧바로 손사래를 쳤다.

"아이고, 또 병이 도지셨네. 나는 진짜로 막내에게서 무슨 냄새가 나나 싶어서 코를 쿵쿵거렸을 뿐이오. 그런데 철룡 사형께서는 내 말을 그렇게 깊게 생각하고 엉뚱한 해석을 가져다 붙이쇼? 에잇. 머리만 아프네. 난 술이나 마셔야지."

막사광이 술병을 끌어 당겨 쪼르륵 따랐다.

약초로 빚은 술이라 은은하게 약향이 풍겼다. 막사광은 술잔을 단숨에 비운 다음, 그 잔을 이탄에게 주었다.

"네?"

"뭐해. 한 잔 받지 않고."

막사광이 이탄의 잔에 술을 가득 따른 다음, 쭉 들이키라는 시늉을 했다.

"우리 막내는 술 좀 하는가?"

"아닙니다. 마실 줄 모릅니다."

이탄이 난처한 표정을 지었다.

Chapter 3

막사광이 히죽 웃었다.

"마실 줄 몰라도 마셔야지. 처음 만난 사형이 우리 막내가 예뻐서 주는 술인데 최소한 한 잔은 받아야지."

막사광이 막무가내로 나오자 이탄도 어쩔 수 없었다.

'에라 모르겠다.'

이탄은 고개를 위로 들어 목구멍을 최대한 넓게 개방했다. 그 다음 막사광이 준 술을 목구멍 정 중앙으로 쏟아부었다.

목옆으로 술이 새지 않도록 단숨에 쭈욱!

화끈한 기운이 이탄의 뱃속에서 치밀었다. 술의 도수가 어마어마하게 높은 모양이었다.

막사광이 화끈하게 웃었다.

"우하하하하. 스승님의 약주를 이렇게 단숨에 털어 넣다니, 역시 내 사제가 될 만해. 우하하하. 어디 한 잔 더 줄까?"

"아이고, 아닙니다. 저는 원래 술을 못합니다."

막사광이 술병을 잡아드는 것을 이탄이 간신히 말렸다.

막사광은 이탄의 배를 힐끗 보더니 고개를 갸웃했다.

"원래 술을 못 마신다고? 아닌 것 같은데? 서차원에서 상인 노릇을 하느라 술 좀 마셔본 것 같은데? 그렇지 않고서는 배만 그렇게 볼록하게 나올 리 없잖아? 막내가 팔다리는 마른 편인데 배만 나왔으니 이건 분명히 술 때문에 만들어진 뱃살이라고."

이탄이 울상을 지었다.

"사형. 제 똥배는 술이 아니라 기름진 음식 때문에 생겼습니다. 물론 스승님께 법술을 배우기 시작하면서 기름진 음식을 뚝 끊었지만, 서차원에 머물 때 워낙 몸을 움직이지 않고 음식만 고단백질로 먹었더니 아직까지 뱃살이 빠지지 않더라고요."

"그래?"

다행히 막사광은 더 이상 파고들지 않았다.

막사광이 막내를 괴롭히는 것 같아 민망했는지 철룡이 화제를 돌렸다.

"그나저나 막내가 이곳 동차원에 처음 들어온 게 작년 3월이라고 했지?"

"그렇습니다."

"그럼 이제 한 번쯤은 서차원에 들러줘야겠네? 비록 동차원과 서차원의 시간이 따로 흐른다고는 하나, 동차원에만 너무 오래 머물면 서차원의 시간도 약간은 흘러버리거든. 그러다 서차원의 누군가에게 의심을 받을 수도 있어."

철룡의 말에 이탄이 반색했다. 사실 이탄도 '이제 슬슬 서차원에 한번 들렀으면 좋겠다.'는 생각을 품었다. 트란기르에서 수도를 할 때는 그래도 몇 차례 서차원에 다녀왔는데, 멸정동부로 넘어온 이후로는 너무 오랫동안 서차원에 가보지 못해 내심 불안했다.

한데 철룡이 이탄의 가려운 곳을 정확하게 찾아서 긁어준 셈이었다. 이탄이 짐짓 난감한 표정을 지었다.

"그렇습니까? 사실 제가 서차원 상인 가문의 가주인지라 사람들에게 신뢰를 잃으면 좀 곤란하기는 합니다."

"그럼 이제 서차원에 가봐야겠네. 하지만 이곳 멸정동부에서 곧바로 서차원으로 넘어가면 엉뚱한 곳에 도착할 텐데? 대륙 동남부의 해안가 근처에 뚝 떨어지게 될 게야."

금강수라종의 차석종주답게 철룡은 동차원과 서차원을 오갈 때 발생하는 현상에 대해서도 잘 알았다.

막사광이 불쑥 끼어들었다.

"막내의 고향이 어디지? 처음 동차원에 접촉할 때 어디로 들어왔어?"

이탄은 강아지 령을 만나 처음 동차원에 접촉한 장소를 사형들에게 설명해 주었다. 그곳에서 판정관을 처음 만났다는 말도 전했다.

"아! 거기. 동북부의 교점지역을 통해서 들어왔구나."

다행히 막사광은 이탄이 설명한 곳을 단숨에 알아차렸다.

철룡이 막사광을 돌아보았다.

"하면 막사광 사제가 막내를 동북부 교점지역까지 데려다주면 어떤가? 지금 막내의 신분으로는 이송법진을 사용할 수도 없을 테니까 말이야."

"그럽시다. 마침 할 일도 없고 시간도 남으니 제가 막내를 동북부의 교점지역까지 데려다주죠."

막사광이 자신의 가슴을 손바닥으로 탁탁 쳤다.

이탄이 냉큼 두 사형들에게 감사인사를 올렸다.

"고맙습니다. 두 분의 도움 덕분에 한 시름 덜었습니다."

"어허. 고맙다는 말은 하지 말라니까. 조금 전에 철룡 사형이 당부한 말도 못 들었어? 비록 막내가 서차원 출신이기는 하지만 같은 스승을 모셨으니 우리는 한 형제나 마찬가지라고. 형제끼리 이 정도 도움으로 고맙다는 말을 들을 수는 없지."

막사광이 이탄의 어깨를 툭툭 두드렸다.

"아, 네."

이탄이 희미하게 미소를 지었다.

다음날 아침, 철룡이 오색구름을 타고 먼저 멸정동부를 떠났다. 철룡은 금강수라종 전체를 살펴야 하기에 늘 바빴다.

이어서 이탄이 막사광을 따라나섰다.

멸정의 령은 이탄이 자리를 비우는 것이 못내 아쉬운 듯했으나, 금방 돌아오겠다는 말에 턱을 살짝 들고 튕겼다.

[흥. 그거야 공자가 알아서 할 일이지요. 금방 돌아오든가 말든가. 흥. 흥. 흐응.]

그때 막사광이 이탄을 재촉했다.

"막내야, 빨리 가자."

"네, 사형."

이탄이 배낭을 등에 메고 냉큼 막사광의 뒤를 쫓았다. 막사광은 이탄을 자신의 원반에 태우고는 하늘로 휙 날아올랐다.

이탄이 막사광의 원반을 눈여겨 보았다.

'나도 이런 법보가 하나 있으면 좋겠다. 그동안 내가 법보를 무시하고 부적만 챙겼는데, 바보 같은 짓이었어. 나중에 스승님의 령에게 한번 추천을 받아봐야지. 분명히 창고 안에 쓸 만한 비행 법보가 있을 거야.'

막사광의 원반은 이탄이 깜짝 놀랄 정도로 속도가 빨랐다. 둘은 어느새 이송법진에 도착하여 눈 깜짝할 사이에 동북부의 교점지역으로 넘어갔다.

"여기가 맞지?"

막사광은 이탄을 붉은 문 앞까지 데려다주었다. 이탄이 처음 동차원에 들어왔을 때 레벨을 평가 받았던 바로 그 근처였다.

이탄이 고개를 주억거렸다.

"맞습니다. 사형, 데려다주셔서 고맙습니다."

"그리 오래 걸리지는 않겠지? 막내가 서차원에 다녀오고 나면, 내가 다시 막내를 멸정동부까지 데려다줘야 하잖아."

막사광은 테두리만 남은 태양을 힐끗 보아 지금 시각을 가늠했다.

이탄이 냉큼 대답했다.

"금방 다녀오겠습니다. 서차원의 일만 처리하고 곧바로 돌아오겠습니다."

막사광이 손을 휘휘 저었다.

"막내야, 너무 그렇게 서두를 것 없다. 어차피 동차원과 서차원은 시간이 분리되어 있어서 막내가 서차원에서 한 달을 머물다가 돌아와도 이곳에서는 시간이 얼마 흐르지 않을 게야. 나는 저쪽 술집에서 술이나 한 잔 들이켜고 있을 테니까 천천히 일 보고 저곳으로 찾아오렴."

막사광이 가리킨 곳은 나무로 지은 2층짜리 술집이었다.

"알겠습니다. 일을 마치는 대로 저곳으로 가겠습니다."

이탄이 주변 지리와 술집의 생김새를 머릿속에 담아두었다.

제7화
퀘스트 7: 천둥새 작전

Chapter 1

동차원과 서차원을 잇는 동북부 교점지역은 팔각탑 모양의 3층 목조건물이 핵심이었다. 처음 이탄이 동차원에 들어왔을 때에도 바로 저 3층으로 들어가 차를 한 잔 마셨다. 그것도 침실에서나 입을 법한 가운 한 장만 걸치고서 말이다.

"그게 엊그제 같은데 벌써 1년이 넘게 지났단 말이지? 이번에 서차원으로 돌아가면 과연 시간이 얼마나 흘렀을까? 하루? 이틀? 너무 오래 자리를 비우면 은화 반 닢 기사단에서 수상하게 여길 텐데. 쳇."

혼명의 트란기르에서 수련을 할 상이 이탄은 서차원에

몇 차례나 다녀왔다. 당시 서차원은 한 밤중이었고, 시간도 고작 몇 초나 몇 분씩밖에 흐르지 않아 안심이었다.

이번은 상황이 달랐다. 이탄은 동차원의 멸정동부에서 금강체와 백팔수라를 연마하느라 상당히 긴 시간이 걸렸다. 그동안은 수련에 푹 빠져서 서차원의 일은 애써 머릿속에서 외면하였는데, 막상 돌아갈 생각을 하니 서차원의 시간이 얼마나 지났을지 걱정이 되었다.

'이미 지난 일인데 뭘 어쩌겠어? 서둘러서 가봐야지. 그리고 되는 대로 수습해볼 수밖에.'

이탄이 이런 생각으로 초조함을 달랬다.

강아지 령이 이탄을 다시 언노운 월드로 돌려보내 주었다. 이탄이 도착한 곳은 쿠퍼 가문의 텃밭 한복판이었다.

어슴푸레 동이 터오는 것을 보니 새벽인 듯했다. 저 먼 동쪽 하늘로부터 붉은 빛이 구름 밑단을 타고 너울너울 번졌다.

"새벽이라고? 전에 왔을 때는 아직 한밤중이었는데, 설마 그날 새벽은 아니겠지? 이틀? 사흘? 시간이 얼마나 지났을까?"

이탄은 금강수라종 수도자들이 입는 법복을 벗고 배낭에서 취침용 가운을 꺼내서 갈아입었다. 아직 이른 새벽이라 텃밭 주변에는 아무도 없었다.

이탄이 본관 건물로 들어오자 입구에서 집사장 세실이 불쑥 튀어나왔다.

"아니, 가주님?"

"어? 집사장."

이탄도 아는 체를 했다.

세실이 의아한 듯이 두 눈을 껌뻑거렸다.

"가주님, 그젯밤에 잠이 오지 않으신다면서 텃밭에 나가셨다고 들었습니다. 그런데 어제 하루 종일 가주님께서 보이지 않아 무척 걱정했답니다."

보아하니 이탄이 멸정동부에서 시간을 보내는 사이 이곳 언노운 월드의 시간은 하루 하고도 여섯 시간 정도만 흐른 모양이었다.

이탄의 예상보다 시간이 많이 지나지는 않았다. 하지만 이탄이 아무런 언질도 없이 30시간 이상 사라졌다가 다시 나타났으니 세실로부터 의심을 사는 것은 당연했다.

'체엣. 뭐라고 둘러대지?'

이탄이 열심히 머리를 쥐어짰다.

세실은 이탄을 무척 의심스러운 눈빛으로 훑어보았다.

그렇다고 세실이 바로 이 자리에서 이탄을 심하게 추궁할 수는 없었다. 우선 세실은 주변 시녀들의 눈이 무서워서 이탄을 함부로 대하기 불가능했다. 어쨌거나 공식적으로는 이탄은 쿠퍼 가문의 가주이고, 세실은 그 시중을 드는 집사장에 불과했다.

굳이 이렇게 공식적인 신분을 따지지 않더라도, 전담 보조요원에 불과한 세실이 전투요원인 이탄을 강하게 몰아붙이는 것 자체가 어려운 일이었다.

이탄은 그 약점을 이용했다.

"피곤하니까 나 좀 쉴게. 혹시 보고할 것이 있으면 점심에나 가져오도록 해."

이탄은 우선 이런 말로 시간을 벌었다.

세실이 떨떠름하게 그 명을 받들었다.

"가주님의 명을 따르겠습니다. 그럼 점심 무렵에 찾아뵙겠습니다."

이탄은 침실에 들어와 가운을 훌렁 벗어던지고는 샤워부터 했다. 뜨거운 물줄기로 몸을 적시면서 이탄은 머리를 열심히 굴렸다.

'세실에게 뭐라고 둘러대지? 의심을 받지 않고 잘 둘러대야 할 텐데? 대응을 이상하게 했다가는 은화 반 닢 기사단의 노친네들이 나를 수상히 여겨서 샅샅이 조사할 거야.'

역시 방법은 하나였다.

'아무래도 피사노교의 핑계를 댈 수밖에 없겠지? 그게

아니고서는 은화 반 닢 기사단의 늙은 여우들을 속일 수 없어. 거기에 더해서 마르쿠제 술탑도 엮어야지. 실제로 마르쿠제 술탑과 관련된 곳에 다녀온 것이니까 그 편이 좋아.'

이탄은 머릿속으로 차근차근 시나리오를 짰다.

30시간 전 이탄이 쿠퍼 가문을 황급하게 떠나게 된 사유.

그리고 지난 30시간 동안 벌어졌던 사건들.

공들여 시나리오를 구상하자 제법 그럴 듯한 조각이 맞춰졌다. 이탄은 약간 이른 점심을 먹으면서 그 시나리오를 세실에게 던져주었다.

암호화 된 시나리오가 세실을 통해서 은화 반 닢 기사단의 어르신들에게 전달되었다.

"뭣? 피사노교에서 49호를 작전에 동원했다고?"

"한밤중에 뜬금없이? 그게 진짜인가?"

5호 어르신과 7호 어르신이 동시에 외쳤다.

조직의 389호, 즉 세실이 어르신들 앞에 머리를 조아렸다.

"여기 49호 님이 직접 작성한 보고서가 있습니다."

5호 어르신이 암호로 작성된 두 페이지짜리 보고서를 빠르게 훑었다. 그 다음 휘둥그레진 눈으로 보고서를 7호 어르신에게 넘겼다.

7호 어르신도 이탄의 보고서를 확인하고는 깜짝 놀란 듯했다.

"지난밤에 피사노교와 마르쿠제 술탑이 맞부딪쳤다고요? 그것도 인근의 피요르드 시에서? 허어, 이것 참."

"특별한 작전을 위해서 피사노교에서 49호에게 동원령을 내렸다니, 이거 쉽게 생각할 일은 아니로군요."

5호와 7호가 서로의 얼굴을 마주 보았다.

일단 7호는 이탄의 편을 들어주었다.

"그래도 일단은 이 보고서를 믿어야겠지요. 49호가 우리에게 굳이 거짓말을 할 이유가 없지 않습니까?"

"그건 그렇소. 49호가 피사노교를 들먹이면서 거짓말을할 이유는 없지. 49호의 성격에 하룻밤 몰래 가문을 빠져나가 여자를 만난 것도 아닐 테고. 흐으음."

5호도 일단은 7호의 말에 동의했다.

7호가 보고서의 어느 한 곳을 손가락으로 짚었다.

"어쨌거나 49호가 작성한 보고서에 따르면, 마루쿠제 술탑과 피사노교가 맞부딪치면서 양측 모두 피해를 좀 입었다지 않습니까. 그 와중에 49호는 마르쿠제 술탑의 몇몇 주술사들과 인연을 맺게 되었다고요."

"흐음. 마르쿠제 술탑의 주술사들은 신비주의를 고수하느라 외부인들과 인연을 잘 맺지 않는데? 이상하다?"

5호 어르신이 고개를 갸웃하고는 세실에게 고개를 돌렸다.

"389호, 어제 피요르드 시에서 뭔가 사건이 일어났나?"

세실이 고개를 가로저었다.

"아닙니다. 제가 아는 바에 따르면 특이한 동향은 없었습니다."

"그젯밤은?"

"그젯밤 마른하늘에 강렬하게 번개가 내리쳤었습니다. 제가 창문을 통해 직접 본 사실입니다."

세실이 30시간 전의 기억을 더듬어 아뢰었다.

7호가 맞장구를 쳐주었다.

"그렇지. 그젯밤에 번개가 치는 것을 이 늙은이도 봤어. 먹구름도 없는데 갑자기 강렬한 번개가 내리꽂혀 이상하다 생각하였지."

"혹시 그 번개가 마르쿠제 술탑과 피사노교의 전투 때문에 발생했을 것 같소?"

5호 어르신이 7호에게 물었다.

7호도, 세실도 답을 할 수 없었다.

결국 5호 어르신은 이탄을 직접 불러서 이야기를 듣기로 결정했다.

Chapter 2

이탄이 은화 반 닢 기사단의 어르신들 앞에 불려 나와 대화를 주고받았다. 그 다음 이탄은 쿠퍼 가문으로 돌아갔다.

최근에 동차원에 다녀오면서 이탄은 마르쿠제 술탑에 대한 비밀 몇 가지를 알게 되었다. 그 비밀들을 양념처럼 섞어서 이야기하자 아주 그럴싸해 보였다. 그러니 원로기사들도 이탄의 말에 깜빡 속아 넘어갈 수밖에 없었다.

게다가 평소 이탄에 대해서 호의적이지 않던 11호 어르신이 이번엔 오히려 이탄에게 도움이 되었다.

이탄이 돌아간 뒤, 11호 어르신이 동료들에게 이탄을 옹호하는 말을 했다.

"험험험. 이 늙은이가 평소 49호에 대해서 우려의 눈길을 보내왔던 것은 여러 분들도 모두 아실 게요. 하지만 그것은 49호가 너무 뛰어나서 주의 깊게 보았던 것일 뿐, 사적인 감정은 없었소이다."

"그건 그렇지요."

"이해합니다. 다들 비슷한 마음들 아닙니까?"

11호의 말에 몇몇 어르신들이 고개를 끄덕여 동의했다.

11호는 이탄이 작성한 보고서를 손에 들고 까딱거렸다.

"다들 그렇게 이해해 주니 고맙구려. 하여간 이 늙은이가 장담컨대 오늘 49호가 털어놓은 이야기는 사실이외다."

"그렇게 말씀하시는 근거가 뭐요?"

5호 어르신이 눈을 가늘게 좁혔다.

11호는 가슴을 쫙 펴고 대답했다.

"몇몇 분들은 이미 알고 있으실 게요. 사실 이 늙은이는 과거에 마루쿠제 술탑의 신비로운 주술사들과 함께 작전을 수행한 적이 있었소."

"오! 맞아."

"그건 나도 알고 있소."

몇몇 원로기사들이 힘차게 고개를 끄덕였다.

11호가 말을 이었다.

"당시의 경험 덕분에 이 늙은이는 마루쿠제 술탑의 조직 체계라든가 문양, 술법의 형태들을 좀 알고 있소이다. 또한 마르쿠제의 주술사들이 마른하늘에 내리치는 번개를 통해 모습을 드러낸다는 점 또한 내가 과거에 분명히 목격했던 사실이오. 한데 오늘 49호의 이야기는 내가 파악하고 있는 정보들과 한 치의 다름도 없더이다. 아니, 내가 모르고 있던 술탑의 정보까지도 49호가 알고 있어서 자못 놀랐소이다. 아무래도 49호가 지난밤에 마르쿠제 술탑의 주술사들과 인연을 맺은 것은 분명해 보이오."

"오오오. 그렇구려."

원로기사들이 서로를 마주 보며 고개를 주억거렸다.

11호의 말이 이탄에 대한 의심을 씻어주는 결정적인 계기가 되었다. 은화 반 닢 기사단의 원로기사들은 이탄에게 들은 정보를 진실이라고 판단한 뒤, 결과를 요약하여 모레툼 총단으로 올려 보냈다.

당연히 이탄에 대한 추궁은 없었다.

그러자 이탄은 오히려 한 술 더 떴다.

"이번에 벌어졌던 사건 때문에 피사노교에서 제게 마르쿠제 술탑의 정보를 캐내오라고 명을 내렸습니다. 아무래도 마교의 사악한 악마들이 마르쿠제 술탑과 관련된 새로운 작전을 시도할 모양입니다. 제가 어떻게 하면 되겠습니까?"

이탄의 질문이 세실을 통해 은화 반 닢 기사단의 어르신들에게 전달되었다.

"이번 건에 대해서 어떻게들 생각하시오?"

5호 어르신이 동료들에게 물었다.

다들 한 목소리로 대답했다.

"당연히 49호를 작전에 투입해야 하지 않을까요?"

"이건 절호의 기회외다. 49호를 통해 마교의 작전을 미리 파악할 수 있을 뿐 아니라, 세상에서 가장 신비롭다는 마르쿠제 술탑의 정보도 손에 넣을 수 있지 않겠소이까?"

5호가 다시 물었다.

"나도 여러분들의 의견에 동의하오. 하지만 49호가 우리에게 왜 질문을 던졌겠소? 그가 바라는 바는 이번 일을 정식 퀘스트로 인정해 달라는 것 아니겠소? 일곱 번째 퀘스트로 말이오."

"끄응. 총 20회의 퀘스트 가운데 벌써 일곱 번째면 좀 빠른데……."

6호 어르신이 손으로 턱을 조몰락거렸다.

7호 어르신이 바로 반박했다.

"49호의 능력이 그 어떤 전투요원보다 더 뛰어나다는 점은 다들 아실 게요. 그렇게 출중한 인재를 놓치고 싶지 않아서 미적미적 퀘스트를 내리기 싫어하는 여러 분들의 마음도 이해하오. 솔직히 나도 49호를 쉽게 풀어주지 않고 최대한 오래 활용하고 싶소이다. 하지만 이게 어떤 기회요? 무려 마교의 신규 작전을 미리 탐색해볼 수 있는 절호의 찬스외다. 게다가 49호의 활약에 따라서는 마르쿠제 술탑과 우리 은화 반 닢 기사단 사이에 어떤 연결고리를 만들 수도 있소이다. 세상에 이런 기회가 또 어디 있겠소?"

5호 어르신이 고개를 끄덕였다.

"흐으음. 이번 일이 잘 풀려서 마르쿠제 술탑과 은화 반 닢 기사단 사이에 탄탄한 신뢰 관계를 쌓을 수 있다면 그보다 더 큰 공은 없겠지. 총단의 높으신 분들도 분명히 크게 기뻐하실 게요."

원로들은 다들 그 말에 동의했다.

작전명: 천둥새

은화 반 닢 기사단이 내리는 일곱 번째 퀘스트가 레몬티에 섞여서 이탄에게 전달되었다.

앞의 6개 작전과 달리, 천둥새 작전은 이탄이 먼저 기획하여 퀘스트를 이끌어냈다는 점에서 의미가 깊었다.

게다가 앞으로 이탄은 천둥새 작전을 핑계 삼아 동차원을 자유롭게 드나들 수 있게 되었다. 이탄이 진실로 바라던 일이었다.

"일이 풀리려니까 또 이렇게 잘 풀리네. 하하하하."

이탄은 팔베게를 하고 침대에 벌렁 드러누웠다.

그러다 무슨 생각을 했는지 다시 벌떡 일어났다.

"계획이 잘 풀린 것은 좋은데, 앞으로 333호를 잘 구워 삶아야 해. 천둥새 작전이 시작되면 그녀가 나를 돕겠다며 적극적으로 나서게 될 거야. 비록 333호를 동차원까지 데려갈 필요는 없지만, 말이나 행동거지를 세심하게 챙겨야 해. 그렇지 않으면 오히려 덜미를 잡힐 수 있다고."

Chapter 3

이탄은 침대 위에 앉아서 양팔로 두 다리를 감싸 안은 뒤, 몸을 좌우로 슬렁슬렁 흔들면서 머리를 굴렸다.

어차피 333호가 이탄의 모든 행동을 감시하기란 불가능했다. 333호는 령이 없으니 동차원으로 넘어갈 수도 없고, 또 동차원과 서차원의 시간이 서로 다르게 흐른다는 사실도 알 수 없었다.

그러니 이탄이 우려하는 사태가 발생할 가능성은 거의 없었다.

설령 그런 사태가 온다고 하더라도 이탄에게는 대책이 준비되어 있었다.

"여차하면 333호에게 분혼을 심을 수밖에."

이탄이 스산하게 뇌까렸다.

다음 날 아침.

이탄이 333호와 천둥새 퀘스트에 돌입했다.

"마르쿠제의 주술사들은 마른 벼락을 통해 공간을 뛰어

넘는 것이 특징이거든. 이제 곧 벼락이 칠 테고. 그럼 나는 마르쿠제의 주술사들과 접촉할 거다."

이탄의 말이었다.

333호가 진중한 표정을 지었다.

"알겠습니다. 생각 같아서는 저도 함께 가서 49호 님을 돕고 싶습니다만, 그랬다가는 마루쿠제 술탑에서 연합작전을 거부하겠지요?"

"아마도 그렇겠지. 마르쿠제 술탑은 외부인들과 교류를 극도로 꺼리니까. 주술사들은 참 부끄러움이 많다니까."

이탄이 이런 말로 333호를 떼어놓았다.

다행히 333호는 말귀를 잘 알아들었다.

"하아아—. 그럼 할 수 없네요. 49호 님께서 술탑과 접촉하는 즉시 저는 어르신들을 찾아뵙고 49호 님께서 천둥새 작전에 돌입하였음을 보고하겠습니다."

이탄이 하얀 이를 드러내어 웃고는, 추가 사항을 덧붙였다.

"중간에 혹시 내가 찾을지도 모르잖아? 그러니까 네가 나머지 보조요원들을 지휘하여 쿠퍼 본가 근처에 항상 대기해줘. 여차하면 내가 차출을 할게."

"넵. 걱정 마십시오."

"앞으로 기회가 생길 때마다 내가 그때 그때 수집한 정보들을 넘겨줄 테니까 그 정보를 어르신들께 올리고."

"물론입니다."

333호가 비장하게 답했다.

"좋아. 그럼 이제 퀘스트 시작이다."

이탄이 333호 몰래 주머니 속의 강아지 령을 손으로 붙잡았다.

"49호 님, 몸조심하십시오."

333호가 뒤에서 서둘러 외쳤다.

이탄이 333호를 돌아보며 희미하게 미소를 보냈다.

바로 직후였다.

콰콰쾅!

마른하늘에 진짜로 날벼락이 떨어졌다. 그와 동시에 이탄의 모습이 감쪽같이 자취를 감추었다.

333호는 화들짝 놀랐다.

"진짜였구나! 마르쿠제의 주술사들이 마른벼락을 부려 공간을 자유롭게 뛰어넘는다는 말이 거짓이 아니었어."

333호는 눈으로 목격한 것을 보고하기 위해 부지런히 움직였다. 그 사이 이탄은 언노운 월드를 떠나 동차원으로 다시 넘어갔다.

[찻집에 왔으니 차를 한 잔 마셔야 해요. 주인님이 아무리 급하셔도 이 규칙은 따라주셔야 해요. 그렇지 않으면 찻

집 주인이 망해서 가게가 폐쇄될 테고, 결국 동차원과 서차원의 교점지역을 다른 장소로 옮겨야 한다고요.]

강아지 령이 이렇게 충고했다.

이탄은 서둘러서 막사광 사형을 만나고 싶었으나, 급한 마음을 접고 차를 한 잔 시켰다.

찻집에서 서빙을 보는 소년이 이탄을 위해 따뜻한 차를 내왔다.

그 사이 이탄은 화장실에 들러서 은화 반 닢 기사단 특유의 새하얀 무복을 동차원의 수도복으로 갈아입었다.

처음에 이탄은 이곳 목조건물 3층의 찻집이 무척 비싸다고 생각했다. 차 한 잔의 가격이 동차원 일반 주민이 한 달간 먹고살 돈이기 때문이었다.

한데 다시 생각해 보니 결코 찻값이 비싼 게 아니었다. 이곳 찻집에서는 특이한 복장, 즉 서차원의 복장을 입은 외지인들이 드나들어도 모른 척해주었다. 그 외부인들이 화장실을 들락거리며 의복을 갈아입어도 입을 꾹 다물었다.

"차원을 넘어오는 것에 대한 통과비라고 생각하면 비싼 것도 아니지."

[제 말이 바로 그 말이에요. 히히히.]

강아지 령이 냉큼 맞장구를 쳤다.

김이 모락모락 올라오는 뜨거운 차를 단숨에 들이마신

다음, 이탄은 찻집에서 나가서 막사광 사형이 기다리고 있는 술집으로 향했다.

마침 막사광은 여자 종업원에게 술을 주문하던 참이었다.

"엇? 막내사제?"

막사광이 동그란 눈으로 이탄을 바라보았다.

Chapter 4

"사형, 오래 기다리셨습니까?"

이탄이 일부러 헐레벌떡 뛰어온 티를 냈다.

막사광은 오히려 울상을 지었다.

"벌써 오면 어떻게 해? 이제 겨우 두 번째 술주전자를 시켰을 뿐인데."

이야기를 들어보니 막사광은 이탄과 헤어진 뒤 술집에 들어와서 술을 한 주전자 시켜먹었다. 이어서 두 번째 술을 시키려는 찰나에 이탄이 들어왔다고 한다.

막사광이 술을 마시는 데 걸린 시간이 약 20분.

그 20분은 이탄이 목조건물 3층의 찻집에서 옷을 갈아입고 차를 한 잔 들이마신 시간과 같았다.

이탄이 언노운 월드에서 세실을 만나고, 보고서를 작성

하고, 은화 반 닢 기사단에 불려가 앞뒤 사정을 설명하고, 천둥새 퀘스트를 받기까지 걸린 총 시간, 즉 닷새라는 일정은 이곳 동차원에서 고작 3초나 4초에 해당할 뿐이었다.

막사광이 턱으로 빈 의자를 가리켰다.

"거기 앉지."

"네."

이탄이 막사광의 맞은편에 앉았다.

막사광은 이탄에게 술을 한 잔 따라준 다음, 자신의 술잔을 벌컥벌컥 들이켰다. 이탄은 술잔에 입술만 대는 척하고 바로 뗐다.

막사광이 서차원의 안부를 물었다.

"커어, 시원하다. 그래서, 고향에는 별일 없었고?"

"사형들께서 신경을 써주신 덕분에 별일 없이 마무리를 지었습니다. 조금만 더 늦게 돌아갔으면 좀 번거로울 뻔했습니다. 하하하."

이탄이 감사의 뜻을 표했다.

막사광이 호탕하게 웃었다.

"거 다행이군. 음핫핫핫핫. 그나저나 나중에 여유가 되면 나도 서차원이 어떤 곳인지 한번 구경이나 하고 싶군."

"언제든지 말씀만 하십시오. 제가 사형을 모시겠습니다. 지난번에는 자세히 말씀을 드리지는 못하였지만, 사실 제가 가주로 있는 상가가 제법 규모가 큽니다. 사형을 모시는 데 부족함은 없을 겁니다."

"그래? 그럼 막내가 이 형을 위해서 술은 많이 사줄 수 있겠군?"

"당연한 말씀을 다 하십니다. 하하하."

도란도란 이야기를 나누는 사이 두 번째 술주전자도 바닥났다.

"이제 다시 가볼까?"

막사광이 먼저 자리를 털고 일어났다.

이탄이 냉큼 달려가더니 막사광이 뭐라고 말하기도 전에 술값을 지불했다.

그 모습을 본 막사광이 "허!" 소리를 냈다. 하지만 꼭 싫지만은 않은 표정이었다. 오히려 막사광은 피식 웃었다.

"막내가 상인 출신이라더니 그 말이 과연 사실이었구먼. 이럴 때 행동이 아주 재빨라."

"그렇습니까?"

이탄이 계면쩍게 뒤통수를 긁었다.

이탄과 막사광은 원반에 올라타서 빠르게 이동했다. 그 다음 이송법진을 이용하여 단숨에 대륙 동남부 해안가로 날아왔다.

이탄이 멸정동부를 떠나서 쿠퍼 본가에 다녀오기까지 걸린 시간은 동차원 기준으로 반나절밖에 걸리지 않았다.

이탄을 멸정동부에 내려준 뒤, 막사광은 원반을 타고 어디론가 날아갔다.

"막내야, 다음에 또 보자."

"네, 사형. 또 뵙겠습니다."

이탄이 멀어지는 막사광의 뒤통수를 향해 목례를 했다.

멸정동부에서는 대선인의 령이 폭포수 앞까지 나와서 이탄을 맞았다.

[뭐, 생각보다 일찍 왔네요.]

령은 새침하게 말하였으나 어딘지 모르게 즐거워 보였다.

이탄도 반가운 티를 냈다.

'하하하. 물어볼 게 좀 있어서 서둘렀지요.'

[흥, 흥. 나도 바쁘거든요. 공자가 뭘 묻고 싶은지 모르겠으나 간단하게 좀 해주시죠.]

통통 튕기는 령을 향해 이탄은 두 가지를 물었다.

첫째, 하늘을 쾌속하게 날 수 있는 비행 법보에 대해서.

둘째, 분신술에 대해서.

이탄의 질문들 가운데 첫 번째는 신속한 이동을 위해서 필요했다.

두 번째는 '만일의 경우 쿠퍼 본가에 분신을 하나 놓아

두면 좋겠구나.' 라는 생각에서 물어보았다.

령은 두 가지 질문 모두 답을 주었다.

물론 그냥 간단하게 답만 해준 것이 아니었다. 령은 수백 가지 비행 법보들의 장단점을 일일이 비교해가며 상세하게 법보를 추천해주었다.

분신술과 관련된 서적도 총 다섯 종류나 말해 주었는데, 아쉬운 점은 수도자가 차원을 넘어가서 의식의 연결이 끊기면 분신도 자동으로 소멸된다는 점이었다. 또한 령은 이탄이 접근 가능한 서고에는 하급 분신술만 보관되어 있다고 귀띔해주었다.

'본체가 차원을 넘어가면 분신은 자동으로 소멸된다고? 그럼 별로 쓸모가 없잖아.'

이탄은 내심 실망했다.

하지만 곧 생각이 바뀌었다.

Chapter 5

'아니지. 은화 반 닢 기사단의 늙은이들 몰래 트루게이스 시를 방문할 경우도 있잖아? 혹은 그 늙은이들 몰래 추심기사단의 일을 해야 할 때도 있을 테고. 그럴 경우에 동

차원의 분신술이 유용할 거야.'

이탄은 먼저 법보 창고부터 들렸다.

창고 안에 소장 중인 비행 법보들만 따져도 수백 개가 넘었다. 이 많은 법보들을 일일이 테스트해서 원하는 것을 선택하려면 시간 낭비가 심했을 법했다.

"이럴 때 보면 스승님의 령이 참 도움이 된단 말이야."

이탄은 령의 조언에 따라 세 가지 비행 법보만 골라서 상세히 비교했다.

첫 번째로 고른 둥그런 원반 모양의 법보는 막사광의 것과 비슷한 종류였다. 이 원반형 비행 법보는 속도가 빠르면서도 균형을 잡기가 쉬워서 전투 중에 유용하다는 것이 령의 설명이었다.

이탄이 두 번째로 고른 법보는 기다란 장검 형태였다.

이것은 원반형 법보보다 속도가 더 빠르고, 비행 기능과 공격 기능을 동시에 갖췄다는 것이 이 장점이었다.

대신 원반형 법보에 비해서 급격한 방향전환이 어렵고, 컨트롤이 까다롭다고 했다.

마지막으로 이탄이 염두에 둔 것은 가느다란 실 형태의 비행 법보였다.

이 법보는 원반형 법보보다도 훨씬 더 방향 전환이 자유롭고 곡예비행이 가능하다는 것이 큰 장점이었다.

다만 컨트롤이 극도로 어려워서 실제로 실 형태의 비행 법보를 사용하는 수도자가 드물다고 했다.

이탄은 큰 고민 없이 세 번째 비행 법보를 선택했다.

"컨트롤이야 열심히 연습하면 되지. 원반이나 장검은 불편해. 가느다란 실이 가지고 다니기도 편하고 좋지."

이탄은 휴대하기 편한 법보를 선택했다.

이탄이 실을 선택한 또 다른 이유는, 이 실이 금속 재질이기 때문이었다.

"더군다나 금속이라면 컨트롤 문제도 없잖아? 내 의지대로 움직일 테니까 말이야."

법보를 골랐으니 이제 이 법보에 익숙해질 차례였다. 이탄은 멸정동부 밖으로 나가서 실을 허공에 휙 던졌다.

놀랍게도 실은 땅바닥에 떨어지지 않았다. 폭포수 앞 허공에 일정한 높이로 둥실 떠올랐다.

"한번 타볼까?"

이탄은 말안장에 올라타는 기분으로 휙 뛰어서 실 위에 두 발을 착지했다.

휙—.

실이 쏜살같이 앞으로 튀어나갔다. 이탄은 미리 단단히 각오를 했음에도 불구하고 뒤로 벌렁 나자빠지면서 실에서 떨어질 뻔했다.

그 전에 실이 다시 뒤로 후진하면서 이탄이 떨어지지 않도록 지탱해주었다.

"어휴, 이거 만만치 않은데?"

이탄은 오른발을 앞에 두고 왼발을 뒤로 뺀 다음, 양팔을 좌우로 적당히 벌려 신체의 균형을 다시 잡았다.

획—.

이탄이 의지를 일으키자 실이 화살처럼 앞으로 날아갔다. 이탄은 상체를 앞으로 숙여서 뒤로 나자빠지는 것을 방지했다. 그 다음 좌우로 조금씩 상체를 흔들면서 가느다란 실 위에서 균형을 잡았다.

실은 10킬로미터를 직선으로 전진했다가 다시 멸정동부 앞으로 되돌아왔다.

이렇게 한 차례 하늘을 돌고 나자 이탄도 약간이나마 비행 법술에 대한 감을 잡았다. 연달아 몇 차례 더 연습하자 속도를 조금 더 높여도 될 것 같았다. 이탄은 직선, 원, 타원 등의 다양한 궤적을 그리며 비행 연습에 몰두하였다.

그러다 사흘째 되는 날에는 지그재그로 방향을 팍팍 꺾을 정도가 되었다. 가느다란 실을 타고 앞으로 전진했다가 빠르게 후진하는 것도 가능해졌다. 이탄은 저쪽 세상에서 롤러코스터를 타는 것처럼 허공에서 360도 회전하는 곡예 비행도 연습했다.

이탄은 비행 법보의 활용에 신경을 쓰는 한편, 분신술에 관한 책도 병행하여 익혔다.

법력이 풍부하고 술법에 재능이 넘치는 이탄인지라 분신술을 습득하는 속도는 놀라울 정도로 빨랐다.

다만 서고에 보관된 분신술법의 수준이 그리 높지 않아 분신이 아주 정교하게 만들어지지는 않았다.

"이런 수준의 분신이면 밤에만 쓸 만하겠네. 내 외모나 목소리를 대강 흉내 내는 수준에 불과해. 밝은 대낮에 가까이서 분신을 보면 어설픈 티가 팍팍 나겠지."

이탄은 하급 분신술에 실망했다.

"아무래도 나중에 스승님께 허락을 받아서 상급의 분신술 서적을 읽어봐야겠다. 내가 익힌 하급 분신술은 효용성이 떨어져. 쯧쯧쯧."

이탄은 하급 분신술을 연마할 시간에 차라리 다른 술법서를 보는 편이 더 낫겠다고 판단했다.

그런 뒤 이탄은 한동안 분신술은 거들떠보지도 않았다.

제8화
피사노교의 침공 I

Chapter 1

6개월이 다시 흘렀다.

완연한 봄을 맞아 멸정동부의 주변 풍경이 화사하게 변했다. 봄볕은 따스했고, 산들바람은 싱그러웠다.

지난 6개월간 이탄에게는 몇 가지 변화가 생겼다. 우선 이탄은 남명 금강수라종의 교적에 정식으로 이름을 올린 수도자가 되었다.

이때 이탄은 '쿠퍼'라는 가문명 대신 '이탄'이라는 본명을 사용했다. 남명의 수도자들이 쿠퍼라는 이름을 발음하기 어려워해서였다. 수도자들은 이탄을 부를 때 본명과 가문명을 번갈아 가며 내키는 대로 사용했다.

교적에 이름을 올리자 자연스럽게 이탄에게는 이송법진을 사용할 수 있는 권리도 주어졌다.

이탄은 동차원에서 신분을 증명할 도패도 받았다. 금강수라종의 차석종주인 철룡 사형이 도와준 덕분에 모든 서류적인 절차들이 술술 풀렸다.

이탄에게 생긴 또 다른 변화는, 이곳 동차원에서 몇몇 지인들을 사귀게 된 점이었다.

멸정 대선인은 동차원 전체에서 몇 손가락 안에 꼽히는 강력한 수도자였다. 그런 멸정이 제자를 새로 들였으니 그 제자에게 사람들의 관심이 쏠릴 수밖에 없었다.

수도자들은 주로 철룡을 통해서 이탄과 안면을 텄다.

이탄도 수도자들을 살갑게 대했다. 원래부터 이탄은 상인 기질이 투철하여 모레툼 교단의 신관 시절부터 필요한 사람들에게는 사근사근 잘 대해주었다. 당연히 동차원의 수도자들과도 별 무리 없이 잘 사귀었다.

2명의 사형들을 제외하면, 요 근래 이탄이 특별히 친하게 지내는 수도자는 총 4명이었다.

이탄이 멸정 대선인의 제자가 되기 전, 이탄을 욕심내었던 민머리 거구 사내가 그 중 첫 번째였다.

머리를 **빡빡** 밀고 근육이 울룩불룩한 이 수도자는 알고 봤더니 막사광 사형과 아주 친한 사이였다.

이름은 부공.

종파는 금강수라종.

부공은 막사광을 통해 이탄과 다시 만나자마자 바로 의기가 통해 친해졌다. 이탄도 화통하고 남자다운 성격의 부광을 잘 따랐다.

이어서 이탄은 철소용이라는 아가씨와도 친분을 쌓았다.

철소용은 철룡 사형의 조카뻘 되는 여인이었는데, 법보나 단약을 제조하는 재능을 타고나 제련종 대선인의 제자로 발탁되었다.

이탄과 철소용은 성별은 서로 다르지만 처지가 비슷하여 쉽게 친분을 쌓았다. 둘은 연령대도 비슷하고, 대선인의 막내제자로 들어간 점도 일치하였다. 의외로 말도 잘 통했다.

여기서 연령대가 비슷하다는 것은, 어디까지나 남명의 선인들 기준에서 비슷하다는 의미였다.

철소용의 현재 나이는 42세였다.

동차원에서 이탄의 나이는 24세로 되어 있었다.

간씨 세가나 언노운 월드에서는 이 정도 나이 차이면 절대로 같은 연령대로 분류되지는 않았다.

반면 동차원의 기준은 상이했다.

동차원, 특히 남명의 수도자들은 수명이 보통 수백 년에서 수천 년까지 이르렀다.

그렇게 긴 시간을 살다 보니 남명의 수도자들 입장에서 24세나 42세는 서로 친구로 지내도 될 만한 나이 차이였다. 심지어 수천 년을 살아가는 대선인들은 후배들을 향해서 "300살 미만의 풋풋한 아이들은 다 비슷비슷하지, 뭐. 그냥 서로 친구로 지내."라고 말하며 허허 웃고 말았다.

한편 이탄은 철소용과 친구 사이인 나련 선자와도 친분을 쌓았다. 나련 선자는 천목종 대선사의 막내제자였다.

올해 그녀의 나이는 철소용보다 다섯 살 많은 47세.

어찌 보면 이탄과 철소용, 나련은 서로 처지가 엇비슷했다.

"간씨 세가에도 이런 모임이 존재하지. 간씨 세가의 직계혈통인 간세진을 중심으로 가신 가문인 남가나 남궁가, 성가, 서가의 또래들이 알음알음 모임을 형성하고 자신들만의 리그를 구축하잖아?"

군벌의 칠공자니, 팔대 귀공자니 하는 유치한 이름들이 괜히 생긴 것이 아니었다. 선대가 쌓은 세력과 재력을 뒷배로 삼아 또래들끼리 스크럼을 짜고 하위 계층이 함부로 신분 상승을 하여 상류층으로 들어오지 못하도록 벽을 치는 행위는 인류 역사상 늘 있어 왔던 일들이었다.

동차원이라고 다를 바는 없었다.

철소용과 나련, 이탄의 모임도 폭넓게 보면 이런 부류에 속했다. 대선인을 스승으로 둔 천재 수도자들의 모임 말이다.

최근에 이탄이 사귄 네 번째 친구는, 특이하게도 남명이 아니라 혼명, 그것도 마르쿠제 출신이었다.

이름은 시곤.

올해 나이는 109세.

언노운 월드 출신인 시곤은 체술이 뛰어나고 벌레를 컨트롤하는 데 천부적인 재능을 타고난 술법자로, 일찍이 마르쿠제 대선인의 눈에 띄어서 직계제자로 발탁되었다.

그 후 시곤은 동차원과 서차원을 오가며 피사노교의 악마들과 수많은 전투를 치렀다. 전공도 많이 세워서 마르쿠제 술탑 내에서 시곤의 위치와 명성은 상당히 높은 편이었다. 술탑의 주술사들은 "장차 시곤이 마르쿠제 대선인의 뒤를 이어 술탑주의 자리를 이어받을 것."이라 점치곤 했다.

시곤은 이와 같이 마르쿠제 술탑 내부에서는 승승장구하였으나, 늘 목이 말랐다. 시곤의 입장에서는 좀 더 깊이 있는 술법, 좀 더 강력한 법력을 쌓고 싶은데, 스승인 마르쿠제는 바빠서 시곤을 제대로 가르칠 수 없었다.

게다가 혼명 소속인 마르쿠제 술탑은 남명의 종파들에 비해서 최상급의 술법서나 법보가 부족했다. 질 좋은 단약도 남명에 비해서 구하기 힘들었다.

오랜 고민 끝에 시곤은 남명으로 유학을 오기로 결심했다.

시곤은 막사광과 전쟁터에서 우연히 만나 전우애를 나눈 뒤, 점점 더 친해져서 결국 막사광과 의형제까지 맺었다. 시곤이 남명으로 유학을 오게 된 것도 전적으로 막사광이 힘을 써준 덕분이었다.

이러한 인연의 고리가 서로 이어져서 결국 시곤과 이탄이 만나게 되었다. 이탄과 시곤은 둘 다 언노운 월드 출신이라 서로 말이 잘 통했다.

다만 시곤은 무려 100세가 넘은 터라 이탄과는 쉽게 친구가 될 수는 없을 법했다. 그런데 중간에 막사광이 다리를 놔줘서 둘이 강제로 인연을 맺게 되었다.

"야! 시곤, 너 나한테 형이라고 부르잖아. 그리고 여기 있는 쿠퍼, 아니 이탄은 내 친동생이나 마찬가지라고. 그러니까 둘이 서로 말을 터. 기껏해야 나이 차이도 70살 정도잖아? 자고로 사내란 앞뒤로 100살 차이쯤은 서로 친구 먹는 거야. 음홧홧홧홧!"

막사광은 술이 잔뜩 취해서 이탄과 시곤의 어깨에 양팔을 두르고는 이렇게 강요했다. 그 날 술자리에서 이탄과 시곤은 세월을 뛰어넘어 친구가 되기로 맹세했다.

시곤도 막사광에 못지않은 술꾼이었는데, 세 사람은 주

거니 받거니 술잔을 돌리며 거나하게 취했다.

이탄은 술을 받는 시늉만 했을 뿐 실제로 마시지는 않았다.

Chapter 2

남명에서는 만 1급에서 만 12급까지를 견습 수도자라고 낮춰 불렀다.

완 1급부터 완 12급까지는 법사라는 명칭을 사용했다.

만약에 법사가 완 12급의 벽을 돌파하여 선급에 도달하면, 그때부터 본격적으로 선인이라는 호칭을 써도 되었다.

이탄의 사형인 막사광은 선 2급의 선인이었다.

시곤도 벽을 넘어서 선 1급에 도달한 지 오래였다.

막사광의 설명에 따르면 철룡 사형은 벌써 선 5급에 이르러 대선인의 경지를 눈앞에 두고 있다고 했다.

물론 선 5급에서 선 6급으로 올라가는 것은 보통 일이 아니었다. 급이 높아질수록 돌파해야 할 벽도 기하급수적으로 두터워지기 때문이었다. 자고로 선 5급의 선인이 선 6급의 대선인이 되는 것은, 만1급의 생초보 견습이 선 5급의 드높은 선인이 되는 것보다도 몇 배는 더 어렵다고들 했다.

그 다음 선 6급부터는 한 단계 한 단계 올라가는 것이 더 더욱 지난해져서, 특별한 깨달음이 없으면 수백 년의 수련으로도 단계 상승이 불가능했다.

"나도 빨리 선급에 도달하고 싶다."

이탄이 씁쓸하게 중얼거렸다.

이탄은 이미 금강체와 백팔수라 술법을 완성하여 완 12급을 찍은 상태였다.

아니, 정확하게 말해서 이탄을 완 12급이라고 볼 수는 없었다. 솔직히 이탄의 현 수준이 어느 정도인지는 아무도 몰랐다.

이탄이 책만 보고 스스로 개척해낸 금강체와 백팔수라의 수련법은 다른 수도자들이 수행과는 완전히 결을 달리했기 때문이었다.

대신 이탄은 독학으로 술법을 연마한 터라 본인이 지금 어떤 수준인지 정확하게 파악하지 못했다. 그저 책에서 읽기를 "금강체와 백팔수라를 완전히 익혔으면 능히 완 12급이 된 것이다."라고 하였으니 그 말만 철석같이 믿을 뿐이었다.

"에효오. 최근에 내가 사귄 부공 형이 선 2급이고, 막사광 사형도 선 2급이라고. 심지어 철소용 선자나 나련 선자, 시곤, 세 사람 모두 선 1급이잖아? 그런데 나만 선급이 아니라 완급이니 정말 큰 문제가 아닐 수 없어. 휴우우."

이탄은 땅이 꺼져라 한숨을 내쉬었다.

오늘은 금강수라종과 제련종, 천목종, 그리고 마르쿠제술탑 대선인들의 막내제자끼리 모음을 가지는 날이다.

모임 장소는 제련종의 철소용 선자가 제공했다.

철소용은 스승인 화화 대선인께 허락을 맡아 동남부 해안가의 아름다운 섬 하나를 통째로 빌렸다.

이 섬은 동해바다에서 생산되는 특별한 약초를 채취하기 위해서 아주 오래 전에 화화 대선인이 비싼 값을 치르고 구매한 개인 영토였다. 철소용은 스승으로부터 그 섬을 빌려서 오늘의 모임 준비를 했다.

철소용이 고용한 시종들이 섬 중앙의 화려한 누각 안에 각종 산해진미와 차를 준비했다. 오늘따라 하늘은 파란 물감이 뚝뚝 떨어질 정도로 청명하였다. 바닷바람도 잔잔하여 기분이 절로 상쾌해졌다. 나련 선자가 별자리의 운행과 천기를 살펴 모임의 날짜를 잡은 것이 톡톡한 역할을 했다.

쐐애애액—.

주인인 철소용을 제외하면 가장 먼저 도착한 사람은 나련 선자였다. 나련 선자는 빙글빙글 회전하는 연꽃 모양의 비행 법보를 타고 섬에 날아 내렸다.

"설마 내가 늦지는 않았겠지?"

나련 선자의 말에 철소용이 손사래를 쳤다.

"어휴, 무슨 그런 걱정을 해? 나련 언니가 가장 먼저 왔어. 시곤과 이탄은 아직까지 코빼기도 보이지 않았다고."

"그래? 호호호. 다행이다."

나련 선자가 웃자 환하게 연꽃이 피어나는 듯했다.

철소용 선자가 눈보라를 뚫고 피어나는 매화를 연상시킨다면, 나련 선자는 온화한 연꽃을 닮았다.

잠시 후, 시곤이 네모난 나무방패를 타고 날아왔다. 바로 이어서 이탄이 가느다란 실 위에서 팔짱을 끼고 모습을 드러냈다.

"호랑이도 제 말 하면 온다더니, 둘 다 늦지 않게 나타나네?"

"그러게 말이야."

철소용과 나련이 서로의 얼굴을 마주 보며 빙그레 입꼬리를 끌어올렸다.

"어이쿠, 제가 꼴찌네요."

이탄이 뒤통수를 긁었다.

이탄은 호리호리한 체형의 미소년인지라 남명의 젊은 여수도자들 사이에서 제법 화제가 되었다. 여수도자들은 이탄이 서차원 출신답게 외모가 이국적인 데다가, 어딘지 모르게 보호본능을 불러일으킨다고 생각했다.

철소용과 나련도 내심 그 평가에 동의했다.

이탄이 미소년과 같다면 시곤은 정반대였다. 시곤은 어깨가 떡 벌어지고, 가슴에 금빛 털이 북슬북슬하며, 2미터에 가까울 정도로 체격이 건장했다. 수염도 덥수룩하여 남성미가 물씬 풍겼다.

다소 나이가 든 여수도자들이 은근슬쩍 시곤에게 관심을 두곤 하였다.

이탄과 시곤이 도착하자 곧바로 모임이 시작되었다. 4명의 수도자들은 다양한 주제를 놓고 토론을 벌였다.

최근 수련 중인 술법에 대한 논의.

지금 한창 제련 중인 단약에 대한 설명.

몇 해 전에 전쟁터에서 얻은 법보나 마보(魔寶).

지금 남명에서 한창 화제가 되고 있는 이야깃거리 등등.

수많은 주제들이 네 수도자들 사이에서 거론되었다. 이탄은 특히 술법과 마보에 신경을 집중했다. 다른 수도자들도 마보라는 말에 두 눈을 동그랗게 뜨고 귀를 기울였다.

오늘 모임에서 마보를 입에 담은 수도자는 시곤이었다.

마보란, 피사노교의 법보를 일컫는 말이었다. 피사노교의 악마들이 마력을 담아 사용하는 무기나 기물 등을 동차원의 수도자들은 '마보'라는 단어로 표현했다.

"내가 여기 있는 친구들에게 보여주려고 가져온 것일세.

몇 해 전 오염된 신의 자식들로부터 빼앗은 마보지."

시곤은 탁자 위에 핏빛 해골을 하나 올려놓았다.

"에구머니나, 징그러워라."

나련 선자가 얼굴을 찌푸렸다. 그러면서도 나련은 호기심이 동하여 핏빛 해골에서 눈을 떼지 못했다.

이탄과 철소용도 똘망똘망한 눈으로 해골을 살펴보았다.

Chapter 3

시곤이 하얀 건치를 드러내었다.

"푸하하하. 그렇게 놀랄 것 없어. 이 마보에 담겨 있던 사악한 힘은 이미 내가 제거했으니까 안전하다고. 이건 그저 내가 오염된 악마들의 수법을 연구하기 위해서 보관 중인 것이라고. 푸하하."

"한번 만져 봐도 될까요?"

철소용이 용기를 내었다.

시곤이 고개를 끄덕였다.

"물론이지."

철소용이 핏빛 해골을 들고 이리저리 돌려보는 동안, 시곤은 몇 가지 부연설명을 덧붙였다.

"오염된 신의 자식들 가운데는 해골 형태의 마보를 사용하는 자들이 꽤 많아. 대부분은 사람의 목을 잘라서 그 두개골로 마보를 만드는데, 그 특징은 크게 세 가지야. 첫 번째는 해골이 직접 날아와서 이빨로 마구 물어뜯는 경우. 이건 일종의 물리적인 무기인 셈이지. 두 번째는 해골이 아가리를 쩍 벌린 다음, 그 속에서 독이나 화살, 벌레나 뱀 등을 쏘아내는 경우. 이건 마법 공격에 가까워. 마지막 세 번째는 해골이 사악한 흑주술을 읊어서 정신적인 공격을 감행하는 경우. 이건 주술 공격으로 볼 수 있어."

이어서 시곤은 세 종류의 해골에 대한 대응 방법도 설명했다.

시곤은 직접 전쟁에 참여했던 참전 수도자인지라 설명에 박진감이 넘쳤다. 철소용과 나련은 홀린 듯이 시곤의 말에 빠져들었다.

이탄도 자신이 직접 맞닥뜨렸던 피사노교의 수법들을 머릿속에 떠올리면서 흥미진진하게 설명을 들었다.

남명의 수도자들이 귀를 기울이자 시곤도 신이 났다. 그는 아공간에 손을 집어넣어 또 다른 마보를 꺼냈다.

이번엔 새까만 창날이었다. 창날 표면에는 마귀의 얼굴이 생생하게 양각되어 있었다. 날의 길이는 20센티미터 정도였다.

"이 마보도 내가 전쟁터에서 획득했지. 물론 이것도 내부의 마력을 제거해서 안전해."

철소용이 창날을 들고 이리저리 살펴보았다. 제련종 소속인 철소용은 법보뿐 아니라 마보에도 흥미가 많았다.

이어서 이탄이 검은색 창날을 관찰했다.

그 사이 시곤은 창날에 대한 설명을 해주었다.

"한 20년쯤 전이던가? 오염된 악마들의 접경지대에서 작전이 벌어진 적이 있었어."

"아! 나도 알아요. 당시 전투에 가문의 숙부님들께서 참전하셨거든요."

나련 선자가 아는 체를 했다.

시곤이 얼굴을 활짝 폈다.

"오! 그러셨구나. 어쩌면 나도 그분들과 함께 같은 작전 구역에 투입되었을 수도 있겠다. 어쨌거나 당시에 전투가 정말 치열했거든. 내가 속한 마르쿠제의 수도자들이 정말 많이 죽고, 또 상처를 입었어. 하마터면 나도 골로 갈 뻔했지. 그때 가장 치열한 전투에서 나와 내 동료가 힘을 합쳐서 중간급의 악마와 싸웠는데, 이 시커먼 창날은 그 악마로부터 빼앗은 전리품이야."

"이 마보는 어떤 특징을 가졌죠?"

철소용 선자가 물었다.

시곤은 창날에 새겨진 마귀 얼굴을 가리켰다.

"당시에 적이 이 창을 휘둘러 아군들을 공격하더라고. 그런데 단순히 창술만 펼쳐지는 것이 아니더라고. 창날에 새겨진 저 마귀의 얼굴이 갑자기 툭 튀어나와 수십 개의 마귀상으로 분열되더니, 그 마귀 얼굴들이 마구 달려들어서 아군을 물어뜯지 뭐야. 나는 정말 까무러치는 줄 알았지."

"호오? 이 마귀 얼굴이 창날에서 스스로 튀어나와 공격을 한다고요?"

이탄은 손가락으로 마귀 조각을 쓰다듬었다. 창날에 머금어진 마력은 이미 다 제거되었건만, 이탄의 손가락이 훑고 지나갈 때마다 마귀 얼굴이 스르렁 스르렁 아우성치는 것 같았다.

물론 그 아우성은 다른 수도자들의 귀에는 들리지 않았다.

어찌 보면 이것은 아우성이 아니라 흐느낌에 가까웠다. 이탄의 손가락이 스쳐 지나갈 때마다 마귀 얼굴은 기함을 하며 겁에 질려 울었다.

이 자리에서 오직 이탄만이 그 반응을 느꼈다.

"흐음. 재미있네요."

이탄이 검은 창날을 옆으로 넘겨 나련 선자에게 주었다.

나련은 직접 마보를 만지기 싫은 모양이었다. 품에서 손수건을 한 장 꺼내고는 그 손수건으로 창날을 감싸서 잡았다.

그 사이 시곤은 일행들에게 세 번째 마보를 선보였다.

"이게 내가 가진 마지막 마보일세."

앞의 두 마보와 달리 세 번째 마보는 둥근 유리구 속에 담겨 있었다. 지름 40센티미터의 투명한 유리구 안에서 녹색의 손톱이 요악하게 빛났다.

"차단막을 둘렀네요."

철소용이 유리구의 정체를 알아보았다.

시곤이 고개를 주억거렸다.

"역시 눈썰미가 훌륭하구먼. 맞아. 차단막이지. 아직까지 이 마보는 마력을 전부 제거하지 못했거든. 그래서 마기가 새어 나올까 봐 차단막을 둘러놓았어."

"이건 또 언제 어떻게 얻었나요?"

이탄이 시곤을 쳐다보았다.

시곤은 이마를 살짝 찌푸렸다가 대답했다.

"엄밀하게 말해서 이건 내 능력으로 획득한 전리품은 아니야. 꽤 오래 전 서차원에서 전투가 벌어졌을 때 나는 이 녹색 손톱을 휘두르던 악마에게 거의 죽을 뻔했거든. 그때 스승님께서 멀리서 주술을 펼쳐서 나를 구해주셨지. 그리고 나를 공격했던 악마는 이 손톱 하나만을 남겨놓은 채 후

다닥 도주해버렸어."

그 말에 철소용이 깜짝 놀랐다.

"마르쿠제 님은 대선인이시잖아요. 설마 대선인의 손에서 도망칠 정도로 강력한 악마를 만났던 거예요?"

시곤이 쓰게 웃었다.

"운이 나빴지. 그런 강력한 악마와 마주치다니 말이야. 아닌가? 때마침 스승님으로부터 도움을 받았으니 운이 좋다고 해야 하나? 하여간 이 녹색 손톱은 아직까지도 마기를 제거하지 못할 정도로 강력하다고."

이탄과 철소용, 나련은 차단막 안에서 천천히 회전 중인 녹색 손톱을 관심 있게 살폈다.

그러던 중 이탄이 눈매를 살짝 좁혔다.

나머지 사람들은 발견하지 못하였으나, 이탄은 똑똑히 보았다. 녹색 손톱 안쪽에 아주 미세하게 새겨진 문자 하나를 말이다.

그 문자가 의미하는 바는 '열림'이었다.

'어라? 이건 만자비문인데? 피사노교의 바이블에나 있어야 할 만자비문이 왜 이 녹색 손톱에 새겨져 있지?'

열림을 의미하는 만자비문을 만나자마자 이탄의 뱃속 깊숙한 곳에 숨어 있던 만자비문이 툭툭 튀어나오려고 들었다.

이탄은 뱃속의 만자비문을 강제로 억제해서 겉으로 튀어 나오지 못하게 막았다.

그 순간 사달이 일어났다.

Chapter 4

투확! 투확! 투화확—!

녹색 손톱이 갑자기 부글부글 끓어오르다가 온 사방으로 수십 줄기의 빛기둥을 내뿜으며 폭발한 것이다.

시곤이 둘러놓은 차단막 따위는 단숨에 찢겨져 날아갔다.

"꺄악!"

나련 선자가 반사적으로 고개를 숙였다. 나련 선자의 몸 앞에 연꽃 모양의 반투명한 방어막이 저절로 떠올라 녹색 빛기둥을 막아내었다. 하지만 완전히 튕겨내지는 못했기에 나련 선자는 수십 미터 밖으로 튕겨나가 나뒹굴었다.

철소용 선자도 쇳빛으로 번들거리는 방어막을 둘러 녹색 빛기둥에 대응했다. 하지만 그녀 또한 나련 선자와 마찬가지로 수십 미터나 밀려나 겨우 중심을 잡았다.

두 선자가 머물던 누각은 이미 처참하게 박살 난 상태였다.

시곤의 반응은 두 선자들보다도 한층 빨랐다. 녹색 손톱이 폭발하는 즉시 시곤은 사발을 엎어놓은 듯한 모양의 종을 소환하여 손톱 주변을 뒤덮었다. 동시에 대여섯 겹의 쉴드로 신체를 보호하고는 허공으로 높이 떠올랐다.

두웅!

시곤이 소환한 커다란 종이 녹색 손톱 주변 3미터 영역을 꽉 밀봉했다.

덕분에 두 선자들이 무사했지, 아니었다면 추가로 날아온 녹색 빛기둥에 두 선자의 몸이 만신창이가 될 뻔했다.

"후우—."

허공에서 시곤이 소매로 이마를 훔쳤다.

하지만 아직 끝나지 않았다.

<u>드드드드드—</u>.

시곤이 소환한 종이 진동하면서 부푼다 싶더니, 이내 어마어마한 굉음과 함께 종 전체가 터져나갔다.

그 속에서 조금 전보다 더 진한 녹색의 빛기둥이 사방으로 튀어나왔다.

녹색의 빛기둥은 처음에는 일직선으로 퍼져나갔으나, 이내 살아있는 생명체처럼 영성을 갖추고는 온갖 희한한 궤적을 그리며 4명의 수도자들을 덮쳤다. 그 모습이 마치 녹색의 아나콘다 수십 마리가 공격을 해오는 것 같았다.

아니, 실제로 녹색 빛기둥은 커다란 아나콘다로 변해버렸다.

"이이익."

철소용이 품에서 수십 장의 부적을 움켜잡아 허공에 뿌렸다.

파라락—!

철소용의 부적 한 장 한 장이 갑옷을 입은 병사로 변하여 녹색의 아나콘다들을 상대했다. 녹색의 아나콘다들은 아가리를 쩍 벌려 부적 병사들을 공격했다.

나련 선자도 곧잘 대응했다. 나련 선자가 양손을 겹쳐서 독특한 손가락 모양을 만들자 땅 위에서 싹이 트고 그 싹이 거대한 꽃잎으로 변해 크게 일어났다. 직경 40미터가 넘는 꽃잎은 녹색의 아나콘다 무리를 와르르 싸서 한 입에 꿀꺽 삼켰다.

"휴우우."

나련 선자는 그제야 겨우 한숨을 돌렸다.

시곤은 떡갈나무로 만든 지팡이를 꺼내서 풍차처럼 휘둘렀다.

휘류류류류—

지팡이로부터 뿜어진 바람의 칼날이 무수히 쏟아져 녹색 아나콘다들을 난도질했다.

세 수도자들이 이렇게 기선을 제압하는 듯 보였지만, 잠시 후 녹색 아나콘다들이 무서운 마기를 뿜어내며 반격을 시작했다.

시커먼 마기에 오염되어 나련 선자의 꽃잎이 시커멓게 변색되었다. 그러자 그 속에 갇혀 있던 녹색 아나콘다들이 징그러운 대가리를 치켜들고 아가리에서 쉭쉭 소리를 내면서 뛰쳐나왔다.

철소용이 뿌린 부적 병사들도 처음에는 능숙하게 녹색 아나콘다를 몰아붙이는 것처럼 보였지만, 아나콘다의 비늘 사이에서 시커먼 마기가 쏟아지자 이내 부적 병사들이 힘을 잃고 먼지처럼 스러져버렸다.

"앗!"

깜짝 놀란 철소용이 자신의 비행 법보에 올라타 허공으로 후퇴했다.

시곤도 다시 수세에 몰렸다. 시곤의 지팡이에서 쏟아지는 바람의 칼날도 아나콘다들이 뿜어내는 시커먼 마기를 막지는 못했다.

"치잇."

시곤은 바람을 타고 스멀스멀 거슬러 올라오는 마기를 피해서 다시 20미터를 더 후퇴했다.

반면 이탄은 물러서지 않았다.

꽈앙! 꽈앙! 꽈앙!

이탄이 손을 휘두를 때마다 녹색 아나콘다의 머리통이 여지없이 터져나갔다. 시커먼 마기도 이탄의 손에 타격을 받아 사방으로 흩어졌다.

사실 이탄은 속으로 군침을 삼키는 중이었다. 시커먼 마기를 만나자마자 이탑의 뱃속에서 만자비문들이 툭툭 튀어나왔다.

부정 차원을 지탱하는 마의 언령이자 읽을 수 없는 문자인 만자비문은 그 자체가 모든 마기들의 존재 근거였다. 당연히 만자비문이 부르면 세상의 모든 마기들은 만자비문 속으로 빨려들 수밖에 없었다.

하여 이탄이 마음만 먹으면 저 시커먼 마기와 녹색의 아나콘다쯤은 한 호흡에 전부 빨아들여 먹어치울 수도 있었다.

'하지만 주변에 보는 눈들이 많단 말이지.'

이탄은 나련 선자를 비롯한 동료 수도자들 때문에 마기를 흡수하지 않았다. 대신 주먹을 툭툭 휘둘러 녹색의 아나콘다들을 처리했다.

굳이 백팔수라의 술법을 펼칠 필요도 없었다. 이탄이 가볍게 휘두른 손짓 한 방에 아나콘다들이 여지없이 격살을 당했다.

그때 녹색 손톱이 3차 변이를 일으켰다. 처음에 녹색 빛기둥을 내뿜어 공간을 확보하고, 그 빛기둥을 녹색의 아나콘다로 변화시켜 남명의 수도자들을 공격하는 싶더니, 그다음은 녹색 손톱이 무려 3미터 크기로 부풀었다.

악마의 손톱을 연상시키는 이 흉물스러운 마보는, 나련선자 등이 아나콘다와 싸우는 사이에 숨겨져 있던 봉인을 모두 풀어낸 다음, 빈 허공에 직사각형의 도형 2개를 나란히 붙여서 그렸다.

세 수도자는 아나콘다 떼와 싸우느라 그 모습을 보지 못했다. 오직 이탄만이 눈을 찌푸렸다.

'저 손톱이 무슨 짓을 하려는 거지?'

이탄이 고개를 갸웃한 사이, 직사각형 테두리가 황금빛을 뿜었다.

시곤이 그제야 녹색 손톱에 시선을 돌렸다.

"뭐, 뭐야?"

"저게 뭐죠?"

철소용과 나련도 화들짝 놀라 긴장했다.

이탄은 눈매를 가늘게 좁혔다.

다른 수도자들은 볼 수 없었으나, 이탄의 눈에는 황금빛 테두리에 '열림'을 의미하는 만자비문이 떠도는 장면이 똑똑히 보였다.

'열림? 뭘 연다는 거지?'

그 순간 직사각형 테두리가 쩌억 벌어졌다. 빈 허공에 마치 문이 생겨나고, 그 문이 좌우로 활짝 열리는 듯한 현상이었다.

문 안쪽은 섬뜩할 정도로 어두웠다.

그 시커먼 심연의 어둠 속에서 갑자기 끔찍한 괴성이 터졌다.

"끄요오오오올!"

"끄라라락—."

사람의 마음속을 울컥 헤집어 놓는 듯한 무시무시한 괴성이었다.

Chapter 5

"허억! 오염된 신의 자식들이다앗—."

어찌나 놀랐는지 시곤의 부릅뜬 두 눈의 꼬리에서 피가 터졌다.

"오염된 악마들!"

"어떻게 저 악마들이 남명 한복판에 나타난단 말인가?"

철소용과 나련도 기함했다.

이탄도 놀라기는 마찬가지였다.

'피사노교라고? 피사노교에서 어떻게 여기를 쳐들어왔지? 설마 시곤이 들고 온 마보가 차원을 찢고 문을 열어주는 아이템이었나?'

이탄의 짐작이 맞았다. 피사노교에서는 동차원의 핵심지역을 급습하기 위하여 오래 전부터 공을 들였다.

피사노교에서는 차원을 여는 상급의 마보를 제조한 다음, 그 마보의 진실 된 권능을 봉인하여 하급 마보로만 보이도록 정체를 감추었다. 이어서 그 마보를 전리품으로 위장하여 동차원 술사의 손에 들어가도록 유도한 다음, 그 술사가 동차원 깊숙한 곳에 도착하면 비로소 봉인이 풀리도록 안배하였다.

그 안배에 속아서 시곤이 끔찍한 마물을 남명 한복판으로 들고 온 셈이다.

세 수도자가 기겁을 하는 사이, 가로 10미터, 세로 3미터의 대형 문을 통해 피사노교의 녹마병들이 봇물처럼 쏟아졌다.

피사노교에서 이 악마의 병사들을 무엇이라고 부르는지 알 수는 없었다.

하지만 동차원에서는 이들을 녹색 악마의 병사, 즉 녹마병이라 칭했다. 항상 짙은 녹색의 옷을 입고 나타나기 때문이었다.

'아 씨, 여기서 들키면 곤란한데.'

이탄이 황급히 얼굴을 감췄다. 그러면서 피사노교의 녹마병들을 유심히 살폈다.

녹마병들은 시체처럼 창백한 납빛 피부에, 녹색 로브를 걸치고 있었으며, 손에는 대형 낫을 든 모습이었다. 이마에는 붉은 염료로 착색한 특수한 문양을 낙인처럼 찍어 보기에 으스스했다.

일단 녹마병들은 피사노 싸마니야의 혈족들은 아니었다.

'후우, 그나마 다행이다.'

이탄은 겨우 한숨을 돌렸다.

또한 이탄의 눈에 정보창이 뜨지 않는 것으로 보건대, 간씨 세가에서 보낸 망령들 가운데 이 녹마병들에 대한 정보를 수집한 망령은 없는 모양이었다.

이탄이 잠시 다른 생각을 하는 사이, 차원을 넘어온 녹마병들의 수자가 어느새 수백 명에 육박했다.

그 녹마병 한 명 한 명이 완 9급에서 완 12급의 수도자에 버금가는 무력을 지녔다.

철소용과 나련, 시곤은 모두 선 1급의 선인들이었다. 따라서 다수의 녹마병들에 둘러싸이고도 쉽게 당하지 않았다.

나련은 몸 주변에 수십 개의 연꽃을 띄워놓고 그 연꽃의 꽃잎을 도끼처럼 날려서 녹마병들의 머리를 푹푹 찍어댔다.

철소용은 미리 제련해 놓았던 법보들을 동시에 7개나 뿌렸는데, 그 법보들이 철갑으로 중무장한 거대한 코뿔소로 변해서 녹마병들을 향해 육탄돌격했다.

시곤은 한 손에는 떡갈나무 지팡이를, 다른 한 손에는 뇌전이 번뜩거리는 검을 쥐고 녹마병들 사이를 휘저었다.

녹마병들의 대응도 녹록지 않았다. 비록 녹마병들은 세 선인들에 비해서 공격력은 뒤처지지만, 무슨 수법을 사용했는지 몸뚱어리가 철근보다 더 단단했다. 게다가 회복력이 말도 못 하게 강력했다.

나련의 연꽃잎에 머리가 찍혀 얼굴의 절반이 움푹 팼던 녹마병이 씨익 웃었다. 그러자 녹마병의 얼굴 상처가 단숨에 회복되어 정상으로 돌아왔다.

철로 만들어진 거대 코뿔소에 들이받혀 배에 구멍이 뻥 뚫린 녹마병도 마찬가지였다. 녹마병은 섬 저편까지 멀리 날아가 우당탕 쓰러지는 듯 보였으나, 다시 벌떡 일어나 철소용을 향해 달려들었다. 겅중겅중 모래사장을 뛰어오는 동안 녹마병의 배에 뚫린 구멍은 감쪽같이 메꿔졌다.

시곤의 뇌전에 온몸이 지져진 녹마병도 금세 회복했다.

"말도 안 돼."

이 끔찍한 모습에 철소용이 입을 딱 벌렸다.

더 무서운 것은, 지금 문에서 튀어나온 녹마병들이 선봉대에 불과할 뿐이라는 사실이었다.

녹마병들의 뒤를 이어서 지휘관인 녹마장(동차원에서 녹색 악마의 장수라는 의미로 붙인 이름)들이 등장하기 시작했다.

회색빛의 커다란 말을 타고, 회색 갑옷을 몸에 두른 녹마장들은 그 하나하나가 선급의 수도자에 못지않았다. 게다가 녹마장들이 탄 말은 땅뿐만이 아니라 바다 위, 심지어 허공까지 자유롭게 다니는 마물들이었다.

우두두두두—.

말을 달려 등장한 녹마장들이 알아들을 수 없는 언어로 소리쳤다.

이탄의 귀에는 그 언어가 익숙했다.

"포로는 필요 없다. 모조리 목을 베고 내장을 뽑아라."

녹마장 한 명이 이렇게 소리쳤다.

눈 깜짝할 사이에 시곤에게 달려든 녹마장이 커다란 대검을 휘둘렀다.

대검이 채 허공을 가르기도 전에 검 손잡이에서 악마의 얼굴 수십 개나 튀어나와서 시곤이 피할 방향을 미리 차단했다.

"크윽. 젠장."

시곤이 떡갈나무를 휘둘러 악마의 얼굴들을 물리쳤다. 뇌전이 일렁거리는 검으로는 녹마장의 검을 막았다.

콰창!

시곤의 검과 녹마장의 검 사이에서 푸른빛이 터져서 원반 모양으로 폭발했다. 시곤은 아래서 위로 검을 쳐올렸다. 녹마장은 말 위에서 아래를 향해 대검을 내리찍었다. 당연히 위에서 내리찍은 힘이 더 셀 수밖에 없었다.

"끄악."

힘에서 밀린 시곤이 뒤로 3미터를 날아갔다.

또 다른 녹마장이 나련 선자가 날린 꽃잎들을 탕탕탕 쳐내며 바짝 파고들었다.

후두둑!

나련 선자의 발밑에서 커다란 꽃이 새로 돋아나 나련 선자의 몸 전체를 보호하듯 감쌌다. 녹마장은 단숨에 나련 선자의 코앞까지 도달한 뒤, 위에서 아래로 대검을 내리찍었다.

까앙!

나련 선자의 꽃잎 보호막과 녹마장의 마검이 정면으로 충돌했다. 시퍼런 빛이 원반 모양으로 퍼졌다.

"꺄악!"

꽃잎 안에서 나련 선자가 피를 토했다. 이 한 번의 충돌로 인해 나련 선자의 꽃잎이 좌우로 쩍 갈라졌다.

철소용에게는 2명의 녹마장이 달라붙었다. 두 녹마장은 회색빛 말을 기가 막히게 몰아서 철소용이 소환한 거대 코뿔소들을 함께 상대했다.

온몸에 철갑을 두른 코뿔소들이건만, 녹마장들이 휘두르는 대검은 견디지 못했다.

무우우, 무우우우우우.

철갑이 깨지고 피가 철철 흐르자 코뿔소들이 구슬피 울었다.

세 수도자가 정신 못 차리고 위기에 빠진 동안, 이탄도 열심히 싸웠다.

아니, 실제로 열심히 싸운 것은 아니었다. 이탄은 지닌바 권능을 대부분 숨긴 채 힘껏 싸우는 시늉만 했다.

〈다음 권에 계속〉